舊學新知

旧学新知

王守国 著

中州古籍出版社
·郑州·

图书在版编目（CIP）数据

旧学新知 / 王守国著. —郑州：中州古籍出版社，2020.12

ISBN 978-7-5348-9564-7

Ⅰ.①旧… Ⅱ.①王… Ⅲ.①随笔—作品集—中国—当代 Ⅳ.①I267.1

中国版本图书馆CIP数据核字（2020）第264761号

出 版 人：许绍山
责任编辑：梁瑞霞
　　　　　侯　琼
责任校对：岳秀霞
装帧设计：曾晶晶

出版发行　中州古籍出版社
　　　　　地址：河南省郑州市郑东新区祥盛街27号6层
　　　　　邮编：450016
　　　　　电话：0371-65788693
经　　销　新华书店
印　　刷　河南瑞之光印刷股份有限公司
版　　次　2020年12月第1版
印　　次　2020年12月第1次印刷
开　　本　890毫米×1240毫米　1/32
印　　张　11印张
字　　数　300千字
定　　价　49.80元

本书如有印装质量问题，由承印厂负责调换。

苏东坡：你走过多远的路？（代序）

王星汉

一

最近，我了解到一个网站，叫作唐宋文学编年地图，百度一搜便有。它由中南民族大学的王兆鹏教授主持制作，收集了唐宋著名诗人的生平和诗词信息，并在地图上进行了标记。因此，我们可以很清晰地在地图上看到诗人的行迹，也可以查看某位诗人在某个地点写成的作品。这款地图使得诗人的生平和作品一下子变得鲜活起来。

最早我是在虎扑上看到相关帖子的。当时，楼主把一些著名诗人的行迹进行了集中整理，其中让我印象最为深刻的就是苏轼了。除了云游四方的李白和远至西域的岑参，几乎没有人比苏轼走得更远。而且，广东、海南，这些当时的蛮夷之地，也有苏轼的足迹，真可谓一生都在路上。

北宋，在中国历史上并不算是一个疆域辽阔的时代。在北方，西夏与辽、金始终对边境保持着巨大的压力。在西南，北宋也无力染指吐蕃与大理的土地。除了战事前线，苏轼几乎踏遍了宋朝的所有疆域。

在苏轼的行迹中，我们可以找到很多熟悉的地点。比如四川眉山一带，那里是三苏的故乡，是苏轼成长的地方；比如经剑阁翻越秦岭的路线，还有顺长江而下的路线，那是苏轼两次进京的足迹；比如从河北到浙江星星点点的定位，那是苏轼为官造福一方的证明；还有中国南方的一串串地名，那是苏轼一路南贬的路线，也是他生命升华的阶梯，"九死南荒吾不恨，兹游奇绝冠平生""问汝平生功业，黄州惠州儋州"。

二

最近看了一些与苏轼有关的作品，比如林语堂的《苏东坡传》，还有另一个版本的、平铺直叙讲其生平的《苏东坡传》，央视纪录片《苏东坡》，还有苏东坡的部分诗词选。如果论中国历史上的全才，大概很难有人比得上苏东坡了——他的诗词造诣就不说了，而他还是著名的书画家；他在杭州为官任上，疏浚西湖，留给后世美丽的"苏堤"。他可能还是全中国最有名的吃货，留下了东坡肉、烤羊蝎子等经典菜谱，他还会自己采药制药、种菜钓鱼，自己制墨，结果烧了房子；最重要的是，即使已经过了将近千年，我们还是能透过五花八门的文字、诗词、成语、故事、菜谱，感受到苏轼的随性、旷达和有趣。北宋王朝，以及后来的朝代都早已雨打风吹去，但出众的人格魅力真的是可以穿越时空的，苏轼让我相信这一点。

所以苏轼才被很多人喜欢，而且这个"很多人"的范围可能比你想象中的更大一点。两任妻子王弗、王闰之和不是妻子、胜似妻子的王朝云都和他相濡以沫；每一位皇后都喜欢他，并且保护他，让他没有死于乌台诗案，或者孤悬海外的海南；皇帝们也喜欢他，只是不知道是否因他太受欢迎，而感到心理不平衡（哈哈）；文人墨客喜欢他，且不说不懂苏诗会受人轻视，连他的帽子（东坡帽）都引领了流行风尚，即使在元祐党人受迫害最严重的时期，也有很多人冒着巨大风险去收集他的作品；地方官员喜欢他，苏轼被贬到惠州、儋州等，都有官员因为善待他而被贬官撤职；老百姓喜欢他。他的朋友不仅有文人雅士、达官贵人，更有农夫、渔民、商贩、工匠、和尚、道士，"吾上可以陪玉皇大帝，下可以陪卑田院乞儿。眼前见天下无一个不是好人"，这就是他的人生信条。

即使在今天，苏轼在中国和世界都还有巨大的影响力。美国有他的粉丝，日本有他的粉丝，中国的苏粉们更是会定期集会，交流感想心得，分享从各处收集来的苏轼作品。眉州（治今四川眉山）、杭州（治今浙江杭州）、密州（治今山东诸城）、黄州（治今湖北黄冈）、惠州（治今广东惠州）、儋州（治今海南儋州）、常州（治今江苏常州）等，他生活过的每个地方都打上了他的烙印，并且都以他为傲。

我也特别喜欢东坡先生。原因有二，一是他的生命力，二是他的真实。不少中国古代的文学家同样遭遇贬谪，比如屈原、比如柳宗元，但贬谪的经历显然不是他们生命的高峰。只有苏轼，谪居黄州成为他文学创作和精神世界的巅峰。即使年老时妻离子散、一路南贬，苏轼也未改豁达本色，不仅努力让自己过得开心，还通过散药、教书等方式尽力帮助当地百姓。在这方面，我觉得能和他相比的应该是苏武北海牧羊、张骞出使西域，脆弱又坚韧的生命力在时代的洪流中熠熠生辉。

当然还有东坡先生的真实。说起历史人物，我会觉得他们都在某些方面远胜常人，甚至遮蔽了他们其他方面的形象。比如智慧过人的老子孔子、雄才大略的唐宗宋祖、豪放浪漫的李白、忧国忧民的杜甫……当然我知道这绝对属于刻板印象，正因为我对他们了解太少，他们的形象在我心中才不够立体。但是只有苏轼，提起他，我会觉得他虽然是天才，却和普通人一样会嬉笑怒骂，喜欢吃美味的东西,喜欢在名山大川打卡……只有苏轼,让我感觉到他不是一位"英雄""伟人",而是我身边的一位朋友。

三

说来惭愧,别人说读苏东坡,都会说他的这首诗那首词;到了我这边,就只对课本里学过的苏轼诗词有些印象……不过,一不做二不休,我对着这幅地图重新了解了这部分诗词创作时的具体位置和大致背景,确实有了不少新鲜的体验。

"泥上偶然留指爪,鸿飞那复计东西。"这首《和子由渑池怀旧》作于公元1061年的渑池。在此之前苏轼、苏辙曾寄宿僧舍并题诗僧壁,现在故地重游,物是人非,顿感人生缥缈,所以才会有"应似飞鸿踏雪泥"的感慨。那后来苏轼是怎么想开的呢?我想大概是因为他认定了人生本就毫无意义,所以才应该过得自在开心一点吧!

"水光潋滟晴方好,山色空蒙雨亦奇。欲把西湖比西子,淡妆浓抹总相宜。"这首《饮湖上初晴后雨》作于公元1073年的杭州,当时苏轼正在杭州担任通判,好像公务不是很忙,时常约上三两好友游山玩水。16年后的公元1089年,苏轼又一次来到杭州并担任知州。但这次,他是对朝中党争颇感不适,才自请出京来到杭州的。

"十年生死两茫茫,不思量,自难忘。"《江城子·乙卯正月二十日夜记梦》作于公元1075年的密州。十年前的公元1065年,苏轼的妻子王弗病逝于汴京(今河南开封),年仅27岁。十年后,苏轼以这首词悼念亡妻。

"会挽雕弓如满月,西北望,射天狼。"《江城子·密州出猎》同样作于公元1075年的密州,当年苏轼才39岁,说自己"老夫聊发少年狂"实在有些谦虚。我还在知乎了解了一个有趣的细节:天狼星,或者说大犬座α星,是全天除太阳外最亮的恒星。但是天狼星总是出现在南方的星空,对于正在密州的苏轼而言,天狼星前半夜从东南方升起,后半夜在西南方落下,若要"射天狼",无论如何也不会"西北望"。有人说西北望的天狼星仅仅代指西夏,不是对天狼星的实际指代,但这种解释总感觉有点小瞧苏轼了,哈哈。因此比较合理的解释为,在天狼星的正南偏西方向,有几颗叫"弧矢"的明亮小星。弧矢是中国古代星官之一,属于二十八宿的井宿。弧矢呈弓形,《晋书·天文志》有云:"狼一星,在东井南,为野将,主侵掠。"又云:"弧九星,在狼东南,天弓也,主备盗贼,常向于狼。"所以"西北望,射天狼",其实指代的是弧矢和天狼星。

"人有悲欢离合,月有阴晴圆缺,此事古难全。但愿人长久,千里共婵娟。"这是脍炙人口的《水调歌头·

明月几时有》，同样作于密州，时间是公元1076年。苏轼写这首词是为了遥思弟弟苏辙，此时他们已经有六年多未曾见面。苏轼与苏辙，大概是中国历史上最感人至深的亲兄弟了。从两兄弟一起在眉州成长开始，他们一起进京赴考、金榜题名、外派为官、飞黄腾达，乃至最后分别贬至儋州、雷州，其命运都总是紧紧相连。苏轼每次遭到贬谪，苏辙也总会受到牵连，但他始终没有怨言。苏轼的诗词中，和苏辙、写苏辙的占了一大部分。同是中秋词，除了这首《水调歌头》，还有他在贬谪黄州期间所作的《西江月·世事一场大梦》，其最后一句是"中秋谁与共孤光，把盏凄然北望"，看来不论是开心还是难过，苏轼都总会想起自己的弟弟啊。

"竹杖芒鞋轻胜马，谁怕？一蓑烟雨任平生。……回首向来萧瑟处，归去，也无风雨也无晴。"这首《定风波·莫听穿林打叶声》大概是苏轼最恰当的人生写照了，作于公元1082年谪居黄州期间。无所谓风雨，也无所谓阴晴，这种从心所欲、物我两忘的境界是多少人求之不得的。不过嘛，虽然苏轼始终秉持豁达的人生态度，但在面对很多事情时依旧会惊慌失措。没事没事，既然苏轼说自己"也无风雨也无晴"，那他肯定就是这样的人啦。毕竟他可是苏轼呀！

"大江东去，浪淘尽，千古风流人物。"这首《念奴娇·赤壁怀古》，还有《前赤壁赋》《后赤壁赋》都作于公元1082年的黄州，这一年或许可以说是苏轼文学创作的高峰了。一直以来，比起常规版本的"乱石穿空，惊涛拍岸，卷起千堆雪"，我更喜欢另一个版本的"乱石崩云，惊涛裂岸，卷起千堆雪"，因为后者的文字更加激进一些。这种感觉就像是，既然已经搞了事情，那为何不再搞大一点、夸张一点呢，哈哈。不过豪情壮阔的胸怀，与物我两忘的豁达，这两者居然能同时体现在同一个人身上，而且又不会让人感到违和，或许古往今来也只有苏轼能做到了吧。

"试问岭南应不好？却道，此心安处是吾乡。"这首《定风波·常羡人间琢玉郎》作于公元1083年苏轼谪居黄州期间，不过这可不是写他自己的哦。苏轼的好友王巩因乌台诗案被贬到岭南宾州（治今广西宾阳），其歌妓柔奴毅然随行。公元1083年，王巩北归，柔奴为苏轼劝酒。当问及岭南风土，柔奴答以"此心安处，便是吾乡"。苏轼大受感动，才作词以赞。不过，感觉东坡先生在这里算是为自己立下了一个flag。不论是岭南风土，还是"此心安处是吾乡"，后来他都亲身体会了一遍。17年后的公元1110年，面对同样的问题，苏轼自己给出的答案是"九死南荒吾不恨，兹游奇绝冠平生"（《六月二十日夜渡海》），铿锵有力、掷地有声。

《惠崇春江晚景二首》是苏轼题惠崇《春江晚景》所创作的组诗，作于公元1085年的汴京（一说作于江阴）。小学时学习过其中的一首诗，还以为苏轼就是在描写景物，但现在看来并非如此。正是在公元1085年，宋神宗病逝，高太后听政。在她的支持下，苏轼结束了五年多的谪居生活，返回朝廷任职，并以火箭般的速度升迁，十七个月内便由团练副使升至翰林学士，官阶正三品，距离宰相仅一步之遥。苏轼写这首小诗的时候，不知道是否已经感受到了迎面而来的暖意呢？当然，福兮祸所伏，祸兮福所倚，火箭般的升迁又为他将来的贬谪埋下了伏笔。人生的起承转合，又岂是当局者能够预见的？

　　当然啦，关于苏轼，还有更多的诗、词、文，要不就是我没读过，要不就是我没看懂。苏轼的作品包罗万象，有写亲情、爱情、友情的，有描写景物、赠送朋友的，还有反映民生疾苦、隐喻批评政治的，不一而足。每次读到他的作品，都会感受到他的情感与思虑穿越千年岁月扑面而来。月亮还是那个月亮，苏轼也还是那个苏轼，没有什么可以限制住他，即使是时空也不可以。

四

　　常言道"读万卷书，行万里路"。读万卷书虽然不易，但是在现代的交通设施下，行万里路却是简单多了。我绝不算是一位旅行爱好者，但是从欧洲到北美，从东南亚到祖国大地，不少景点也算是打过卡。至于那些让我心心念念的地名，比如雷克雅未克、哥斯达黎加、伊尔库茨克和加纳利群岛，我想也总有一天会到达。但是跑来跑去，感觉却越来越迷茫，自己又究竟获得了多少收获？

我想这来源于理想中旅行和现实中旅行的巨大差异。我理想中的旅行，要先做好准备工作，事先了解当地的历史地理文化，再在当地进行针对性的研究与探索，解决自己感兴趣的问题。然而现实中的旅行，除了吃饭睡觉，主要就是在研究拍照和发朋友圈，评价标准主要是朋友圈点赞与评论数量的多寡。

当然啦，我觉得古代也有类似的打卡。文人墨客游览名山大川，总是要想办法留下点作品，还要努力让别人能够记住。因此，即便是著名诗人，他们写出来的诗句有时也十分夸张，比如"飞流直下三千尺，疑是银河落九天"，比如"星汉灿烂，若出其里"。去庐山和北戴河看看，你可能就会大失所望。就像我们发票圈前要P图一样，这些诗句夸张了一点，是不是也意味着大家都对自己的作品进行了"艺术化加工"？

说回苏轼。虽然我觉得他玩的真不少（比如从A地到B地，他往往会绕一下先到C地，在朋友家住几天，再慢慢过去。要不就是游山玩水，要不就是去见朋友，反正皇帝不知道，哈哈），但是大多数的名篇都不是为了"旅行"而写，至少"旅行"是手段不是目的。雪泥鸿爪、千里婵娟，体现了他与弟弟苏辙的感情；《念奴娇·赤壁怀古》《前赤壁赋》《后赤壁赋》，写的是他对人生的思考。可以说，不是这些旅行（或者根本不能叫旅行，而是行走）成就了苏轼，而是苏轼使得这些行走更有意义。

咱也没有那么高的目标，无非就是想让自己的旅行（或者说行走）更有意义，而不是仅仅花钱去买朋友圈九宫格的发表资格。我觉得苏轼虽然走过很远很远，但他始终乐于思考、乐于交流，总是以积极乐观的心态看待各种困难，总是愿意平等待人并且帮助他人。这都是他给我的启迪。虽然苏轼已经去世900多年了，但很多时候我还是会想，我要是能被苏东坡附体，或者在某个时刻可以持有他的想法、才华、态度、习惯，那该多好呀。不论古今中外，他早已超脱了朝代或是民族或是语言的限制。他始终都是自由的。

东坡先生千古。

目录

诗论篇

千载此情同皎洁
——论中国古代咏月诗的基本主题兼及诚斋的咏月诗………003

田园守拙自养真
——陶渊明与田园诗派………020

一入深宫里,年年不见春
——唐代宫怨诗论析………046

万里写入胸怀间
——唐代黄河诗探骊………062

自铸雄奇瑰丽词
——论毛泽东诗词的崇高美………079

行吟诗千首,晚来唱大风
——论刘长庚诗词的基本主题与艺术风格………100

序跋篇

乡土情结与史家情怀………127

闲庭信步"喷空儿"………136

记忆中原文化,守望精神家园………141

文献千古事,溯源六百年………152

精神到处词章老………156

记住乡愁………162

《龙文鞭影》复又生………166

百品识千唐　绳鉴知经典………170

敬畏历史,烛照现实………175

咫尺千里,以少总多………185

评论篇

于平淡处见精神………191

魏晋风韵的饮食趣史………194

理想主义者朱丹和他心中的"冈仁波齐"………197

老树著花无丑枝………202

化沉重为轻盈………205

且行且知………209

周虽旧邦，其命维新………211

思接千载，视通万里………213

翰墨故园情………215

精诚儒医　温润如玉
　　——读《走近国医大师张磊》………217

自将磨洗认前朝
　　——黄河故事与邵丽的写作………222

随笔篇

青梅煮酒话唐诗………229

东篱把酒品宋词………239

淘井………253

说个一二三………258

自然一点………268

水润的老子………272

老子的老师………277

老子的三宝………282

庄稼地里的人生哲学………286

拉风箱的学问………293

简是一种境界………298

有与无的和谐………303

关于国学热的思考………308

我的第一本书………311

灵魂之水………315

激情彦英………320

岁月不居（代后记）………323

诗论篇

千载此情同皎洁

——论中国古代咏月诗的基本主题兼及诚斋的咏月诗

在千姿百态、争奇斗妍的中国古代诗歌长廊里,蔚为大观、源远流长的咏月诗是令人炫目的一大族群。高悬于太空的明媚的月亮,发出神奇而温柔的光辉,为它所吸引,自古至今的骚人墨客、隐人雅士不知发出了多少感慨、吟哦了多少诗草。中国古代咏月诗灿烂如夏夜的群星、绚丽如三春的百花、丰富如浩瀚的江海、多姿如秋日的白云,通观来看,大体可以概括为四大基本主题。

一

表现思乡怀人、叹离伤别的情怀是第一主题。从《古诗十九首》的"明月何皎皎",到曹植《七哀诗》的"明月照高楼";从《子夜四时歌》的"仰头看明月,寄情千里光",

到张九龄《望月怀远》的"海上生明月,天涯共此时";从李白《静夜思》的"举头望明月,低头思故乡",到杜甫《月夜忆舍弟》的"露从今夜白,月是故乡明";从白居易《望月有感》的"共看明月应垂泪,一夜乡心五处同",到王建《十五夜望月寄杜郎中》的"今夜月明人尽望,不知秋思落谁家";从晏殊《蝶恋花》的"明月不谙离恨苦,斜光到晓穿朱户",到王安石《泊船瓜洲》的"春风又绿江南岸,明月何时照我还";从王禹偁《中秋月》的"不禁鸡唱晓,轻别下天涯",到辛弃疾《西江月》的"明月别枝惊鹊,清风半夜鸣蝉";从朱希晦《客邸中秋对月》的"今年客里中秋月,静挹金波更清绝。可怜有月客无酒,不照欢娱照离别",到皇甫汸《舟中对月书情》的"不识别家久,但看明月辉。关山一以鉴,驿路远相违";从李攀龙《塞上曲送元美》的"城头一片西山月,多少征人马上看",到欧大任《九月十五夜月》的"书缘多难绝,月在异乡看。凄断惊霜角,迟回望露盘";从叶燮《客发苕溪》的"客心如水水如愁,容易归帆趁疾流。忽讶船窗送吴语,故山月已挂船头",到丘逢甲《元夕无月》的"三年此夕月无光,明月多应在故乡。欲向海天寻月去,五更飞梦渡鲲洋"等等。思乡怀人的具体内涵各不相同,叹离伤别的浓淡程度各不相同,但把明月当作传递感伤之情的媒介这一点上却是衣钵承袭、形异神合的,难怪克兰默·宾在《大宴·序言》中说:"月亮悬挂在中国旧诗坛的上空……他把远隔千山的情侣的思念联结起来。"

最著名也最让人销魂的是苏轼的著名词作《水调歌头·明月几时有》：

明月几时有，把酒问青天。不知天上宫阙，今夕是何年。我欲乘风归去，又恐琼楼玉宇，高处不胜寒。起舞弄清影，何似在人间。

转朱阁，低绮户，照无眠。不应有恨，何事长向别时圆？人有悲欢离合，月有阴晴圆缺，此事古难全。但愿人长久，千里共婵娟。

开篇两句以问月提起，问得突兀奇崛。三句以下承上问直入想象："不知天上宫阙，今夕是何年。"由问月而想到天上宫阙，越想越奇。接着由问到想，以"我欲乘风归去"写其欲游月宫的遐想，却又因惧寒而回到现实中来。结以"起舞弄清影，何似在人间"，表现了作者热爱生活、眷恋尘世的感情。下片直写人间，前三句写月光的移动，时间的推移，由月而及人。接下来"不应"二句出以设问口吻，这是人生不幸之问、心情郁结之问，也是对胞弟苏辙深切思念的曲折表达。"人有"三句宕开一笔，转入对宇宙人生的探索，沉郁之情因自然现象的启示而得到些许安慰。结以良好的祝愿，是对弟弟的劝慰，也是对自己的企望，作者热爱生活的态度，怀念亲人的深情，至此得到了完整深邃的表现。全词由中秋赏月而展开奇想，形象地表现了作者对现实迫害的愤慨与藐视，对人生的执着与热爱，对胞弟的思念与关怀，豪放而不失空灵，抑郁而不失旷达。

二

探寻宇宙人生的奥秘和哲理是第二主题。在漫长的封建社会里，由于生产力水平的低下，人们认识手段的简陋、单一，人们只能凭借直观和直觉，以宏观事物的整体形态作为考察对象世界的基本内容。如果从科学的角度来观照，这里的一切或许都是粗糙的甚至是不科学的，但从文学创作的角度来审视，这一切却都具备了审美的品格。它不仅表现了客观世界的整体的模糊性，使形象具有多义性的特点，而且给读者留下广阔的思考的空间，使读者由作品描写的整体对象而联想自己的一切，从而触动自己的敏感神经，寄寓自己的另一种情思，还生发联想对人生、宇宙奥秘哲理的探寻，表现了中国古典诗词所特有的神韵。那永恒存在又光景常新的明月，自然是探寻宇宙人生的奥秘和哲理的最好对象。这样，因实践理性精神而使宇宙意识相对匮乏的中国文化与中国哲学，便因这种咏月诗而得到了某种程度的补偿。苏轼的《水调歌头·明月几时有》中实际上已表现了宇宙意识，并因宇宙意识而拓宽了词的意境，提高了词的品格。但这方面最杰出的作品还是要首推初唐诗人张若虚的《春江花月夜》。此诗多义多问的内涵、清幽淡雅的意境都足以使之成为咏月诗中的上乘之作，但它最卓越的地方还在于探求宇宙人生哲理的"孤篇横绝，竟为大家"。面对着清明澄澈的天地宇宙，诗人进入了自由遐思的王国，探索着宇宙人生的哲理与奥秘："江畔何人初见月？江月何年初照人？"这种探索古已有之，但多限于感慨宇宙永恒、人生有限，张若虚则另辟洞天，别出新意："人生代代无穷已，江月年年只相似。"个人的生命虽如白驹过隙、转瞬即逝，但人类的存在却地老天荒、生生不息，因而"代代无穷已"的人生就和"年年只相似"的明月得到了共存，达到了历时性与共时性的统一。这是诗人从自然景观中悟出的一种真谛，感受到的一种欣慰。"不知江月待何人，但见长江送流水"，江月有恨，流水无情，诗人自然地把笔触由自然景色转入了人生图像，将诗情推向了更深远的境界。闻一多先生对此诗的宇宙人生意识欣赏有加，用饱蘸激情的诗笔称赞道："这里一番神秘而又亲切的，如梦境的晤谈，有的是强烈的宇宙意识，被宇宙意识升华过的纯洁的爱情，又由爱情辐射出来的同情心，这是诗中的诗，顶峰上的顶峰。"

　　李白的《把酒问月》，是这类作品中的又一首卓越之作，堪与张诗并称咏月诗的双星子座：

　　　　青天有月来几时，我今停杯一问之。
　　　　人攀明月不可得，月行却与人相随。
　　　　皎如飞镜临丹阙，绿烟灭尽清辉发。
　　　　但见宵从海上来，宁知晓向云间没。
　　　　白兔捣药秋复春，嫦娥孤栖与谁邻？
　　　　今人不见古时月，今月曾经照古人。

古人今人若流水,共看明月皆如此。

唯愿当歌对酒时,月光长照金樽里。

这首被王夫之誉为"于古今为创调"的咏月奇葩,劈头一问就揭示了对青天明月的困惑与神往,苏轼的"明月几时有,把酒问青天"显然由此点化而出。"人攀"二句一冷一热,亦远亦近,若离若即,写出了明月于人既亲切又陌生的神秘与奇妙。"皎如"二句正面描绘月色,浓墨重彩,光芒四射。"但见"二句宕开一笔,从月迹难觅偏又月月循环的惊奇中究及那有关月亮的种种神话传说:月宫中白兔不辞辛劳年复一年地捣药为的是什么?碧海青天夜夜独处的寂寞嫦娥该怎样忍受?这面对宇宙的遐想又引起一番人生哲理的探求,从而感慨系之。最后以行乐当及时的题旨作结,从无常求常,意味隽永。至此,诗人海阔天空地驰骋了一番后,又回到了"把酒问月"的诗题上来,完成了一个虽匆匆但却美丽迷人的巡礼,行经了一段虽短暂但却令人炫目的美的历程,极尽随兴挥洒又自然天成、意绪多端又脉络贯通之妙。

三

循月生发,展现对自然的热爱及浪漫主义的胜慨豪情是第三主题。李白的《古朗月行》和《月下独酌》最能显现这种意象。前诗运用浪漫主义的创作方法,通过丰富的想象、神话传说的巧妙加工，以及强烈的抒情，构成瑰丽神奇而含意深邃的艺术形象。其中"小时不识月，呼作白玉盘。又疑瑶台镜，飞在青云端"的描写，最可见出月亮的皎洁可爱，使人在童稚中领略到一种别样的机趣，妙想巧构，情采俱佳。若无对大自然的诚挚的爱及水晶般纯真的赤子之心，是决然写不出这样的名句佳篇来的。影响所及，以至于"白玉盘"成了月亮的别称。后诗云：

  花间一壶酒，独酌无相亲。
  举杯邀明月，对影成三人。
  月既不解饮，影徒随我身。
  暂伴月将影，行乐须及春。
  我歌月徘徊，我舞影零乱。
  醒时同交欢，醉后各分散。
  永结无情游，相期邈云汉。

  一人花间独酌，举目无亲，本是相当孤单之事，但诗人却死蛇弄活、妙想天开，把个孤单冷清的场面写得热热闹闹，把天上的明月及明月下自己的影子都拉到了饮酒的行列中，化一为三，变独为不独。但明月毕竟是不解饮的，影子毕竟是无生命的，形式上的热闹并不能补偿实质上的孤独，再由不独到独。诗人饮酒至酣，且歌且舞，发现月也有情：歌时月亮徘徊，依依不舍，似在倾听佳音；影也有情：舞时影子零乱，似与诗人共舞。相互欢欣，心灵交感，直至酩酊大醉，月与影才无可奈何地与诗人分手，复由独到不独，故而终了诗人真诚地与月、影签了"永结无情游,相期邈云汉"的合约。全诗忽破忽立、破中有立、立中有破、破立交融,表现了诗人由独而不独、由不独而独、再由独而不独的心灵路程,既有深沉的感伤,又有由衷的欣慰。"举杯"二句、"我歌"四句移情于景,写尽了明月与诗人间的深厚感情,为历代读者所激赏。

苏轼的《月夜与客饮酒杏花下》写山城月夜杏花树下饮酒,也是一首别具情趣、充满浪漫色彩的咏月奇葩:

> 杏花飞帘散余春,明月入户寻幽人。
> 褰衣步月踏花影,炯如流水涵青蘋。
> 花间置酒清香发,争挽长条落香雪。
> 山城酒薄不堪饮,劝君且吸杯中月。
> 洞箫声断月明中,惟忧月落酒杯空。
> 明朝卷地春风恶,但见绿叶栖残红。

杏花清景,明月幽人,意境一何幽美;明月着意入户寻找有闲情逸致之人,有闲情逸致之人着意月下褰衣漫步,"劝君且吸杯中月""惟忧月落酒杯空",对月一何情深。全诗虽月酒并举,实是酒翁之意不在酒,在乎天际明月也。

四

第四主题是微言大义,以明月关联社稷江山。杨诚斋的《九月十五夜月细看桂枝北茂南缺未经古》《济翁弟赠白团扇子一面作百竹图有诗和以谢》及《月下呆饮》等作,把传说中吴刚伐桂的故事化作了奸臣误国的暗示象征。诗人担忧吴刚的玉斧伐不尽疯长了的桂树,等到有一天桂枝充满了月宫,就连嫦娥、白兔也都没了栖身之处。言外之意是,倘若南宋朝廷一味地偏安江左,不思收复,让投降派把持朝政,最终一定是搬起石头砸自己的脚,落一个嫦娥、白兔一样欲栖无所的可悲下场。

辛弃疾有着"了却君王天下事,赢得生前身后名"(《破阵子》)和"袖里珍奇光五色,他年要补天西北"(《满江红》)的豪情壮志,但在投降派的排挤和打击下却不被重用、有志难伸,"把吴钩看了,栏干拍遍,无人会,登临意"(《水龙吟》)、"却将万字平戎策,换得东家种树书"(《鹧鸪天》)。眼看着大好河山沦陷敌手而无力收复,他怎不对偏安江左的朝廷,尤其是投降势力深恶痛绝,并必欲除之而后快呢?《太常引》借月抒怀,表达了这一强烈愿望:

　　一轮秋影转金波,飞镜又重磨。把酒问姮娥:被白发欺人奈何!

　　乘风好去,长空万里,直下看山河。斫去桂婆娑,人道是清光更多!

上片对月感怀,抒年华虚度、壮志难酬之苦闷。下片以月为喻,表现对祖国大好河山的热爱及对黑暗势力的深恶痛绝,爱之愈切,恨之愈深。词中,"桂婆娑"无疑是投降势力的象征,"斫去桂婆娑"无疑是作者除去黑暗势力以实现收复失地的夙愿的理想和决心。南宋末年的王沂孙,在《眉妩》一词中,则感叹"千古盈亏休问,叹慢磨玉斧,难补金镜",借用"玉斧修月"之典,隐喻山河破碎难以修补,表现了深沉的亡国之痛,微言大义,发人深思。

五

南宋著名诗人杨诚斋,对堪称自然精华、宇宙奇观的那轮皎洁的明月自然会特别钟情、厚爱有加。仅据我们对周汝昌先生《杨万里选集》所选三百四十余首诗作的自然意象的统计,月意象就达七十次之多。这意味着诚斋每五首诗中就会出现一次月意象。在《诚斋集》中,仅在诗题上标明写月的就有如下篇目:《中秋前一夕玩月》《次主簿昌英叔霜月韵》《霜夜望月》《钓雪舟中霜夜望月》《秋月》《月下梅花》《月夜观雪》《中秋月长句》《初秋玩月》《九月十五夜月细看桂枝北茂南缺未经古》《早入东省残月初上》《初九夜月》《问月》《雪后霜晴月色特好》《小箬舟中望月》《夏夜诚斋望月》《诚斋步月》《同子文材翁子直萧巨济中元夜东园望月》《十六日夜再同子文巨济李叔粲南溪步月》《重九后二日同徐克章登万花川谷月下传觞》《六月十六日夜南溪望月》《诚斋待月》《八月十二日夜诚斋望月》《夏夜玩月》《夏至月下独酌》《七月十一夜月下独酌》《月下闻笛》《露座戏嘲星月》《溪边月上》《五月十六夜病中无聊起来步月》《七夕后一夜月中露座》等，至于题中未标而实际写到月的就更是多不胜举了。让我们选择两篇代表性作品加以品鉴，以领略诚斋咏月诗之妙。先看《重九后二日同徐克章登万花川谷月下传觞》：

> 老夫渴急月更急，酒落杯中月先入。
> 领取青天并入来，和月和天都蘸湿。
> 天既爱酒自古传，月不解饮真浪言。
> 举杯将月一口吞，举头见月犹在天。
> 老夫大笑问客道："月是一团还两团？"
> 酒入诗肠风火发，月入诗肠冰雪泼。
> 一杯未尽诗已成，诵诗向天天亦惊。
> 焉知万古一骸骨，酌酒更吞一团月！

诚斋山水诗的拟人主义、泛性灵化、世俗化喜剧色彩在这里表现得相当突出。诗一开始，就活灵活现地写出了月的嗜饮和浪漫不羁。诗人爱饮，而月比诗人更爱饮，听说有酒可饮便急不可待地捷足先登，抢在主人沾唇之前一下子扑进了酒杯之中。李白是在"独酌无相亲"的情况下为免寂寞而"举杯邀明月"共饮的，月是应"邀"而至，文质彬彬，客客气气。这里的月可好，不请自来，不邀自至，而且全不管主人的意向与打算，一来就自作主张地跳进酒杯喝个痛快，全无月的矜持与优雅，整个一个酒鬼刘伶的形象。更有甚者，月完全不把主人放到眼里，喧宾夺主，不仅自己先喝个痛快，而且还不经请示就代主邀客："领取青天并入来，和月和天都蘸湿。"把青天也拉到酒杯中酣饮，泡得湿漉漉、醉醺醺的。"天既爱酒自古传"是借古为月的行为寻找理论根据，颇有点拉大旗作虎皮的意味。"天若不爱酒，酒星不在天。地若不爱酒，地应无酒泉"（李白《月下独酌》），既然如此月领青天来饮酒就不应责怪了，至于说"月不解饮"就更是胡说八道。李白客客气气地邀月共饮，月来了客客气气地承认"不解饮"，只是在诗人酒酣歌舞时徘徊相与，诚斋不邀而至的月则没了那样的温良恭俭让，坚决否认"月不解饮"之论，"真浪言"，否认得多么坚定、多么泼辣直率。诗人规范不了月的行为，端起杯来连酒带月一口吞下——看你还能来与我争饮吗？可一杯饮尽，举头一望月又神不知鬼不觉地溜到了天上，仿佛在嘲笑诗人刚才的徒劳似的——看你能把我怎么样？诗人无可奈何、无计可施，困惑地问客人："月是一团还两团？"若说有两个月亮吧不合现实，若说有一个月亮吧，我刚才明明将月吞了，可为什么天上还有一个月亮呢？

就在诗人与客人讨论到底有一轮月还是两轮月的时候，进入诗人腹中的酒与月不甘寂寞，开始表现自己的存在。两"人"性情有异，表现存在的方式也就不同。酒发风火，让人心情亢奋、热血沸腾；月泼冰雪，让人心境清雅、纯洁无瑕。酒催月泼，一首诗转瞬之间即告完成。"诵诗向天天亦惊"，这当然包含着诗人对自己诗思诗才的自信乃至自负，巧思妙想，出乎"天"外，但更重要的还在于"天"不会知道诗人这样一个普普通通的"万古一骸骨"竟能在喝酒时连同酒中的一团月也一并吞下，不敢想象、不敢相信的事实发生，故"天"也为之吃惊、震惊！

据罗大经《鹤林玉露》卷十记载，他年少时曾见诚斋亲自向人朗诵此诗，并自谓"仿佛太白"。此诗的浪漫风格、豪放气势等方面确实"仿佛太白"并多方受益于太白，但在性灵化、拟人化、喜剧世俗化、曲折多变化等方面又是明显的杨氏家数。

再读《夏夜玩月》：

> 仰头月在天，照我影在地。
> 我行影亦行，我止影亦止。
> 不知我与影，为一定为二？
> 月能写我影，自写却何似？
> 偶然步溪旁，月却在溪里。
> 上下两轮月，若个是真底？
> 唯复水是天，唯复天是水？

周汝昌先生在《杨万里选集·引言》中曾对此诗评论说："看他横说竖说，反说正说，所向皆如人意，又无不出乎人意，一笔一转，一转一境，如重峦叠起，如纹浪环生。"从结构层次曲折、变化无穷的角度着眼，此言甚是。但此诗的长处不仅在结构曲折多变上，而且表现在富有理趣上。

宋代理学昌盛，对诗人影响很大。在理学家看来，万物各具其理而同出于天理，要把握"理"就须"格物"，格物致知的认识论要求与自然建立感悟的关系，使理学家对万事万物以别种眼光去观察。鸢飞鱼跃，目击道存，邵雍所谓的"吾侪看花，异于常人，自可以观造化之妙"体现了理学家对待自然万物的典型态度。诚斋师法自然的创作态度深受理学家观物态度的影响："道白非真白，言红不若红。请君红白外，别眼看天工。"（《芗林五十咏·文杏坞》）对自然要别具只眼，要于现象之外探究化育万物的造化天工。诚斋把窥探造化之工看得异常重要，作诗倒在其次了："道是东风巧，西风未减东。菊黄霜换紫，树碧露揉红。须把乖张眼，偷窥造化工。只愁失天巧，不悔得诗穷。"（《观化》）如此，诚斋的不少自然山水诗便都别具理趣。不过，因为诚斋对诗歌的艺术规律有着精准的认识和深切的体悟，所以他的理趣诗不同于理学家的"虽则借言通要妙，又须从物见几微"，没有流于押韵的语录讲义、修齐格言，而是"带情韵以行"的艺术创造。此诗的理趣何在呢？

开篇四句写夜玩月下、身影投地、影随人行、人止影止，这本是生活中的常见景观，不足为怪，但别具只眼的诗人却目击道存、涉笔成趣，发出了"不知我与影，为一定为二？月能写我影，自写却何似"的疑问。魏晋以还，汉时传入中国的佛教逐渐兴盛。佛教教义强调人之形与人之神可以一分为二，形灭而神不灭。陶渊明曾写有《形影神》三诗，通过形、影、神三个拟人化的艺术形象，集中表现了陶渊明的宇宙观：无论是天地山川的存在、花草树木的枯荣，还是人的生老病死，举凡宇宙间一切事物的变化，都可以通过自然大化的学说得到解释。诗人认为，决定自然的种种变化的，是一种不依人的意志为转移的客观的物质力量。万事万物都顺着自然之力而不停地运动，没有任何力量可以阻挡，人自然不能例外。这样，才能无往而不适，行乎其所当行，止乎其所当止。如果不遵循这一规律，相信腾化之类的妄举或立善有报之类的邪说，那就注定要以失望而告终。显然，在由佛教而引起的哲学大辩论中，陶渊明是个一元论者，并不相信佛教形神分离的二元教义。如果说陶诗更多哲学意识、抽象色彩，那么诚斋对人与影可否分离的探寻，则更多的是具体的艺术景趣。诗人并不相信影可以脱离人而独立存在，却从"现量情景"中捕捉到了活泼的情趣景趣。诗人知道自己投在地上的影子是月光照射所致，循此生发，又发出了月"自写却何似"的疑问。这一问就更难回答了，谁知道月的影子是个什么样子呢？

　　探寻了人、影、月的关系与特征之后，诗人又从月在溪里的"现量情景"中触发了另一层疑问：天上一个月亮，水中一个月亮，哪一个月亮是真实的？水天浑然无辨，到底是水是天呢，或者是天是水？我们当然可以说这一问中潜含了对月之皎洁、水之清澈的暗示与赞美，但其魅力主要在于此问所包含的活法奇趣与透脱的胸襟。执着于现实物象的人，缺少赤子之心的人是写不出这样的句子、见不出这样的理趣的。诗题着一"玩"字,大有深意。此诗的生动理趣多从"玩"中见出。玩即把玩、玩赏,正是在理智的把玩中才能于自然有某种感受、领悟和发现,再通过"感物而发,触兴而作"的艺术创作,写成生动活泼、理趣盎然的诗作来。

诚斋一生全力为诗,迄今传世的诗作达四千二百三十余首,绝少写词,今存的词作仅十余首。在词代替诗成为主要文学样式的宋代,像这样纯粹的诗人并不多见。然而诚斋的那首《好事近》,却以其在词坛的别开生面、别具风神而广为人知。而这首《好事近》又是咏月的,不妨与咏月诗合观:

> 月未到诚斋,先到万花川谷。不是诚斋无月,隔一庭修竹。
>
> 如今才是十三夜,月色已如玉。未是秋光奇绝,看十五十六。

此词显示的全是写诗家数。首句从"月未到诚斋"写起,已有出人意表之效,接以"先到万花川谷"更是充满风趣,跌宕生姿。"万花川谷"名字虽阔大,实乃诗人小花圃的雅号,着一"到"字,既增添了月的动感,也表现了拟人主义的特征。"到"是有意识的动作,不到诚斋而先到万花川谷就成了月的一种自觉行为。三、四句接着解释月何以厚万花川谷而薄诚斋,原来这是一种假象,是诚斋玩的一个欲擒故纵的障眼法。"不是诚斋无月,隔一庭修竹",院庭中的竹林遮住了皎洁的明月，难怪作者的书房中没有月光了。诚斋是杨万里书斋之号，《宋史》本传载：万里"调永州零陵丞。时张浚谪永，杜门谢客，万里三往不得见；以书力请，始见之。浚勉以正心诚意之学，万里服其教终身，乃名读书之室曰诚斋。"竹也是一个高雅的意象，列于"岁寒三友"之中，其坚贞高洁的品质素为人们所激赏："露涤铅粉节，风摇青玉枝。依依似君子，无地不相宜。"（刘禹锡《庭竹》）"人怜直节生来瘦，自许高材老更刚。曾与蒿藜同雨露，终随松柏到冰霜。"（王安石《与舍弟华藏院忞君亭咏竹》）"结根岂殊众，修柯独出林。孤高不可恃，岁晚霜风侵。"（苏轼《元祐五年十二月十二日同景文、义伯、圣途、次元、伯固、蒙仲游七宝寺题竹上》）"咬定青山不放松，立根原在破岩中。千磨万击还坚劲，任尔东西南北风。"（郑燮《竹石》）"十亩溪流，绿竹千竿，环绕孤村。看抽梢挺节，漪漪临水；和烟滴露，冉冉凌云。"（董元恺《沁园春·青墩竹》）竹月相映，进一步突出了环境的幽雅和作者胸襟的高洁。

  下半片依旧是先平后奇，欲擒故纵，但语言更趋口语化。今夜月色如玉，自有许多美好，但这不过是十三的夜月罢了，还不是最奇绝的。到了十五十六，那月色才更加令人倾倒呢。后两句是虚写，到底十五十六之月是怎样个奇绝法要读者自己去体验、去想象，作者点到为止，却让读者欲罢不能。前人称诚斋"不特诗有别才，即词亦有奇致"（《续清言》），信然。

田园守拙自养真

——陶渊明与田园诗派

陶渊明是我国古代诗坛上第一个有意识地创作田园诗的诗人。正因为如此,在"隐逸诗人之宗"之外,不少论者又把"田园诗开山之祖"的桂冠慷慨地赠给了他。在中国文学史上,陶渊明田园诗的数量并不是最多的,但他所取得的成就无疑是最高的。尤其值得注意的是,由于陶渊明田园诗的实绩,自陶渊明开始,田园诗与山水、游仙、咏史、军旅等诗歌流派一样,在中国诗史上独树一帜,成为一个很有影响的诗歌流派。

一、田园诗的滥觞和发展

所谓田园诗,是指反映和表现农家生活和农民情趣的诗。具体说来,描绘农村的自然风光、反映农家所从事的各种劳动、表现农家的生活情趣以及农村的风俗等内容的诗,都可称作田园诗。有些田园诗比较全面地展现出农村的风貌,有些则只表现农村现实生活的某个侧面或某个角度,但它们都是田园诗。同时,有些田园诗主要表现农村景象的优美,恬静的欢乐,抒发出诗人欣赏、赞美或闲适的情感,而有些田园诗则侧重反映农村景象的荒凉、破败和穷困,表现诗人同情、怜悯或愤懑的思绪。

我国古代的田园诗,最早都是民间创作。《诗经》中反映农业劳动和农夫生活的篇什占有一定的比重,其中最为突出的当首推《豳风》里的《七月》。可以说,它是我国第一首"四时田园"诗,反映了农夫终年劳动的繁重、生活的困苦以及内心的担惊受怕。与此相类的还有《大田》《君子于役》《伐檀》《伐木》《苤苢》《十亩之间》《竹竿》《采绿》等。此后,在两汉及南北朝乐府民歌中,也出现了像《江南可采莲》《无羊》《西洲曲》《子夜四时歌》等田园诗章。这些篇什共同构成了我国古代田园诗的滥觞。

两汉乐府在田园诗创作方面,没能继承自《诗经》而来的传统,除《陌上桑》《上山采蘼芜》等篇什涉及农家生活和农家情趣外,其他作品都很难以田园诗论之。相比之下,倒是有一些文人之作可以划入田园诗的范畴。如西汉杨恽的《田彼南山》,可以视作最早的文人田园诗。《汉书》所载杨恽《答孙会宗书》云:"田家作苦,岁时伏腊。烹羊炰羔,斗酒自劳。家本秦也,能为秦声。妇赵女也,雅善鼓瑟。奴婢者数人,酒

后耳热,仰天抚缶而呼乌乌。"其诗曰:

> 田彼南山,芜秽不治。
> 种一顷豆,落而为萁。
> 人生行乐耳,须富贵何时。

杨恽种豆南山,但因"芜秽不治",至秋收时,仅得"落而为萁"。虽然如此,杨恽并不在意,因为他看重的是人生的快乐,而不是富贵。不过,此诗前四句是四言,后两句为五言,体式不太一致。这大概也是此诗向来不受重视的原因之一。

有论者认为,东晋孙绰的《秋日诗》"可算得纯粹的田园诗了"。其实,《秋日诗》不是田园诗,而是一首纯粹的隐逸诗。与孙绰同时的张望的《贫士诗》,倒是一首应该引起注意的田园诗:

> 荒墟人迹稀,隐僻间邻阔。
> 苇篱自朽损,毁屋正寥豁。
> 炎夏无完绨,玄冬无暖褐。
> 四体困寒暑,六时疲饥渴。
> 营生生愈悴,愁来不可割。

这是一首写农家生活穷愁困苦的诗:苇篱朽损,破屋露天,夏无完绨,冬无棉衣,贫困交加,愁绪绵绵。这正是封建社会农家生活的真实境况。从"荒墟人迹稀,隐僻间邻阔"二句来看,此诗和隐士生活也有一定联系。

尽管自《诗经》开始田园诗就已闪亮登场,但在两汉以迄魏晋的600余年间，田园诗没能继承自《诗经》而来的辉煌，虽偶或一现，但并没有引起更多的注意，以至于刘勰在《文心雕龙·明诗》中对田园诗竟不置一词，钟嵘《诗品》论及陶渊明时也仅"岂止田家语"一语。本来就不成阵势的田园诗，此时尚未在中国诗坛上争得一席之地。直到陶渊明有意识地创作田园诗并取得了辉煌成就，在田园诗的价值得到诗界的认可之后，更准确地说，是在唐代之后，田园诗才在诗坛上有了重要地位并产生较大影响。

二、陶渊明田园诗的情感基调

陶渊明的田园诗不仅继承了自《诗经》以来的田园诗的优良传统，而且诗人当时所处的社会、政治、文化环境，也为诗人创作田园诗提供了比较有利的客观条件。魏晋时期，地主庄园经济进一步发展。永嘉之乱后，土地兼并的现象更为激烈、更加普遍。士族大地主广营田业，遍设园宅。如吴兴豪族沈庆之移居娄湖，"广开田园之业，每指地示人曰：'钱尽在此中。'身享大国，家素富厚。产业累万金，奴僮千计"（《宋书·沈庆之传》）；谢混一家在会稽、吴兴、琅琊等地有田业十余处，僮仆千人；大地主刁协的后代在晋末也是"有田万顷，奴婢数千人"（《晋书·刁协传》）。中小地主的庄园更遍布穷乡僻壤。陶渊明虽然无法与高门望族相比，但他毕竟拥有一定的产业，家中尚有僮仆及执役的门生。这些就为他弃官归隐提供了赖以生存的物质基础，同时也为他创作田园诗提供了客观条件。陶渊明自幼接受儒家学说的教育与熏陶，但他生长的时代，崇自然、尚清谈的玄学风行于世，再加上外来佛教的广泛传播，汉代独尊的儒家经学的影响日趋衰退，这就使得陶渊明有可能不同程度地摆脱儒家传统的偏见和精神枷锁。例如，在他看来，民以食为天，而食则应以农为本。这种重农思想，与西晋傅玄所言"昔者圣帝明王，贤佐俊士，皆尝从事于农矣。王人赐官，冗散无事者，不督使学，则当使耕，无缘放之使坐食百姓也"（《晋书·傅玄传》）是一脉相承的。正因为如此，陶渊明赞美民生之勤劳，赞美农者之躬耕。这种讴歌田园、弘扬家业的人生态度，为他创作田园诗奠定了坚实的思想基础。同时，陶渊明不仅在思想上重视农业，尊重劳动，而且有深切的亲身体验与感受。陶渊明对少年生活的农村环境、对家乡故园的山水风光都非常熟悉。后来随着家庭经济的贫困萧条，迫使他不得不躬耕田亩以维持生计。他不仅熟识故乡的田园，而且产生了深厚的感情，仕宦归来，"未尝有所造诣，所之唯至田舍及庐山游观而已"（《晋书·隐逸传》）。他甚至以"老农"自期自许，过着自给自足、粗衣淡食的农耕贫士生活。这些都为他创作田园诗提供了取之不尽、用之不竭的生活源泉。

随着诗人亲自参加农业劳动时间的推移，感受的深切，随着与农民交往的加多，感情的接近和加深，随着家境的日益衰败和穷困，陶渊明的田园诗在主题的表现、题材的扩大、情调的变化诸方面，均呈现出不同的状态。概言之，陶渊明躬耕田亩可分为弃官归隐之前和弃官归隐以后两个阶段，又以后者为主。

陶渊明开始参加农业劳动是在晋安帝元兴二年（403）。其时，诗人居丧在家，实践了"商歌非吾事，依依在耦耕"的夙愿。他的《癸卯岁始春怀古田舍二首》，抒写了自己躬耕之初的新鲜感受和内心的喜悦："秉耒欢时务，解颜劝农人。平畴交远风，良苗亦怀新。""耕种有时息，行者无问津。日入相与归，壶浆劳近邻。长吟掩柴门，聊为陇亩民。"安帝义熙元年（405）冬，陶渊明弃彭泽令回归故里，从此开始了躬耕田亩的第二个阶段。归田之初，由于家境尚佳，温饱没有忧虑，劳动之余悠闲的时间较多，因此在所作的田园诗中，表达的多是一种脱离樊笼、复得自然的舒畅心情，与农民交往中建立起来的深厚友谊，从劳动中所获得的情趣与欣慰。

陶渊明田园生活的平静安定好景不长，义熙四年（408）六月，诗人家不幸遭了一场大火，使得"一宅无遗宇，舫舟荫门前"（《戊申岁六月中遇火》）。再加上家境日趋萧条，甚至到了断炊、乞食的悲惨地步。虽然如此，诗人仍然坚守着耕种的"常业。"不过，他这个时期所创作的田园诗的情调和色彩发生了明显的变化，呈现的是低沉、晦暗和凋敝，很难看到前期的轻快、明朗和恬静。

诗人躬耕是辛苦的，却又是饶有情趣的。《归园田居五首》其三，就直写他早出晚归的劳动情景与内心感受：

> 种豆南山下，草盛豆苗稀。
> 晨兴理荒秽，带月荷锄归。
> 道狭草木长，夕露沾我衣。
> 衣沾不足惜，但使愿无违。

呈现在我们眼前的诗人，简直就是一位地道的老农。他天一亮就去南山锄草，为了豆苗长得更好，获得好收成，整天劳动自然是费力辛苦的。直到月儿高挂，他才扛着锄头，顶着月亮返回家园。尽管荒径上草儿和树叶的露水打湿了衣裳，但他并不感到惋惜，没有半点怨言，反而感到畅快、惬意。怪不得苏轼在《书渊明诗》中这样评论："览渊明此诗，相与太息。噫嘻。以夕露沾衣之故，而犯所愧者多矣。"

在《庚戌岁九月中于西田获早稻》一诗中，陶渊明再次表现自己躬耕的劳苦。他"晨出肆微勤，日入负禾还"。深秋季节，"山中饶霜露，风气亦先寒"。劳动是艰苦的，他由己及人，想到农民都一样："田家岂不苦，弗获辞此难。"即使"四体诚乃疲"，由于可以不受兵凶战厄的干扰，安定地生活，平静地劳动，他"但愿长如此，躬耕非所叹"。其时，诗人的家乡成了卢循领导的农民起义军与官军激战的战场，战祸延续了五六个月之久。时已五十二岁的陶渊明，还要坚持躬耕，《丙辰岁八月中于下潠田舍获》写道：

贫居依稼穑，戮力东林隈。
不言春作苦，常恐负所怀。
司田眷有秋，寄声与我谐。
饥者欢初饱，束带候鸣鸡。
扬楫越平湖，泛随清壑回。
郁郁荒山里，猿声闲且哀。
悲风爱静夜，林鸟喜晨开。
曰余作此来，三四星火颓。
姿年逝已老，其事未云乖。
遥谢荷蓧翁，聊得从君栖。

诗人春天的辛勤耕耘，为的是秋天的丰硕收成。秋天终于到来了，他为了赶时间，半夜就启程，乘舟越湖，经过清壑和荒山，虽然环境寂寥凄清，猿声哀怨，风儿悲凉，但他内心却是畅快的。经过长途跋涉，前往水边的下潠田收割庄稼。即使年事已高，也并没有停止农业劳动。因为他要从艰苦的劳动中得到成果，维持一家的生计，同时又可从中获得心灵的愉悦。

陶渊明自从断绝了与官场、上层社会的交往应酬以后，与之过从的已非官绅仕宦之辈，而是农夫田父。诗人与他们在劳动、生活的接触往来中，逐渐结下了同呼吸、共命运、休戚相关的深厚情谊。他的《归园田居五首》其二就十分生动地反映了这种往来与情谊：

野外罕人事，穷巷寡轮鞅。

> 白日掩荆扉,虚室绝尘想。
>
> 时复墟曲中,披草共来往。
>
> 相见无杂言,但道桑麻长。

诗人由于和统治集团一刀两断,再没有丝毫的"尘想",将整个身心投在田园里,自然就和农民有了共同的语言,有了共同的情趣,种桑麻就说桑麻,交谈得投机,来往得频繁。"春秋多佳日,登高赋新诗。过门更相呼,有酒斟酌之。"如果有一段时间没跟农民见面,诗人甚至会产生一种相思的情绪:"农务各自归,闲暇辄相思。相思则披衣,言笑无厌时。"(《移居二首》)你看他们,因相思而相见,一见面就谈笑风生。有时,诗人邀田父到家里做客:"漉我新熟酒,只鸡招近局。日入室中暗,荆薪代明烛。欢来苦夕短,已复至天旭。"(《归园田居五首》其五)漉酒杀鸡,款待客人,相互劝饮,倾吐情怀。边谈边饮,何等投机,何其快乐,以致从日落到夜深,直到天明,诗人与农民的关系就是这样的密切,情谊就是如此的深厚。有时,诗人也会应农民之约前往作客:"清晨闻叩门,倒裳往自开。问子为谁欤?田父有好怀。壶浆远见候,疑我与时乖。褴缕茅檐下,未足为高栖。一世皆尚同,愿君汩其泥。深感父老言,禀气寡所谐。"(《饮酒二十首》其九)

在陶渊明的笔下,农村的景象是恬静、和谐而安乐的,但又是凋敝的,这是由于战乱频仍所致。《归园田居五首》

其四云：

> 久去山泽游，浪莽林野娱。
> 试携子侄辈，披榛步荒墟。
> 徘徊丘垄间，依依昔人居。
> 井灶有遗处，桑竹残朽株。
> 借问采薪者，此人皆焉如？
> 薪者向我言，死没无复余。
> 一世异朝市，此语真不虚。
> 人生似幻化，终当归空无。

诗人拨开杂树杂草，在荒废的村庄里步行，在坟墓中间徘徊，所见到的只是井枯灶颓，桑残竹朽。面对这种凋零破败的景象，他不能不油然生发出深沉的感慨。结句虽然受佛家思想的影响，将造成这种村荒人亡景象的原因归结到空无，但就中也寄寓着对当时政局动荡的责难与愤懑。写于义熙五年（409）的《和刘柴桑》和义熙十年（414）的《还旧居》，诗人都怀着同样的感情反映了当时农村的现状。前诗云："山泽久见招，胡事乃踌躇？直为亲旧故，未忍言索居。良辰入奇怀，挈杖还西庐。荒途无归人，时时见废墟。"后诗云："畴昔家上京，六载去还归。今日始复来，恻怆多所悲。阡陌不移旧，邑屋或时非。履历周故居，邻老罕复遗。步步寻往迹，有处特依依。"陶渊明所描写的家乡荒凉破败的景象，和史籍所载完全吻合。

诗论篇

三、陶渊明田园诗的文化意蕴和语言风格

陶渊明弃官归隐后,由于亲身参加农业生产劳动,饱尝其中的辛劳;由于与农民交往的增多,对他们的劳动、生活及情感的了解不断加深;由于对当时江州、荆州一带农村的状况有较多的目见耳闻和亲身感受;再加上自己家境的日益窘迫穷困,在道家思想的影响下,诗人的头脑里慢慢地构筑起一个理想的王国,一方神奇的乐土。在这个国度里,这方乐土上,没有战争动乱,没有朝代更迭,没有国家君臣,没有赋税徭役,农民自由劳动,生活恬然自乐。他的《桃花源记(并诗)》,就是当时广大农民所期望的王国,所希冀得到的乐土。如果说,上述田园诗章是现实农村生活的客观描绘,那么,《桃花源记(并诗)》则是理想农村生活的彩色油画;如果说,诗人在上述田园篇什中只是曲折而含蓄地表现出农民生活的贫困和愿望,那么,《桃花源记(并诗)》则将农民的心声传达得更集中、更明确。可以说,这是诗人思想的升华和飞跃。诗云:

……
相命肆农耕,日入从所憩。
桑竹垂余荫,菽稷随时艺。
春蚕收长丝,秋熟靡王税。
荒路暧交通,鸡犬互鸣吠。

> 俎豆犹古法，衣裳无新制。
> 童孺纵行歌，斑白欢游诣。
> 草荣识节和，木衰知风厉。
> 虽无纪历志，四时自成岁。
> 怡然有余乐，于何劳智慧。

显然，陶渊明在诗中所虚构的只是乌托邦式的理想社会，在当时的社会条件下根本不可能实现，但它的形成与提出，却在一定程度上反映了挣扎在饥寒交迫、水深火热之中的广大农民向往和平劳动、幸福生活的善良愿望和美好理想，是对当时社会现实的黑暗、剥削制度的残酷和战乱频仍的一种责难与抗议。只有长期和广大农民风雨同舟、患难与共，了解农民疾苦和心声的诗人，才能描绘出这幅理想社会的蓝图。

这种理想社会虽只是一种幻想，却立足于坚实的社会现实基础。东晋末年，封建剥削十分残酷，江州和荆州地区民不聊生。"江州……自桓玄以来，驱蹙残败。至乃男不被养，女无匹对，逃亡去就，不避幽深。"（《晋书·刘毅传》）至于荆州，也是"民疲田芜，杼轴空匮。加以旧章乖昧，事役频苦，童耄夺养，老稚服戎，空户从役，或越绋应召"（《宋书·武帝纪》）。由此可见，江州、荆州地区的广大人民由于备受长期灾难而不得不外逃的悲惨状况，就是《桃花源记（并诗）》产生的社会基础。陶渊明虽然受了老子小国寡民思想的熏染，却未落入窠臼，因为他扬弃了"小国"，强调和突出的是"相命肆农耕"，是"秋熟靡王税"。《桃花源记（并诗）》将农村环境、农民的生产生活活动范围描写成与世隔绝的世外桃源，显然与当时社会屡屡发生的农民外逃避难，与诗人所受老庄避世思想的影响，都有很大关系。从陶渊明对原始社会的仰慕、仿效及采取的避世方式来看，《桃花源记（并诗）》是有它的历史局限性和消极作用的。但是，诗人毕竟在其中诅咒和否定了黑暗的农村现实社会，歌颂和肯定了未来农村的理想社会。千百年来，这篇杰作一直震撼着无数读者的心弦，同时也不断给后来的田园诗人以有益的借鉴和启迪。

陶渊明的田园诗既写自身的劳动，又写自身的隐逸，这二者又往往交错融合在一起。由于社会的动乱、官场的黑暗，由于诗人质性自然，再加上当时家境还过得去，陶渊明终于弃官返归了故里。在长期的劳动实践中，他逐渐变成了一个道地的老农。但他又是因避世而归田而隐逸，这既是现实生活逼迫所致，又与他所受老庄思想的影响和前代隐逸高人的感染相合拍。正因如此，他的一些田园篇什或先写自身的劳动感受，或先写自己家境的景况，然后抒发逸趣，有时则将这种逸趣融化在所描绘的田园风光和所叙的农田活动、亲身感受的具体境况里。如《归园田居五首》："户庭无尘杂，虚室有余闲。久在樊笼里，复得返自然。""野外罕人事，穷巷寡轮鞅。白日掩荆扉，虚室绝尘想。"又如《庚戌岁九月中于西田获早稻》："盥濯息檐下，斗酒散襟颜。遥遥沮溺心，千载乃相关。但愿长如此,躬耕非所叹。"再如《丙辰岁八月中于下潠田舍获》:"姿年逝已老,其事未云乖。遥谢荷蓧翁,聊得从君栖。"就中有诗人生活的自由舒畅,有情致的悠然闲适,有劳动归来后的轻快、满足,也有对隐逸前贤的思慕和效法。通过这些作品可以明显地看出,陶渊明在退居园田之后,既是一位自食其力、自足自给,最后穷途潦倒的农父,又是一位生活闲适、胸襟旷达、无羁无绊、乐天知命的隐者。诗人的这种双重人格,决定了他所写的田园诗作必然具有对自己的田园生活和躬耕田亩的肯定与反映,又具有对自己离开官场、避开尘世、在僻静的村庄过着惬意生活的讴歌与表现。因此,陶渊明就成了农民却又不是纯粹的农民,因为他是弃官而归田,又早有隐逸思想,这就有别于一直在田上耕耘劳作的原生态农民;同时,陶渊明是隐士却又不是纯粹的隐士,因为他虽素有隐逸思想,又始终心系隐逸前贤,但却又不同于历史上的巢父、许由、伯夷、叔夷等逸士高人那样不食人间烟火,那样不事劳动,只顾清高自适。

陶渊明田园诗的语言自然质朴,风格平淡清淳。这种语言与风格的形成与发展,始终离不开他的挂冠归隐,离不开田园风光、田园活动以及躬耕的实践与体验。只有当他将整个身心投入农村田园以后,才不断引起思想感情的变化,引起诗歌题材内容的变化,然后促成其艺术风格的完成。在陶渊明的田园诗作中,很少看到像在咏史或政治性题材的诗章中那样用典使事和锻词炼句的痕迹，可谓是豪华脱尽，独见真淳，通脱流畅，清新自然。陶渊明田园诗的这种语言风格，既与当时流行的玄言诗诗风大相径庭，又与谢灵运开创的山水诗诗风区别明显。

陶渊明田园诗的这种艺术风格，正如苏轼所揭示的，一是有奇趣，二是"质而实绮，癯而实腴"。苏轼在《评陶诗二则》中说："渊明诗初视若散缓，熟读有奇趣。如曰：'日暮巾柴车，路暗光已夕。归人望炊烟，稚子候担陈。'又曰：'采菊东篱下，悠然见南山。'又曰：'暧暧远人村，依依墟里烟。犬吠深巷中，鸡鸣桑树颠。'才意高远，造语精到如此，如大匠运斤，无斧凿痕，不知者疲精力，至死不悟。"在《追和陶渊明诗引》中，苏公又云："渊明作诗不多，然其诗质而实绮，癯而实腴，自曹、刘、鲍、谢、李、杜诸人，皆不及也。"这就是说，陶渊明诗平淡之中有无限的华彩，质朴之中含深厚的意蕴，这种艺术境界看易实难，后世许多刻意学陶仿陶的诗人都很难企及。

四、陶渊明田园诗的深远影响

陶渊明田园诗所取得的辉煌成就，标志着田园诗已臻成熟并形成了第一个高峰。但让人颇感奇怪的是，自陶公以迄隋代近二百年间，继响者寥若晨星。究其原因，主要是当时农民社会地位低下，农业生产被上流社会所轻视；另外，也和当时尚清谈、喜玄远的玄学影响相关。不过,在诗歌创作甚丰的南朝,并非"居然只有鲍照写田家生活的一首《拟古》和'善于模拟'的江淹的一首《陶征君潜田居》,以外便无人问津"(张明非《论王绩的田园诗》)。实际上,鲍照除《拟古》其六之外,还写了《观圃人艺植》,从另一角度表现了自耕农的艺植活动。诗中写道:"春畦及耘艺,秋场早芟筑。泽阅既繁高,山营又登熟。抱锸垄上餐,结茅野中宿。"然后诗人将"圃人"与"善贾"者、"巧宦"者加以对比,认为"圃人"要比那些富贵者高尚得多。同时,谢朓在《赋贫民田》诗中,将田园风光和田间活动表现得较为充分:

……

察壤见泉脉,觇星视农正。
黍稷缘高殖,粳稌即卑盛。
旧埒新塍分,青苗白水映。
遥树匝清阴,连山周远净。
即此风云佳,孤舻聊可命。

……

俾尔仓廪实,余从谷口郑。

隋唐的一统,结束了分裂割据的混乱局面,社会经济和文化均得到了长足的发展。到了盛唐时期,社会的相对安定,生产力的持续提高,国力的空前强大,以及用诗赋取士制度的确立等,都促进了诗歌创作的繁荣。而隋末的农民大起义,使豪门士族势力走向衰落，庶族地主势力开始上升，门阀等级制度逐步解体，于是，大批农民成为国家的均田户或地主庄园的客户，他们的身份和社会地位都得到了改善，农业劳动受到了重视。士子们还在田园风光和农家生活中发现了美，发现了诗意，获得了诗材、诗兴和娱悦……在诗歌的园地里，田园诗这朵奇葩终于卓然崛起，与山水诗、边塞诗等争芳斗妍，并形成了以王维、孟浩然为代表的田园诗派。

这个时期的田园诗，除反映农村现实外，多数是吟咏抒情主人公隐逸的情趣。"着重在'陇亩民'的安定闲适、乐天知命，内容从劳动过渡到隐逸。"（钱锺书《宋诗选注》）从陶渊明田园诗的既写劳动又写隐逸，到盛唐诗派的只写隐逸而不写或少写劳动，此间的过渡性人物就是隋末唐初的王绩。王绩的田园诗主要是抒写自身隐逸田园恬淡旷达的胸襟和闲适自得的情趣，如《野望》：

东皋薄暮望，徙倚欲何依。
树树皆秋色，山山唯落晖。
牧人驱犊返，猎马带禽归。
相顾无相识，长歌怀采薇。

起首两句，点明所望的时间、地点及内心的彷徨。中间四句，勾画出一幅山家秋色图。夕阳余晖中，景象格外萧瑟，但由于牧人和猎马的返归，使田园气氛呈现出牧歌的情调。诗人从眼前的田园风光中虽获取了美感，却得不到慰藉。故最后两

句,表现出情怀的孤寂。再看他的《秋夜喜遇王处士》:

北场芸藿罢,东皋刈黍归。
相逢秋月满,更值夜萤飞。

诗人带着日间田野劳动后的满足安恬,怀着对归隐田园生活的欣然自适,在一个月色溶溶、流萤点点,静谧、安闲而和谐的环境里,碰上一位与自己有相同情志的老朋友,彼此倾心交谈,亲密无间。此景此情,何其温馨!

王绩与陶渊明同属归隐,有相似之处,亦有不同之处。陶渊明的生活由于经历了从自足自给到乞食为生的过程,故田园诗中较多地反映自己躬耕田亩的真实感受与深切体验,透露出饥寒交迫的悲凉之音,而王绩则始终保持着生活状态的优裕和闲适,因此,他在田园诗里弹奏出的多是悠然舒散和充满逸趣的音调。王绩偶尔也写自己的农事活动,但这只是他隐居生活的一种轻松愉快的点缀与调剂。固然,只写逸趣而不写劳动,使田园诗再也无法达到陶诗的思想境界和艺术高度,但他也为后世的隐者或具有隐逸思想的文人在诗歌创作上找到了一块抒写怀抱、吟咏情性的园地和土壤,从而使田园诗得以继续发展。在这种意义上,我们应该肯定王绩对中国田园诗的独特贡献。

王绩首开田园诗主题转变的先河,至王维、孟浩然、韦应物、柳宗元等,田园诗派已蔚为大观。其中成就最高的是王维。王维的田园诗多写农村的自然风光、田间劳动及农民生活;同时,他主要写农民的劳动而很少写自己躬耕之事,更多地抒写自己在观照、欣赏农村风貌时所获得的美感、愉悦和慰藉。王维的田园诗，在对农村景象的观照审视和与此相关的表述方式上都是谢灵运式的，充满诗情画意，多是有声之画；而在将农村视作自由人生的场所的传统观念，以及诗的浑融意境上，却又是陶渊明式的。

韦应物无论在人生态度或田园诗的艺术风格上，都有意仿效陶渊明，故人们常以"陶韦"并称。他的田园诗主要寄托洁身自好、乐天知命的怀抱，以及表达隐逸时闲适、悠游的情趣，偶尔也流露出对农民劳动和生活的深切关注。如《观田家》，描写农家劳动的辛苦和徭役的繁重，进而为自己的不耕而食感到惭愧：

> 微雨众卉新，一雷惊蛰始。
> 田家几日闲，耕种从此起。
> 丁壮俱在野，场圃亦就理。
> 归来景常晏，饮犊西涧水。
> 饥劬不自苦，膏泽且为喜。
> 仓廪无宿储，徭役犹未已。
> 方惭不耕者，禄食出闾里。

这首诗比王维的《渭川田家》和孟浩然的《过故人庄》更接近农民的真实感情，生活气息也更浓厚。他的田园诗，熔铸了陶渊明的白描手法和谢灵运的炼字技巧，高雅闲淡。

柳宗元的遭际不同于韦应物。他的田园诗，更多地表现在谪居永州期间所写的农村风貌，其中以《田家三首》为代表。这是一组优秀的现实主义田园诗篇，诗人用明快而单纯的笔触，描写了在横征暴敛下农民生活的悲惨图画，充满着跟《捕蛇者说》同样深沉的对农民的同情怜悯情怀。第二首表现得更为深刻：

> 篱落隔烟火，农谈四邻夕。
> 庭际秋虫鸣，疏麻方寂历。
> 蚕丝尽输税，机杼空倚壁。
> 里胥夜经过，鸡黍事筵席。
> 各言官长峻，文字多督责。
> 东乡后租期，车毂陷泥泽。
> 公门少推恕，鞭扑恣狼藉。
> 努力慎经营，肌肤真可惜。
> 迎新在此岁，唯恐踵前迹。

柳宗元并不总是咀嚼内心的凄苦和忧怆，当生活稍微安定、心情稍微平和时，也会抒发襟怀的豁达与超脱。他一边遭受贬谪，一边躬耕田园："久为簪组累，幸此南夷谪。闲依农圃邻，偶似山林客。晓耕翻露草，夜榜响溪石。来往不逢人，长歌楚天碧。"（《溪居》）由此可以看出，柳宗元在永州十年，既是谪居，又像是隐居，无意之中表露出隐者的逸趣。他在《江雪》和《渔翁》中所塑造的渔翁形象，实际是自我形象的生动写照和艺术再现。如果说王、孟多偏重于意境的创造，内心流露出一份恬淡、悠然之情，追求一种"诗中有画"的境界，那么，韦、柳则多侧重于意绪的抒发，内心更多流露的是寂寞、幽独之情，注重追求一种"诗中有人"的境界。这种境界和陶渊明的田园诗是一脉相承的。

有宋一代的田园诗，由于在内容、情调上受到前代或牧歌式或哀歌式的影响，在体制上又有前代"陶体""乐府体""竹枝词体"以及近体等诸多借鉴，再加上农民对地主人身隶属关系的最后解除，至少在形式上获得了自由，因此，虽然没有形成所谓的田园诗派，但著名的诗人都写有为数可观、质量上乘的田园诗篇。因此，宋代田园诗的创作比之前代更为兴盛繁荣。

北宋初年的王禹偁在商州写了《畬田调五首》。这组田园诗热情歌颂了山乡劳动的欢乐和淳朴风俗，语言和情调都酷似山歌。

北山种了种南山，相助力耕岂有偏？
愿得人间皆似我，也应四海少闲田。

畬田鼓笛乐熙熙，空有歌声未有词。
从此商于为故事，满山皆唱舍人诗。

梅尧臣于仁宗天圣九年（1031）任河南县主簿时，尝作《田家》诗，诗有原注"四时"，主要写四时田家之乐。康定元年写了一首《田家语》，对农民所遭受的赋税、徭役迫害以及天灾等，提出悲愤的控诉。庆历八年（1048）又写了一首《小村》，更形象地写出农村景象的荒凉和农民生活的困苦。嘉祐三年（1058），他与欧阳修分咏《归田四时乐》之秋、冬二首，热情讴歌了田家之乐："织妇夜作露欲冷，社酒已熟人相呼。坎坎击鼓坐林下，醉去自有儿童扶。""锄犁满屋牛在牢，鹅鸭乱鸣鸡乱发。割烹炊黍待邻叟，饱向茅檐闲兀兀。"纵观梅尧臣的田园诗，同欧阳修一样，基调都是表现农村景象的欢乐，"依然沿袭王维、储光羲以来的田园诗的情调和材料"（钱锺书《宋诗选注》）。

王安石在《元丰行示德逢》中，描绘出岁和年丰的盛世景象，歌颂了支持新法的神宗皇帝："三年五谷贱如水，今见两成复如此。元丰圣人与天通，千秋万岁与此同。"后又在《后元丰行》中展现农村一派欢乐幸福的生活气氛，热情洋溢地歌颂了农村实行新法后的新气象："百钱可得酒斗许，虽非社日长闻鼓。吴儿踏歌女起舞，但道快乐无所苦。"《歌元丰》这样写道："豚栅鸡埘晻霭间，暮林摇落献南山。丰年处处人家好，随意飘然得往还。"王安石就是这样用田园诗作为歌颂新法、宣传新法的武器。

苏轼在《山村五绝》《吴中叹》等田园诗中则反映出与王安石决然不同的农村景象。如借田妇之口道出了农民所受天灾与苛政的双重灾难："卖牛纳税拆屋炊，虑浅不及明年饥。官今要钱不要米，西北万里招羌儿。垄黄满朝人更苦，不如却作河伯妇！"值得特别提及的是，王安石罢相后所写的田园诗，或描写农村风光的和谐、优美，或表现自己或友人隐逸的情趣；而苏轼随着贬谪的迁转，田园诗多反映岭南、海南农村的风貌，呈现出新的特征与情调。如《被酒独行遍至子云威徽先觉四黎之舍三首》，现选录两首：

    半醒半醉问诸黎，竹刺藤梢步步迷。
    但寻牛矢觅归路，家在牛栏西复西。

    总角黎家三四童，口吹葱叶送迎翁。
    莫作天涯万里意，溪边自有舞雩风。

  "苏门四学士"中，秦观、张耒田园诗的整体格调，基本都是模仿王维、储光羲。不过，张耒的《和晁应之悯农》一诗，倒是继承了元、白的传统，反映了农民在残酷的封建剥削压迫下铤而走险的现实，这在两宋田园诗中是很少见的。

  南宋是田园诗的丰收期，出现了尤袤、杨万里、陆游和范成大四大家，他们的田园诗取得了很高的成就。被严羽列为"杨诚斋体"的杨万里写了不少田园诗，大多呈现出清新活泼的特色。诗中虽也表达了对农民劳动的辛苦和生活的艰苦的同情，但大多都是以旁观者的姿态出现，故所抒之情不够深切，对黑暗现实的揭露亦欠深刻。

  陆游以"擅权"的罪名被罢职还乡，在家闲居六年后，再起用为严州知事，又被加上"啸咏风月"罪名再度免去官职，回到家乡。他"身杂老农间",与农民亲切交往,在一起谈心饮酒,有时骑着驴带上药囊到远近村落里治病施药,自己还躬耕田园。生活环境的变化,使陆游对农民有了较深刻的了解与同情,对农业劳动有了较深切的体验与感受,因而晚年写了大量反映农村现实生活的诗章,风格趋于平淡,学陶的迹象较为明显。如《家叹》《收获歌》等,写出了农民的辛勤劳动、善良性格,以及遭受的残酷掠夺等。不过,整体来看他的田园诗尤其是家居以后所作,基调仍然是表现对农村景象的赞美,以及对自身隐居情趣的吟咏。

从中国古代田园诗的发展历史看,范成大是一位将较多篇幅关注农民疾苦的田园诗人,尤其是他五十七岁时因病乞休家居石湖后所写的《四时田园杂兴六十首》和《腊月村田乐府十首》,用大型组诗的形式生动地描述了江南农村现实生活的方方面面,就像一幅农村风俗长卷,展示了丰富多彩的宋代风土人情,富有浓郁的乡土气息和生活情调,可以视作陶诗的继承和发展。

南宋后期的"四灵""江湖"二派的田园诗,虽有陶渊明以"返自然"为快和以"躬耕"为乐的一面,却突破了个人生活的小天地;同时,虽也有王维、储光羲描写农村生活闲适安逸、自然风光优美宁静的一面,却突破了"羡闲逸"的个人情趣。

相对于唐、宋,金、元时期田园诗的创作明显衰落,这与整个诗坛的状况是一致的。纵观这两个时期的田园诗,依然继承了王维、储光羲的衣钵,以写农村景象的优美与农家生活的欢乐为主。如金代王庭筠的"梨叶成阴杏子青,榴花相映可怜生。林深不见人家住,道上唯闻打麦声"(《河阴道中》),元好问的"野禾成穗石田黄,山木无风雨气凉。流水平冈尽堪画,数家村落更斜阳"(《岳山道中》)。再如方一夔《田家》中的"晌午鸦鸦响踏车,那边丛薄有人家。老农歇热藤阴下,一树冬青落细花",马臻《田父词》中的"处处丛祠鼓笛喧,已占蚕麦十分添。醉骑牛背归来晚,乱把山花插帽檐"。张养浩还写有题为《拟四季归田乐》和《我爱云庄好四首》等组诗。当然,他们偶尔也会表现农村凋敝、萧条的景象,农民遭受赋税的剥削和生活的穷困等现实内容,如杨弘道的《空村谣》、舒𬱖的《缫丝行》和《缫丝叹》、马祖常的《拾麦女歌》等。

　　明代的田园诗虽然数量不少,但因袭的成分多。有清一代,算得上是我国古代田园诗的中兴时代。这个阶段的田园诗作,具有如下几个鲜明的特色:其一,题材更为扩大,描写更加细致。张应昌编纂的《清诗铎》中,就有田家、树艺、蚕桑、绣织等类。试以田家类为例,所收录诗之诗题有《插秧歌》《踏车曲》《刈麦行》《打麦词》《黎田行》《牧童谣》等篇什。树艺类诗中所表现的劳动项目则有种花、种柳、采茶、沤麻、砍芦苇、采药、采豆、采葛等。李宗昉的《蚕事十二咏》,记吴兴育蚕之法，计护种、下蚕、采桑、饲蚕、捉眠、饷蚕、铺地、缚山棚、架草、上山、擦火、采茧、择茧、缫丝、剥蛹茧、作丝、生蛾、布子、相种和赛神。周凯的《种桑十二咏》则包括种葚、压条、接枝、移栽、壅灌、手摘、去初叶、伐远条、禁再采、收霜采、剔苦皮和兼种柘等。这些都标志着由于农业生产的发展，分工越来越细，门类也越来越多，因而诗人可以根据自己的观察和体验，一一地反映在诗中，这是前代田园诗人无法比拟的。其二，反映地域更为广大。我国西南、西北、东北及台湾等地，过去田园诗人极少涉笔，在清代诗人的笔下却得到较多的反映。其三，悯农哀歌明显增多。田园诗中虽然有不少篇章仍是田园牧歌式的，但比之前代，不仅悯农的成分加强了，而且悯农的感情也更浓厚了。

我国古代田园诗始终沿着双轨发展：一是民间创作。它始自《诗经》，中经两汉南北朝乐府民歌，代代有之，只是有些没有保存下来，有些尚未被发现罢了。二是文人创作。它自陶渊明有意识为之以来，也是代代相沿。可以说，无论是诗人、词人抑或是散曲家，在他们的集子中都可以或多或少地看到田园篇章。即使到了近代和现当代，我国田园诗的创作和发展依然是沿着双轨前行。

一入深宫里，年年不见春
——唐代宫怨诗论析

如果把我国古代爱情诗比作千姿百态的艺术花圃，宫怨诗就是其中的一朵奇葩。奇就奇在：它没有蓓蕾初放时的丽姿俏颜，却有百花凋零时的凄凉衰败；它没有月前花下、恩怨尔汝的甜美，却有幽咽悱恻、肝胆欲断的忧伤，目为爱情诗的奇葩，或更精当。唐代宫怨诗代表了古代宫怨诗的最高成就。将收录于《全唐诗》中的两百余首宫怨诗放在唐代社会的广阔背景上进行综合考察，对把握这朵奇葩的审美特质，拓宽古代文学的研究领域或许不无裨益。

一

论及唐代宫怨诗，不能不辨别它与齐梁宫体诗的差异，以免鱼目混珠、张冠李戴。宫体诗盛行于梁陈时期，因梁简文帝"余七岁有诗癖,长而不倦。然帝文伤于轻靡,时号'宫体'"①的自述而得名,由庾肩吾、庾信、徐陵等的大力扇扬而恶性膨胀、泛滥成灾。宫体诗所咏对象多为女人的衣领、绣鞋、枕、席、衾、帐等卧具,在华美雕琢的形式下,表现的是变态的阴暗心理,如梁简文帝的《咏内人昼眠诗》《美人晨妆》等;至陈后主、江总时代,宫体诗更完全变为娼妓狎客一类的东西,极尽轻薄浮艳之能事,如陈后主的《玉树后庭花》《三妇艳词》等。一时间,朝野仿效,流风余韵,至初唐而不衰,"上官体"便是其嗣响。闻一多先生在论及初唐诗时说:"六朝和初唐人一般的写作态度,是肉欲的(sensual)而非肉感的(sensous),他们的理论根据是《列子》的纵欲主义。……肉感和肉欲都包括在纵欲主义中。肉感主义者多重声律与词藻,肉欲主义者便发展成为宫体诗。"②这和《隋书·经籍志》"清辞巧制,止乎衽席之间;雕琢曼藻,思极闺阁之内"的概括,都准确地揭示了宫体诗的主要特色——肉欲横流。而以宫女为主要描写对象的唐代宫怨诗,则多写她们的不幸遭遇,抒写她们的幽怨之情,从一个侧面展示了宫廷生活的黑暗腐朽,揭露了封建帝王的荒淫糜烂,绝少色情成分。因此,宫体诗完全是诗歌发展中的逆流,绝少审美价值可言;宫怨诗则成了爱情诗中的奇葩,从形式到内容都颇多可取之处。

二

宫怨诗这朵奇葩何以独在大唐帝国的土壤上盛放？

艺术园林的鹅黄柳绿，源于生活海洋的千汇万状。唐君王的荒淫无耻，宫女的大量存在，是宫怨诗大量产生的前提条件。这是一般原因，也是基本原因。《唐会要》载，唐高祖李渊时，仅放出的宫女就有三千多；太宗李世民时，后宫里"无用宫人，动有数万"；《旧唐书·后妃传》载，玄宗李隆基在武惠妃死后，"后庭数千，无可意者"；《旧唐书·代宗纪》载，永隆元年（680）二月，放出宫女千人；《旧唐书·顺宗本纪》载，贞元二十一年（805），"三月庚午，出宫女三百人于安国寺"；《新唐书·文宗本纪》载，文宗李昂于宝历二年（826）一次放出的宫女多达三千；白居易《上阳白发人·自注》载，"天宝末，有密采艳色者，当时号'花鸟使'"。正是无数宫女的青春和血泪，成就了哀怨感人的宫怨诗。

仅找出一般原因是远远不够的，因为回答不了这样一个问题：宫女的存在源远流长，为何唐代宫怨诗一枝独秀？回答它还需进一步寻找特殊原因。

唐代诗歌的普及，为唐代宫怨诗的繁荣提供了契机。这种普及包含两个层次：一是唐以诗取士，刺激全社会重视诗歌，整个知识分子阶层几乎都是诗歌作者，甚至一般平民百姓也能为诗;二是"唐人作诗之普遍可说是空前绝后,凡生活中用到文字的地方,他们一律用诗的形式来写,达到任何事物无不可以入诗的程度"③。没有一代唐诗的空前繁荣,也就没有唐代宫怨诗的空前兴盛。一大批出身、阅历、个性、修养各不相同的宫怨诗人应运而生了,韩理洲先生给我们开了一个长长的名单④。

唐代政治的相对比较开明,使得唐代宫怨诗繁荣成了可能。在大一统强权专制的封建帝国里,君王既是权力的体现,又是正确的象征,很少作为被谴责的对象进入文学作品。中国诗历来强调"怨而不怒""哀而不伤",提倡"温柔敦厚",正是特定社会生活在民族文化心理结构中的积淀,诚如普列汉诺夫在《没有地址的信》中所言:"任何一个民族的艺术都是由它的心理所决定的,它的心理是由它的境况所造成的。"而相较于其他各代,唐王朝的政治整体说来比较开明,诗人获得了较大范围的抒情记事的自由,杜甫、白居易等诗人直接抨击时弊,矛头甚至直接指向最高统治者的诗作能够问世,便可说明这个问题。于是,那些具有进步思想倾向、关心妇女命运的诗人,便把目光投向了那深不可测又幽暗无比的宫廷深院,写出了一批闪耀着人道主义思想光辉的作品。

女性主题在抒情文学中的深化,是唐代宫怨诗繁荣的内在动因。恩格斯在其经典著作里曾经肯定了法国空想社会主义者傅立叶的这样一个见解:"妇女解放的程度是衡量普遍解放的天然尺度。"⑤在封建社会里虽然不可能有妇女的真正解放,但以抒情诗为主的女性文学——这里指的是以女性为描写对象的文学——却也经历了一个不断深化的过程，并且呈现出这样一种二律背反：随着封建制度的发展、完善，妇女受束缚、受压迫的程度愈来愈深；随着抒情文学的发展、成熟，女性文学的主题愈来愈深化。《诗经》里虽已有了反映妇女爱情生活的作品，但作为独立客体的女性心理世界的神秘之门尚未打开。汉乐府中女性文学有了长足的进步，出现了罗敷、刘兰芝这样成功的艺术典型。但前者以行为描写为主，并没自觉意识到人物行为的心理意义；后者则以社会描写为主，政治主题大于性爱主题。南北朝至隋、唐初，女性文学在形式上是一种进步，在内容上则是一种退化，宫体诗人注重的是女性外态而非心理。盛唐以后，随着诗歌黄金时代的来临，女性文学也发展到了新的阶段。这不仅表现在唐代的妇女诗特别多，李白、白居易等优秀诗人都写了不少这方面的作品，而且表现在这些诗作强化了女性的主体意识，注重了对女性内心世界的开拓，并不自觉地把爱情问题和社会问题联系到一起，大大加强了女性文学的社会意义。在这样的历史舞台上，以宫女为描写对象的宫怨诗作能够大放异彩也就不难理解了。

三

如果不是用庸俗社会学的观点，把古代文学的思想性界定到反映民生疾苦、揭露阶级矛盾等几个极为狭窄的方面（当然这是很重要的几个方面），而是用多维思维、发散思维的方式，透过人们主体意识的流变轨迹，追踪社会生活的艺术投影，我们就会发现，唐代宫怨诗的思想内容是相当丰厚且颇为深刻的。因为显示在宫女感情雷达荧光屏上的图像，往往源于最高统治者；宫女幽怨不平感情的产生，常常是封建君王荒淫生活的反馈。这就使得唐代宫怨诗的认识价值具有了别类题材所不具有和无法具有的独特性和优越性。

生活在宫廷"那见不得人的地方"①的广大宫女，除了极少数官僚贵族家庭的家长和少女本人，为了享受荣华富贵和扩大家庭政治地位而主动争取入宫外，绝大多数是被迫进宫的。一道高高的围墙隔开了与大千世界的联系，她们变成了关在漂亮的金丝笼里失去了任何自由的小鸟，任人宰割，任人欺凌。"须知妇人苦，从此莫相轻""人生莫作妇人身，百年苦乐由他人"，白居易的喟叹对宫女或许更有典型意义。她们中的许多人被迫与家乡、亲人决绝，却无望得宠，而且连见上皇帝一面的机会都很难有，只有与孤寂为伴，和幽怨作邻，在郁结难解中度过惨淡的一生。宫廷——爱情的墓地，青春的屠场；皇帝——宫女的豺狼，寡情的魔鬼。他们利用手中的权力，残酷地扼杀了多少美丽少女的青春和生命，且听《上阳白发人》（白居易）的倾诉：

上阳人，红颜暗老白发新。

>……
> 未容君王得见面,已被杨妃遥侧目。
> 妒令潜配上阳宫,一生遂向空房宿。
> 宿空房,秋夜长,夜长无寐天不明。
> 耿耿残灯背壁影,萧萧暗雨打窗声。
> 春日迟,日迟独坐天难暮。
> 宫莺百啭愁厌闻,梁燕双栖老休妒。
> 莺归燕去长悄然,春往秋来不记年。
> 唯向深宫望明月,东西四五百回圆。

一个"脸似芙蓉胸似玉"的美丽少女被迫入宫后,就在这样无限凄凉的生活环境中度过了大半生的岁月。皇帝连见都未见过她,却残酷地夺去了她的一切。贞元中还穿着"天宝末年时世妆"的细节描写,更让人感慨万端,悲从中来。如果说此诗是通过一个宫女命运的具体描述来谴责君王的罪恶,那么《后宫词》(白居易)就是通过广大宫女的整体命运来揭露皇帝的残酷,更具概括意义:

> 雨露由来一点恩,争能遍布及千门。
> 三千宫女胭脂面,几个春来无泪痕?

满腔幽怨泪长流,这就是广大宫女悲剧生活的写真。促成她们命运悲剧的直接原因,是罪恶的封建制度(皇帝是封建制度的产物)。

马克思、恩格斯曾给悲剧下过一个著名定义:悲剧是"历史必然的要求与这个要求实际上不可能实现之间的悲剧的冲突"⑦。宫女的悲剧带有历史必然性：作为正常的女性，宫女希望有正常的爱情生活；但封建皇帝与宫女间不可能产生真正的爱情（有也是个别的、暂时的、有条件的，如唐玄宗与杨玉环）。唐代宫女不可能清醒地意识到封建制度是带来她们悲剧的根本原因，许多人都把"同是天涯沦落人"的受难妹妹当成了夺走自己幸福的对手，互相倾轧，自相伤害，成了宫廷生活的普遍现象。对此，宫怨诗作了如实的反映。我们认为，对这类作品要提到一定的历史范围内进行具体分析，不应简单否定。宫女们何以把争宠夺爱当作主要的生活目的，甚至为此可以不择手段、不惜一切，不就是因为大量的宫女终生无宠、忧郁而死的残酷现实给她们投下了恐惧的阴影吗？不就是"后宫佳丽三千人"而宠爱只"在一身"的现实生活本身，给她们带来了沉重的心理压力吗？变态的心理来自变态的土壤，宫女们"倾斜"的心态是宫廷"倾斜"的生活的折光。王建的《宫词》写道：

　　往来旧院不堪修，近敕宣徽别起楼。
　　闻有美人新进入，六宫未见一时愁。

新添一位美人就无疑添了一个竞争对手，自己得宠的机会就无疑少了一分，所以要赶快看看她究竟美到何种程度，是否对自己构成了严重威胁。一时未见到，心里就忐忑不安，忧愁顿生。不是宫女的神经太脆弱，嫉妒心太强，而是现实太残酷，皇帝太无情，她们的担忧太有根据了：

> 妾貌非倾国，君王忽然宠。
> 南山掌上来，不及新恩重。
> 后宫多窈窕，日日学新声。
> 一落君王耳，南山又须轻。
>
> （陆龟蒙《婕好怨》）

喜新厌旧是君王的本性，佳丽三千又为这种本性的实现提供了可能。"君心无定波，咫尺流不回。"（曹邺《代班姬》）"君心似秋节，不使草长春。"（《曹邺《长信宫》）将希望系于如此寡情少义之人的宫女怎能不比别人分外多些疑虑和嫉妒呢，如果要谴责的话，首先谴责的也应是"无定波"的君王。

正因为宫女的悲剧是历史的必然，所以不仅大多数未得宠的宫女"几个春来无泪痕"，就是极少数"三千宠爱在一身"的人，最终也难逃"玉容寂寞泪阑干"（白居易《长恨歌》）的结局。未受宠者的今天，就是受宠者的明天，甚至是更为悲惨的明天，因为始宠终弃的遭遇，往往给她们带来更加巨大的痛苦。试读下诗：

> 自忆专房宠，曾居第一流。
> 移恩向他处，暂妒不容收。
> 夜久丝管绝，月明宫殿秋。
> 空将旧时意，长望凤凰楼。
>
> （戴叔伦《长门怨》）

这位昔日曾经"专房宠"的宫女,被皇帝遗弃后,同大多数宫女一样在怅望明月、愁听丝管中打发岁月。今昔相照,愈显凄凉。李白的《妾薄命》更用对比的手法曲尽了受宠而见弃者"天上人间"的今昔变化,受宠之时,炙手可热:"咳唾落九天,随风生珠玉。"一旦失宠,势落千丈:"长门一步地,不肯暂回车。"芙蓉鲜花顿成断根衰草。尤其难能可贵的是,作者进一步揭示了产生她们悲剧的原因:"以色事他人,能得几时好。"这已把矛头指向了最高统治者。红颜易老,韶华短促,靠色受宠绝不会长久,最终见弃是必然的。

始宠终弃的悲惨结局,促使这些宫女痛定思痛,反思自己。她们逐渐地悟出了某种道理,深深地为自己以往的行为而后悔:

永巷重门渐半开,宦官着锁隔门回。
谁知曾笑他人处,今日将身自入来。
(王建《宫词》)

自己曾经嘲笑过别人的命运,而今同样的命运叩响了自己的门环。早知如今,何必当初:

早知君爱歇,本自无萦妒。
谁使恩情深,今来反相误。
(袁晖《长门怨》)

想想当初的争宠妒人的行为,看看今日失宠被弃的结局,当初的行为是多么没有意义。这是对往昔生活的否定,也是对统治者爱情幻想的破灭。

有压迫就会有反抗。白居易的《过昭君村》反映了人民大众对朝廷到民间选宫女行为的抵抗情绪："至今村女面，烧灼成瘢痕。"宁肯销毁俊俏的容貌，也不愿入宫，可见对宫廷生活的深恶痛绝。那些未逃厄运的宫女，也用诗的形式进行了力所能及的反抗，通过种种渠道向外界透露自己的哀怨，表达自己的向往。棉袍藏诗、梧叶题诗便是常见的手法。据《全唐诗》记载："开元中，赐边军纩衣，制自宫人。有兵士于袍中得诗。""天宝末，洛苑宫娥题诗梧叶，顾况见之。"⑧德宗、宣宗、僖宗时代，也发生过类似的事件。如天宝宫人的《题洛苑梧叶上》：

一入深宫里，年年不见春。

聊题一叶诗，寄与有情人。

一片落叶，几行诗句，愿遇知音，有情人终成眷属。再如《金锁诗》：

玉烛制袍夜，金刀呵手裁。

锁寄千里客，锁心终不开。

据《全唐诗》注："神策军马真于袍中得锁及诗。"后来与这位多情宫女成了良缘。这传说固然带有虚幻的色彩，但却真实地反映了宫女追求爱情幸福的善良愿望。王建的《宫词》："步行送入长门里，不许来辞旧院花。只恐他时身到此，乞恩求赦放还家。"更直接喊出了宫女渴望冲出宫廷牢笼，过正常人的生活的要求，虽用了"乞""求"二字，但在君王主宰一切的封建社会，能写出这样的作品诚属难能可贵。再联系他的《宫人斜》："未央墙西青草路，宫人斜里红妆墓。一边载出一边来，更衣不减寻常数。"对封建君王的荒淫无耻直接谴责，我们不能不对作者的胆略和勇气肃然起敬。在宫怨诗这块神奇的疆域里，王建无疑是位有开拓之功的骁将。

四

把唐代宫怨诗当作一个整体来审视，我们发现，虽然创作者各不相同，但在艺术风格上仍然呈现出某种共同的趋向。描述这种趋向可从三个方面着眼：

其一，凄凉幽怨、感伤悱恻的抒情基调。这是由宫女的特定生活和特定感情所决定的，上引诸诗皆可为证，兹不赘引。

其二，意在象外、含蓄蕴藉的抒情风格。强调"韵外之致""味外之旨"（司空图语）的抒情方式是中国古代抒情诗的基本特征，唐代宫怨诗于此体现尤著。诗人述哀怨宫女之种种情怀，常常是"只眼前景，口头语，而有弦外音，味外味"[⑨]。详而论之，又可作三层观：

（一）对比、反衬。颜色的强烈对比能造成奇特的效果，诗境的强烈对比可带来主题的深厚。唐代宫怨诗的对比、反衬是随处可见的，如"玉颜不及寒鸦色，犹带昭阳日影来"（王昌龄《长信秋词》）、"自恨身轻不如燕，春来还绕御帘飞"（孟迟《长信秋词》）、"自嗟不及波中叶，荡漾乘春取次行"（天宝宫人《杏叶诗》）等，以有情之人与无情之物进行对比，人反不及物，不言幽怨而幽怨自见。有时通过两种艺术境界的描绘，造成以乐衬哀、以哀衬乐，使乐者更乐、哀者更哀的艺术效果。如裴文泰的《长门怨》：

　　自闭长门经几秋，罗衣湿尽泪还流。
　　一种蛾眉明月夜，南宫歌管北宫愁。

一样明月，两种天地，北宫之忧伤不难想见。

　　（二）环境烘托。诗人善于借环境描绘造成浓郁的抒情氛围，更好地展现宫女的哀怨之情。如李白的《玉阶怨》：

　　玉阶生白露，夜久侵罗袜。
　　却下水晶帘，玲珑望秋月。

寥寥数笔，勾画出了一个冷落寂寥的艺术世界，让读者从中感受到宫女的思想情调，沈德潜评曰："此诗妙在不明说怨。"⑩可谓知言。再如"经年不见君王面，花落黄昏空掩门"（刘氏媛《长门怨》）、"玉窗萤影渡，金殿声不绝。秋夜守罗帏，孤灯耿不灭"（王维《班婕妤》）、"病卧玉窗秋雨下，遥闻别院唤人声"（王建《长门怨》）等，那落花时节室静人寂的黄昏情境，那秋天深夜萤渡人稀、孤灯照影的凄清画面，那病榻独卧、秋雨潇潇的忧伤镜头，无不与宫女的幽怨之情妙合无垠。

（三）细节描写。成功的细节描写，往往可拓宽文学作品的容量，增添文学作品的意蕴。如刘禹锡的《和乐天春词》：

　　　　新妆宜面下朱楼，深锁春光一院愁。
　　　　行到中庭数花朵，蜻蜓飞上玉搔头。

　　三、四句借典型细节刻画人物。上句通过"数花朵"的动作见出宫女的寂寞、空虚；下句既有心理活动，又有外貌写真。宫女由花思己，感慨万千，越想越呆，僵立花中，加上她新妆宜面，娇美如花，以至于蜻蜓视其若花、飞落"玉搔头"了。它如"含情欲说宫中事，鹦鹉前头不敢言"（朱庆馀《宫词》）、"外人不见见应笑，天宝末年时世妆"（白居易《上阳白发人》）等，或写宫女伴君如伴虎的恐惧心理，或言宫女"不知有汉"的囚狱般的生活，也都有以微见著、以少总多之妙。

　　其三，明白晓畅、言简意赅的语体特征。语言是诗歌的存在空间。唐代宫怨诗适应于抒发至性至情的需要，语言以自然流畅、明白易懂见长，绝少佶屈聱牙之句，不见艰深晦涩之语，偶用坟典，也多是众所周知之史实，如汉代的赵飞燕、陈皇后等，且能用典不隔，如盐入水。同时，唐代宫怨诗注重炼字炼句，力求在较短的篇幅里（以绝句为主要体裁）表现出复杂丰富的情感，言简意赅，语白情深。如元稹的《行宫》：

　　　　寥落古行宫，宫花寂寞红。
　　　　白头宫女在，闲坐说玄宗。

四句诗，首句点明地点，是一座冷落荒凉的古行宫；次句暗示环境和时间，几朵红花并没让人感到春天的温暖，反倒更显行宫的寂寥；三句交代人物，承上而启下，"白"与"古"相呼应，见幽深古老之氛围；末句写人物行为，宫女们闲来无事，以忆旧打发时光，而所忆又是玄宗遗事。短短二十字，不仅写出了时间、地点、人物、动作，构成了一幅完整的画面，更重要的，写出了宫女凄凉的身世，哀怨的情怀，盛衰的感慨，宋洪迈赞之曰："语少意足，有无穷之味。"⑪

再如张祜的《宫词》：

> 故国三千里，深宫二十年。
> 一声何满子，双泪落君前。

首句从空间着眼，写去家之远；次句从时间着笔，写入宫之久。宫女有家难回、与世隔绝已是可悲，何况家乡又在三千里之外，入宫已达二十年之久，其命运就更让人同情。三、四句引入了一个曲牌——《何满子》，歌手何满子曲尽命葬黄泉的悲剧命运在宫女心头激起了强烈的共鸣，一声悲歌，双泪齐落。这泪水是宫女埋藏至深、积蓄至久的怨情恨意的总爆发，是对被夺去了幸福和自由的抗议，如刘皂《长门怨》所言："不是思君是恨君。"即从如上简单分析，作者锻字炼意之功力也可见一斑，只不过情至浓而淡，语至精而平，使人只觉自然之妙，不见锤炼之功罢了。

五

宫怨诗产生的母体是毒汁四溅的封建制度,因其与封建制度的代表君王有着天然的血肉联系,较之其他题材的作品可能更容易受封建毒素的侵蚀和感染,唐代宫怨诗自然也莫能例外。且不说那些袒护君王罪责、甘做君王玩偶、粉饰宫廷生活、乞怜君王恩怜的作品多属糟粕,应予剔除,就是上文所述各类具有一定现实意义的作品也应批判地继承。这是无须赘述的。

注释:

① 《梁书·简文帝纪》。
②③ 《闻一多论古典文学》第 90~91 页,第 83 页,郑临川述评,重庆出版社 1984 年版。
④ 参见韩理洲《简说唐代的"宫怨诗"》,《人文杂志》1985 年版第 6 期,本文参阅了韩先生的文章,受益颇多,特示谢意。
⑤ 《反杜林论》第 257 页,人民出版社 1970 年版。
⑥ 《红楼梦》第十八回贾元春语。
⑦ 《马克思恩格斯选集》第 4 卷第 347 页,人民出版社 1972 年版。
⑧ 分别见《全唐诗》卷七百九十七开元宫人《袍中诗》小序、天宝宫人《题洛苑梧叶上》小序。
⑨ 沈德潜《说诗晬语》卷上。
⑩ 《唐诗别裁集》卷十九。
⑪ 《容斋随笔》卷二。

万里写入胸怀间

——唐代黄河诗探骊

潆潆河声,捩柂处、怒涛千尺。绝壁下、鱼龙悲啸,水波欲立。一派灰飞官渡火,五更霜洒中原血。问成皋、京索事如何?空陈迹。

虫牢外,风萧瑟。瘭延畔,沙堆积。试中流骋望,百忧横集。混混且拼流日夜,茫茫不辨天南北。但望中、似见有人烟,陈桥驿。

——陈维崧《满江红·自封丘北岸渡河至汴梁》

黄河——中华民族的摇篮,似一条巨龙横卧在高原平野上,像一条玉带蜿蜒于崇山峻岭中,奔腾九省,一泻万里,滚滚沸沸,浩浩荡荡,从遥远的历史深处奔流而来,又向遥远的未来前方奔流而去。千百年来,她赢来了多少英雄豪杰由衷的赞叹,得到了几许骚人墨客深情的歌吟。如果把歌颂黄河、描绘黄河、反映黄河儿女生活的诗篇比作夏夜晴空里的灿烂繁星,最壮观、最明亮、最奇异的星群,则无疑属于创造了中国古典诗歌巍巍丰碑的大唐帝国。如果把唐代山水诗比作一幅千姿百态的锦绣画卷,黄河诗则是这幅画卷的重要组成部分。为了更好地传承弘扬黄河文化、讲好黄河故事,笔者拟对唐代黄河诗进行一番探骊。

一

西方美论有优美、壮美之分,中国美论有阳刚之美与阴柔之美之别,所谓"骏马西风塞北,杏花春雨江南",即是对这两种美学境界的形象阐释。黄河的恢宏气势、雄阔景象,黄河的百折不挠的韧性、无所畏惧的刚性,黄河的奔腾万里的长度、裂石击礁的力度,都决定了她的美更多的是属于阳刚之美(壮美)。人们常把黄河比作母亲,如果把此理解为黄河是中华民族的摇篮,哺育了数以千万计的炎黄子孙是完全正确的;如果以此形容黄河的美学特质,则毋宁把它比作父亲。因为黄河对子孙的教诲,鲜有轻盈清澈的轻吟,多为雄浑壮阔的怒吼。如果比之于音乐,她不会演奏"小弦窃窃如私语"式的轻音乐,只会演奏"铁骑突出刀枪鸣"式的进行曲;她更像贝多芬的《英雄交响曲》,而不像舒伯特的《小夜曲》。如果比之于诗,她更像李白的《蜀道难》,而不像张若虚的《春江花月夜》。请看唐诗人的具体描绘：

> 白日依山尽，黄河入海流。
> 欲穷千里目，更上一层楼。
>
> （王之涣《登鹳雀楼》）

据《清一统志》记载，鹳雀楼旧址在山西蒲州（今永济），古来题诗者甚众。王诗自拓疆域，技压群芳。开篇十个字，字字千钧，高度形象而又高度概括地再现了黄河的雄浑气象和壮阔之势。千载之下，读之如亲临其景，诵之如亲历其境，神思为之振奋，胸襟为之开阔。

"一生好入名山游"的伟大浪漫主义诗人李白，更是和大自然有着嫡亲母子般骨肉关系的自然之子，他歌唱祖国壮丽河山的诗章，犹如"名工绎思挥采笔，驱山走海置眼前"，令人眼花缭乱、目不暇接。黄河，成了他经常吟咏的对象：

> 黄河走东溟，白日落西海。
>
> ——《古风》

> 奔鲸夹黄河，凿齿屯洛阳。
>
> ——《北上行》

> 西岳峥嵘何壮哉，黄河如丝天际来。
> 黄河万里触山动，盘涡毂转秦地雷。
> 荣光休气纷五彩，千年一清圣人在。
> 巨灵咆哮擘两山，洪波喷流射东海。
> 三峰却立如欲摧，翠崖丹谷高掌开。

  白帝金精运元气,石作莲花云作台。

——《西岳云台歌送丹丘子》

  黄河西来决昆仑,咆哮万里触龙门。

——《公无渡河》

  君不见黄河之水天上来,奔流到海不复回。

——《将进酒》

  排山倒海的气势,浩瀚雄伟的场面,鬼惊神泣的境界,雷霆万钧的力量,带给我们的是何等动人心魄的审美感受。用司空图的话来形容是"天风浪浪,海山苍苍,真力弥满,万象在旁"①;用姚鼐的话来描述是"如霆,如电,如长风之出谷,如崇山峻崖,如决大川,如奔骐骥","如杲日,如火,如金镠铁","如凭高视远,如君而朝万众,如鼓万勇士而战之"②。

  龙门为晋陕峡谷的最后通道,以形势险要著称。峡谷两岸断壁千仞,宛似刀劈斧削。左岸龙门山和右岸梁山,伸崖相抱,形如蟹螯,状似门阙。大河奔流,怒涛石峰,气势惊险。状此险景者,除上引李白之作外,还有骆宾王的"通波连马颊,迸水急龙门。照日荣光净,惊风瑞浪翻"(《晚渡黄河》)刘孝孙的"回眺黄河上,惝恍屡飞魂。鸿流遵积石,惊浪下龙门"(《早发成皋望河》)、薛能的"何处发昆仑,连乾复浸坤。波浑经雁塞,声振自龙门。岸裂新动势,滩余旧落痕"(《黄河》)等,这些劲拔险峭之作,与龙门的惊险气势相表里,千载之下,读之犹觉心悸。

沈括《梦溪笔谈》尝言："河中府鹳雀楼三层，前瞻中条，下瞰大河。唐人留诗者甚众，惟李益、王之涣、畅当三篇，能状其景。"王诗已援引如上，畅诗也是五绝："迥临飞鸟上，高出世尘间。天势围平野，河流入断山。"（《登鹳雀楼》）李诗则为七律："鹳雀楼西百尺樯，汀洲云树共茫茫。汉家箫鼓空流水，魏国山河半夕阳。事去千年犹恨违，愁来一日即为长。风烟并起思归望，远目非春亦自伤。"（《同崔邠登鹳雀楼》）畅、李之诗虽较之王诗略逊一等，终于让其独步千古，但也不失状景阔大生动之作。三家之外，耿洪源的"黄河经海内，华岳镇关西。去远千帆小，来迟鸟独迷"（《登鹳雀楼》）、吴融的"鸟在林梢脚底看，夕阳无际戍烟残。冻开河水奔浑急，雪洗条山错落寒"（《登鹳雀楼》），气势也非可小觑，有"曲终觉天风海雨逼人"之感。

黄河在潼关附近的大转折，是其著名的大弯曲之一。这里崖高谷深，河道狭窄，水热湍急，唐太宗曾以"千里黄河此一弯，寒风激浪射潼关"的著名诗句，描绘了其雄伟瑰丽的壮景；唐玄宗的"河曲回千里，关门限二京"，更把黄河回荡千里的气势和潼关的险要联系在一起，显得峭拔矫健。吴融的"重门随地险，一径入天开。华岳眼前尽，黄河脚底来"（《出潼关》）、徐夤的"洞壑双扉入到初，似从深阱睹高墟。天开白日临军国，山夹黄河护帝居"（《忆潼关》），皆与玄宗之句迹异而本同，具异曲同工之妙。尉迟匡的"明月飞出海，黄河流上天"（《暮行潼关》），命笔空灵透脱，酷肖太白句意。

三门峡谷两岸夹水，壁立千仞。两座石岛把河水分成三股雄流：鬼门河、神门河水势殊险，人门河相较稍缓，但也水深流急。急流中一座巍峨的山峰突兀而立，任凭浊浪排空，乱石崩云，它自岿然不动。这就是闻名遐迩的中流砥柱。这惊心动魄的三门险景，在徐夤笔下得到了生动的再现："洪流盘砥柱，淮济不同波。莫讶清时少，都缘曲处多。远能通玉塞，高复接银河。大禹成门崄，为龙始得过。"（《河流》）大禹治水、龙门留迹故事的糅入，更增添了全诗的神奇色彩。

黄河过孟津，冲出最后一段峡谷，伊洛河从南岸注入，黄河沿邙山继续东流。韦应物的七律《自巩洛舟行入黄河，即事寄府县僚友》描述了这里的景色："夹水苍山路向东，东南山豁大河通。寒树依微远天外，夕阳明灭乱流中。孤村几岁临伊岸，一雁初晴下朔风。为报洛桥游宦侣，扁舟不系与心同。"诗人顺洛水向东航行，两岸青山连绵，不觉中船已驶入黄河。他举目回望，但见滚滚黄河与天相连，天边隐约可见稀疏的树木在寒气中枯落。夕阳映照在汹涌的河水中，忽明忽暗，闪烁不定。诗作虽已带有中唐的萧瑟之气，但苍凉中仍可见出雄浑本色。

壮丽的自然景色不但能够阔人胸襟，而且能够壮人诗笔。雄伟的黄河不但在李白这样"兴酣落笔摇五岳"的诗人笔下呈现出壮丽的本色,一些原非以豪放见称的作家,吟到黄河,也往往一改平素诗风,显得激越豪迈、巨笔如椽。王建以宫词一百首奠定了在唐诗中的地位,诗风比较低沉。但他描写黄河题材的《公无渡河》,显现的却是悲壮的风貌:"渡头恶天两岸远,波涛塞川如叠坂。……蛟龙啮骨鱼食血,黄泥直下无青天。"孟郊、贾岛是中国文学史上有名的苦吟诗人,被称为"郊寒岛瘦"。但正是吟着"借车载家具,家具少于车"的苦调的孟郊,写出了"谁开昆仑源,流出混沌河。积雨飞作风,惊龙喷为波"(《泛黄河》)的雄篇;正是唱着"两句三年得,一吟双泪流"的哀曲的贾岛,写出了"迥碛沙衔日,长河水接天"(《送友人游塞》)的壮句。"花间词派"的开山鼻祖温庭筠,诗本也属唯美主义一派,不脱"香而软"的词风,但他描绘的黄河风光,却宛若在电子琴乐曲中加进了摇滚乐、打击乐,石破天惊,令人振奋:"黄河怒浪连天来,大响驳驳如殷雷。龙伯驱风不敢上,百川喷雪高崔嵬。"(《公无渡河》)宋代爱国主义诗人陆游曾自谓"一闻战鼓意气生",我们可以说唐诗人是写到黄河句便壮。

　　九曲黄河,百折千曲,千姿百态。有时,它吼叫着,咆哮着,无所顾忌地冲开狭窄的隘谷,扑向险恶的礁石。有时,它又安澜息怒,在阳光的照射下闪着耀眼的金光,显得那么恬静、安详,仿佛是倦后小憩一般。但最壮丽、最动人、最足以显示其性格特征的还是前种神态,因而唐代黄河诗中,虽也有

"中宵大川静，解缆逐归流"（储光羲《夜到洛口入黄河》）这样的轻吟，但声音太微弱了，微弱到在雄浑的黄河大合唱中几乎听不到它的旋律。

　　黄河，从其源头的涓涓清泉到入海口的滚滚巨流，行程万里，纳川百条，数不尽江山多娇，看不尽风景如画。然而，审视唐代黄河诗，我们发现，比较优秀的篇章大都集中描写从晋陕峡谷到古都洛阳这一阶段的山川风光。这是因为，长安、洛阳是唐王朝的京都和陪都，自然也是全国的政治、经济、文化中心。唐代实行以诗取士，诗人们为谋求功名，多数到过两京，对这一段的风物比较熟悉。同时，黄河景色以这一段最为壮观。青海、宁夏、甘肃，当时均处边陲之地，尚待开发；上游的黄河流量较小，尚不足以呈现出阔大的气势。故而吟咏者多与边塞题材相结合，相对有些低沉（详见下文）。黄河流过孟津以后，已经进入平原地带，河面开阔，水势平坦，再没有了峡谷河段的激流回荡、浊浪拍天，所以也就少有惊天地、泣鬼神的雄浑诗作。

二

　　赋、比、兴是中国古代诗歌的常规武器，早在先秦时代，诗人已通晓它的用法（如《诗经》中对这一手法的娴熟运用）。唐人齐己曰："诗有六义……二曰赋：'风和日暖方开眼,雨润烟浓不举头。'三曰比:'丹顶西施颊,霜毛四皓鬓。'四曰兴:'水韵彭泽润,山忆武陵深。'"③如果说唐代正面描绘、歌颂黄河壮丽风光的诗作虽也带有比、兴的成分,如李白的"君不见黄河之水天上来,奔流到海不复回"就旨在兴起"君不见高堂明镜悲白发,朝如青丝暮成雪"的人生感慨,但这些壮丽风光本身仍然给人以生动、具体的印象,人们欣赏的也主要是自然描写本身(赋的手法),在黄河边塞诗(姑且这样称谓)中则主要运用比、兴手法,尤其是兴的手法。在这部分作品里,黄河的自然属性淡化了,社会属性加强了,她往往成为人们寄托某种情怀的媒介。同时,其风格明显地趋于低沉。王之涣的"黄河远上白云间,一片孤城万仞山。羌笛何须怨杨柳,春风不度玉门关,"(《凉州词》),描景神思飞跃、气象壮阔:波涛汹涌的大河逆向远眺犹如一条玉带直上云霄,但玉门关外,春风不度,杨柳不青,唯有笛声悠悠、怨思缕缕的描述,仍给全诗笼罩了苍凉的氛围,它是悲壮,而非雄壮。王维的"单车欲问边,属国过居延。征蓬出汉塞,归雁入胡天。大漠孤烟直,长河落日圆。萧关逢候骑,都护在燕然"(《使至塞上》),颈联描绘了一幅塞上独有的风光画面:在浩瀚无边的大戈壁滩上,一股浓黑的烟柱扶摇直上,像一座孤塔冲入云际;滔滔黄河上漂浮着一轮渐渐下沉的红日,暮色苍茫中它显得分外醒目、分外壮观。但王维写此诗时,是以监察御史身份奉命出使塞上,宣慰刚刚大败了吐蕃的将士，心情自与久戍不归的将士有别。值得说明的是，笔者并无以雄壮与低沉来区分作品高下之意，倒认为风格的多样性更增添了黄河诗的魅力。还是抛开这三段论的论述方式，"用形象和图画说话"（别林斯基语）吧：

　　　　白花原上望京师，黄河水流无尽时。
　　　　穷秋旷野行人绝，马首东来知是谁。
　　　　　　　　　　　　（王昌龄《出塞》）

　　高唱过"黄河百战穿金甲，不破楼兰终不还"（《从军行》）的王昌龄，在这里抒写了战士久戍不归的哀怨。黄河，仅作为喻体出现在诗中。她日夜奔腾的滚滚巨流使人感到的不是力的无穷，而是怨的无限。即使在"赫日正当中"的盛唐，战争也给黄河罩上了一层阴影。

　　　　昨夜蕃兵报国仇，沙州都护破凉州。
　　　　黄河九曲今归汉，塞外纵横战血流。
　　　　　　　　　　　　（薛逢《凉州词》）

　　战争是无情的，它意味着白骨成山、鲜血成河；战争又是多情的，它意味着领土的完整、国家的安全（指正义的反侵略战争）。薛诗既歌颂了正义的战争，又指出了战争所带来的灾难。九曲黄河，被赋予了十分复杂的意蕴。

　　　　龙斗雌雄势已分，山崩鬼哭恨将军。
　　　　黄河直北千余里，冤气苍茫成黑云。
　　　　　　　　　　　　（常建《塞下曲》）

统汉峰西降户营,黄河战骨拥长城。

只今已勒燕然石,北地无人空月明。

（李益《统汉峰下》）

如果说王昌龄、薛逢的诗作虽不乏哀伤,但整体风格是悲壮的,常建、李益的作品更多的则是悲怨、悲愤。由于统治者的好大喜功,指挥者的昏庸无能,在黄河边、长城下,埋葬了多少战士的身躯？游荡着多少冤屈的魂灵？黄河,你是历史的见证人,生动地记下了他们的满腹悲愤。

岁岁金河复玉关,朝朝马策与刀环。

三春白雪归青冢,万里黄河绕黑山。

（柳中庸《征人怨》）

死者已矣,存者偷生。黄河岁岁年年环绕着黑山,他们年年岁岁生活在边塞,经受着血与火、生与死的考验。出使匈奴数十年,而今仍安静地躺在边塞之地的王昭君啊,你是否也像战士们一样怀念家乡、故土、亲人？

"岁岁金河复玉关"的战士是痛苦的,但"可怜无定河边骨,犹是春闺梦里人"（陈陶诗）,最痛苦的,还是他们的妻子。在"为人莫作妇女身,百年苦乐由他人"（白居易诗）的封建社会里,妇女生活在社会的最底层,丈夫是她们生活和精神的双重支柱。丈夫戍守边塞,她们惦念着他们的衣食冷暖,牵挂着他们的生命安全,在揪心的等待中熬过漫长的岁月。丈夫一旦被夺去生命,留给她们的便只有青灯孤影、寂寞悲伤。

悲壮的死比起悲哀的生似乎更容易些，描写思妇痛苦的黄河边塞诗就显得分外凄凉、哀怨：

　　去秋送衣渡黄河，今秋送衣上陇坂。
　　妇人不知道径处，但问新移军近远。
　　　　　　　　　　（王建《送衣曲》）

在"秋风萧瑟天气凉，草木摇落露为霜"（曹丕诗）的季节，她们每每要给戍边的丈夫送去御寒的衣衫。去秋渡黄河，今秋上陇坂，明秋、后秋，谁知又移军何处呢？关切之情，哀怨之意，溢于言表。

　　烛龙栖寒门，光曜犹旦开。
　　日月照之何不及此？唯有北风号怒天上来。
　　燕山雪花大如席，片片吹落轩辕台。
　　幽州思妇十二月，停歌罢笑双蛾摧。
　　倚门望行人，念君长城苦寒良可哀。
　　别时提剑救边去，遗此虎文金鞞靫。
　　中有一双白羽箭，蜘蛛结网生尘埃。
　　箭空在，人今战死不复回。
　　不忍见此物，焚之已成灰。
　　黄河捧土尚可塞，北风雨雪恨难裁。
　　　　　　　　　　（李白《北风行》）

诗人用"停歌""罢笑""双蛾摧""倚门望行人"等一连串的动作来刻画人物的内心世界，塑造了一个忧心忡忡、愁肠百结的思妇形象。她由眼前过往的行人，想到了远在长城脚下守卫祖国边塞的丈夫。丈夫沙场捐躯，仅给她留下了"虎文金鞶鞛"，物在人亡，睹物思人，倍觉伤情。"黄河捧土尚可塞，北风雨雪恨难裁"的惊人比喻，形象、生动地倾泻出思妇满腔的悲愤。黄河，流淌的仿佛不是滚滚浊水，而是思妇的绵绵血泪。黄河水流无尽时，此恨绵绵无绝期！

黄河，智慧的河，文明的河；黄河，忧伤的河，哀怨的河。她流传甚广的许多故事，给唐代黄河诗的创作提供了丰厚的土壤。这就决定了比兴手法的运用不只限于黄河边塞诗。公元前33年，南匈奴呼韩邪单于请求与汉和亲，汉元帝以王昭君妻之。昭君死后，葬于今呼和浩特城南十公里的大黑河南岸。那座高大的土丘，便是历史上著名的"青冢"。王偃的《昭君词》写道："北望单于日半斜，明君马上泣胡沙。一双泪滴黄河水，应得东流入汉家。"把昭君与黄河联系起来，抒写她思乡怀土的幽怨。

苏武牧羊、蔡文姬归汉都是人们所熟悉的历史故事。李益的《塞下曲》云："黄河东流流九折，沙场埋恨何时绝。蔡琰没去造胡笳，苏武归来持汉节。"读后令人感慨遥深，发思古之幽情。

西岳华山，东峰右侧是石楼峰。峰之东壁崖上有仙人掌迹，传说是"河神巨灵擘山"时留下来的。郦道元《水经注》云："河神巨灵，手荡脚踏，开而为两。今掌足之迹，仍存华岩。"李白的《西岳云台歌送丹丘子》把黄河的雄浑、华山的峥嵘和巨灵擘山的故事糅合在一起,增添了诗的瑰丽色彩和浑茫气象。

　　黄河万里诗万首,历尽沧桑到而今。读着唐人留下的数以百计的吟诵黄河的篇什,我们不能不为我们伟大的祖国有如此壮丽的山川、如此丰富的文化遗产而骄傲、而自豪,不能不更加热爱黄河、热爱祖国。席勒曾从理论上指明了诗人与自然之间的亲密关系。他说,人对于自然,总是充满了爱与尊敬的感情。一个具有优美感情的诗人,只要他在明朗的天空下散散步,就能够体会到这一点。至于诗人,那更是一直从自然那儿得到灵感的:"即使在现在,自然仍然是燃烧和温暖诗人灵魂的唯一火焰。"④法国马克思主义美学家亨利·列斐伏尔在他的《美学贡献》里也对自然与艺术的关系作了精辟的分析。他的结论是:"每个时代,每个阶段,都各有它对自然的看法和审美观念。……从美学观点研究自然的历史会证明各民族、各国家,都先已改变了他们的土地的形状,在山水风景上刻下了他们的印痕,然后才把他们对这土地的威力以及他们的社会关系一齐摆进他们的艺术作品。"⑤笔者认为,席勒与列斐伏尔的论述,刚好可以用来从不同的角度阐释唐代黄河诗的审美价值和认识价值。我们也正是从这个角度,对描述、礼赞黄河的唐代黄河诗予以肯定和礼赞!

三

生活的海洋波涛汹涌，艺术的园林气象万千。他们都是时代母亲的儿子。普列汉诺夫指出："任何文学作品都是它的时代的表现。它的内容和它的形式是由这个时代的趣味、习惯、憧憬决定的，而且愈是大作家，他的作品的性质由他的时代的性质而定的这种关联也就愈强烈愈明显。"⑥探讨唐代黄河诗何以如此兴盛，换言之，黄河何以引起唐代诗人如此广泛的兴趣，也应从时代中寻求原因。

唐代是中国古典诗歌的黄金时代，题材丰富，名家辈出。兴起于魏晋的山水田园诗至盛唐形成了声势浩大的山水田园诗派。黄河，自然会同许多壮丽的、优美的山川风物一起进入诗的王国，成为人们反复描绘、吟诵的对象。长安、洛阳是当时全国的政治、经济、文化中心。而这两个城市又都紧临黄河，城因河显，河借城贵，人们对黄河的兴趣自然会更浓些。

深思一层，唐代黄河诗较之其他各代黄河诗呈现出两个显著的时代特征：其一，状景特别阔大，形成了中国黄河诗的高峰；其二，与边塞诗的联系特别密切，形成了特有的黄河边塞诗。笔者以为，出现这种现象的原因仍可以从普列汉诺夫的论述中得到解释。

威势赫赫的唐帝国，在其极盛时期，势力所及的范围，东北至朝鲜半岛,西北至葱岭以西的中亚,北至蒙古,南至印度,是当时世界上最强大的封建帝国。国威的强盛,经济的繁荣,给整个汉民族注入了一支强烈的兴奋剂,朝野上下呈现出昂扬奋发、蓬勃向上的整体趋向,形成了所谓的"盛唐气象"。鲁迅先生说:"遥想汉人多少闳放,新来的动植物,即毫不拘忌,来充装饰的花纹。唐人也不算弱。例如汉人墓前石兽,多是羊、虎、天禄、辟邪。而长安的昭陵上,却刻着带箭的骏马,还有一匹鸵鸟,则办法简直前已无古人。……汉唐虽也有边患,但魄力究竟雄大,人民具有不至于为异族奴隶的自信心,或者竟毫未想到。"⑦这种魄力和信心,正是来自国家的强大和统一。因而黄河在唐人的笔下,就多呈现出与时代精神相吻合的雄浑阔大、勇猛矫健的气象,而绝少那种不可捉摸的原始气息和恐怖力量(极少描写黄河为患的篇什便是例证)。若将宋代黄河诗与唐代黄河诗纳入一个系统进行比较研究,时代精神的作用便会看得更清楚。

唐王朝的对外战争主要发生在盛唐时期,而大西北,又是战争最频繁的地区之一。那里是黄河的发源地。同时,黄河流域自古就是兵家必争之地,诸多古战场的遗迹,很容易牵动征夫思妇的情怀;黄河的雄浑之景也比较适于描绘战争的悲壮场面,渲染战争的悲壮氛围。故而黄河与边塞诗在唐王朝找到了结合的温床。

或许,这就是唐代黄河诗何以比较兴盛、何以具有独特风采的主要原因。

注释：

① 《二十四诗品·豪放》。

② 《复鲁絜非书》，《惜抱轩诗文集》第二册第 10 页。

③ 《风骚旨格》，《古今图书集成》文学典第 190 卷。

④ 《素朴的诗和感伤的诗》，见《西方文论选》上卷第 489 页。

⑤ 转引自朱光潜《论"自然美"》，《山水与美学》第 21 页，上海旅游出版社 1985 年版。

⑥ 《论西欧文学》第 121 页，人民文学出版社 1957 年版。

⑦ 《坟·看镜有感》，《鲁迅论文学与艺术》上册第 144～145 页，人民文学出版社 1980 年版。

自铸雄奇瑰丽词

——论毛泽东诗词的崇高美

"推翻历史三千载,自铸雄奇瑰丽词",是现代著名诗人柳亚子赠毛泽东的诗句。如果说前一句是对作为伟大的无产阶级革命家的毛泽东的准确概括和评价,那么后一句则是对作为伟大诗人的毛泽东的准确概括和评价。这并非妄语。阅读毛泽东的50余首诗词,我感受最深的是雄浑跳荡的激情、雷霆万钧的力量、排山倒海的气势、恢宏阔大的境界、吞吐八荒的襟怀、高瞻远瞩的眼光。质言之,是一种让人奋发向上、斗志昂扬的崇高美。

一

"诗言志。"充溢于字里行间的革命乐观主义、理想主义、英雄主义精神和坚韧不拔的意志、蔑视艰险的豪迈、百折不挠的刚毅、胸怀宇宙的气度，是毛泽东诗词崇高美的本质体现。用康德的美学术语来表述，这是一种力学的崇高。

毛泽东的诗词创作有两次高峰，一次在长征前后，一次在60年代，无一不是党的危险和艰难时期。但沧海横流方显出英雄本色，愈是危险和艰难，毛泽东不为任何艰难险阻所吓倒、对革命前途充满自信的伟人品格表现得愈加突出。发而为诗词，崇高美表现得愈加鲜明、愈加集中。

长征，是人类历史上从未有过的壮举。艰苦卓绝的壮举激发了毛泽东的壮阔诗情。从1934年10月到1936年底，他接连写出10首作品，形成一个重要的创作高峰。崇高美似一根红线贯穿于这批作品之中，《忆秦娥·娄山关》《七律·长征》《清平乐·六盘山》和《沁园春·雪》是其代表。

《忆秦娥·娄山关》写于1935年2月，描写了中央红军第二次攻克娄山关，并迅速从这里通过的情景。这是著名的遵义会议召开、毛泽东的军事指挥权得到确立后红军打的第一个大胜仗，具有十分重要的战略意义。上片描写纪律严明的红军，在拂晓时逼近娄山关的情景；下片讴歌红军攻占并越过娄山关的雄伟场景。"雄关漫道真如铁，而今迈步从头越"两句，写出了红军藐视并能战胜困难的英雄气概，豪迈雄壮。"苍山如海，残阳如血"两句，以壮丽之景现壮阔之情，境界壮美。1958年12月，毛泽东在广州重读此作，写下了这样的批注："万里长征，千回百折，顺利少于困难不知有多少倍，心情是沉郁的。过了岷山，豁然开朗，柳暗花明又一村了。以下诸篇，反映了这一种心情。"这对我们理解本词及其后的几首作品都大有裨益。

写于同年10月的《清平乐·六盘山》，是毛泽东在长征途中写的最后一首作品。其后不久，中央红军便到达陕甘苏区，与陕北红军会师，胜利地完成了震惊世界的二万五千里长征。登上六盘山后的毛泽东，登高望远，心潮澎湃，借此作表现了彻底打垮国民党和日本帝国主义的坚强决心，抒发了将革命进行到底的壮志豪情。"不到长城非好汉"，斩钉截铁，气壮山河，是对红军革命英雄主义和乐观主义精神的精警概括，也是对不久前发生的张国焘逃跑主义、分裂主义的有力斥责。"今日长缨在手，何时缚住苍龙"，信心满怀，壮志凌云，集中表现了毛泽东对革命胜利的乐观情绪和宏伟抱负，是全词的主旨所在。

《七律·长征》写于1935年10月，是对中央红军一年来长征历程的回顾与总结。掷地有声的开头两句，即为全诗写下了昂扬乐观的基调：万水千山的艰苦远征，对于不怕困难的红军来说不过是等闲之事。所以，一年来的漫漫征程，于诗人笔下就变得轻松自如，犹若闲庭信步。在诗人看来，绵延于江西、湖南、广东、广西四省之间的五岭山脉，恰似大地上起伏着的细微波浪，横亘在云贵之间的乌蒙山脉，不过是大地上滚动着的一些泥丸。这里使用的是反向夸张的艺术手法。抢渡金沙江、大渡河两处天险，何其惊心动魄，但只用了"云崖暖""铁索寒"轻轻拈出，好像漫步于林荫道一样惬意。诗人甚至觉得以往的困难太不够味了，难以充分体现红军不怕难的英雄气概，故而又有"更喜岷山千里雪，三军过后尽开颜"的结句写出。写长征而没有丝毫悲凉之气，连慷慨悲歌也没有，有的只是满纸豪情，满篇雄迈，大无畏的革命英雄主义和乐观主义精神充溢其间，让人在对困难的藐视中更加坚定革命信念和制胜决心。只有那样伟大的历史，才能造就毛泽东那样伟大的诗人；只有毛泽东这样伟大的诗人，才能写出这样永垂青史的长征史诗。

我们再集中领略一下《沁园春·雪》的崇高美：

> 北国风光，千里冰封，万里雪飘。望长城内外，惟余莽莽；大河上下，顿失滔滔。山舞银蛇，原驰蜡象，欲与天公试比高。须晴日，看红装素裹，分外妖娆。
>
> 江山如此多娇，引无数英雄竞折腰。惜秦皇汉武，略输文采；唐宗宋祖，稍逊风骚。一代天骄，成吉思汗，只识弯弓射大雕。俱往矣，数风流人物，还看今朝。

上片写北国雪景，气象雄伟，写出了祖国河山的壮丽。古来咏雪诗甚多，无一可与之媲美。岑参"忽如一夜春风来，千树万树梨花开"的千古名句奇或近之，壮亦不及。下片由祖国河山的壮丽引出历史上功业卓著的几个英雄人物,认为他们尽管文治武功,威名赫赫,但比起当代的革命英雄都要逊色一筹。全词赞颂壮丽的祖国河山和伟大的当代革命英雄,充满着对革命胜利的无限信心,大气磅礴,感人至深。此作同《七律·长征》,既是毛泽东诗词中的经典作品,也是中国旧体诗词中不可多得的千古绝唱,如一对美丽的双子星座在浩瀚的诗词银河中放射着夺目的光辉。

二

国际局势风云变幻的60年代前期,是毛泽东诗词创作的又一个高峰。从1961年2月到1965年秋,毛泽东共创作了13首作品,是作品最多的一个时期。其间回响着的主旋律仍是崇高美。

60年代初,年轻的中华人民共和国面临着两重困难:中苏关系恶化,国外的反动势力妄图孤立社会主义中国,掀起了一股又一股反华浪潮;由于"大跃进"的失误,也由于敌对势力的经济封锁和技术封锁,我国出现了三年自然灾害时期。面对着这样的国际国内局势,作为党和国家的主要领导人,毛泽东没有被困难和逆流所吓倒。他用如椽的巨笔,创作了一系列充满革命豪情和必胜信念、充满革命乐观主义精神和挽狂澜于未倒的气势恢宏的诗作。

"暮色苍茫看劲松，乱云飞渡仍从容。天生一个仙人洞，无限风光在险峰。"这首题庐山仙人洞的七言绝句写于1961年9月。开篇即展示了一个宏伟的影像：暮色苍茫之中，一株遒劲的松树昂然挺拔于天地之间，任凭风云翻涌，依旧从容镇定，显示出坚韧不拔、乐观自信的伟岸品格。而"无限风光在险峰"的结句更是画龙点睛，由对劲松和仙人洞的歌咏升华到具有普遍意义的哲理高度，较之王之涣的"欲穷千里目，更上一层楼"，层楼更上。诗人于兹既是直抒壮怀，借以坚定自己和全党、全民的信念，表达乐观豪迈的情感，又是揭示一种崇高的人生境界：只有不畏艰险，勇于攀登，才能真正领略到无限壮丽的风光。《七律·郭沫若同志》借古典戏剧抒写现实的政治怀抱，针对性极强。"金猴奋起千钧棒，玉宇澄清万里埃"两句，展现了一幅痛歼妖魔、澄清玉宇的宏伟图景，对斗妖英雄进行了热情的礼赞。"今日欢呼孙大圣，只缘妖雾又重来"两句，则由戏剧中的神话世界转入眼前的现实世界，既进一步揭示了国际共产主义运动斗争的严重性及其伟大意义，又表达了必胜的信念，给人以莫大的精神鼓舞。《水调歌头·重上井冈山》意阔语壮，尤其是"可上九天揽月，可下五洋捉鳖，谈笑凯歌还。世上无难事，只要肯登攀"数语，更以无产阶级革命家的豪迈气魄和浪漫笔触，写出了不畏艰险、肯于攀登的凌云壮志和伟大品格，健笔凌云，壮怀薄天。

最能体现这一时期作品崇高美的，是写于1962年12月26

日的《七律·冬云》和写于1963年1月9日的《满江红·和郭沫若同志》。两首作品的写作时间相差仅10余天，主题、风格都很接近。上诗前三句集中描写、渲染当时恶劣的国际环境。第四句既是中国人民不畏强暴且能战胜困难的真实写照，又为下四句的正面抒怀做了铺垫。五、六两句气壮山河，塑造出一个顶天立地的、坚强不屈的民族英雄形象。结尾两句将"梅花"与"苍蝇"对冬雪的态度做了鲜明的对比，一方面对"梅花"进行了热情的礼赞，一方面对"苍蝇"进行了无情的嘲讽和抨击。后作写道：

小小寰球，有几个苍蝇碰壁。嗡嗡叫，几声凄厉，几声抽泣。蚂蚁缘槐夸大国，蚍蜉撼树谈何易。正西风落叶下长安，飞鸣镝。

多少事，从来急；天地转，光阴迫。一万年太久，只争朝夕。四海翻腾云水怒，五洲震荡风雷激。要扫除一切害人虫，全无敌。

开头四字雄视千古，断非一般的骚人墨客所能吟出。雨果说过，比蓝天更浩瀚的是大海，比大海更浩瀚的是人的胸怀。毛泽东的胸怀可谓包容至大，连寰球也显得"小小"。这不是故作壮语，而是伟大的无产阶级革命家胸怀五洲四海的自然显现。有了这样的胸襟和视野，几只碰壁苍蝇的嗡嗡之声又算得了什么？"蚂蚁"四句，表现了对反面势力的轻视、鄙视、蔑视，也表现了一个无产阶级革命家的大无畏气概。下半片的

"四海"四句，概括了世界革命形势的风起云涌、波澜壮阔，表达了彻底消灭一切害人虫的理想和决心。

三

特定的题材对表现特定的美学风格有着十分重要的意义。从题材的角度着眼，毛泽东许多在"马背上哼成"的战争题材的作品，都带有鲜明的崇高美品格。

战争的严酷性使得古来以往的战争诗往往带有悲伤的成分，即令那些展现壮丽的边塞风光和气势雄壮的战争场面，表现爱国壮士驰骋沙场、抗击敌寇、守边卫国的英雄气概和爱国情操的作品，也都有感伤的情愫沉甸甸地叩击着我们的心扉。毛泽东的战争诗则充溢着勇往直前的气概、不怕牺牲的豪迈和充满必胜信念的革命乐观主义与革命英雄主义精神。这是因为作为伟大的马克思主义者的毛泽东，能够历史地、辩证地理解战争、看待战争，能够高瞻远瞩，洞察未来，在为共产主义理想而奋斗的宏大背景上认识战争的意义与价值。他的战争观是与他的世界观相一致的。

《西江月·秋收起义》是作者创作的第一首战争词作，艺术成就虽不及后期的作品，崇高美的特色却同样鲜明。"地主重重压迫，农民个个同仇。秋收时节暮云愁，霹雳一声暴动。"这一声暴动具有划时代的意义，标志着第一支革命军队的建立，同时也揭开了在井冈山创立第一个革命根据地的序幕。本词以磅礴的气势礼赞了这次暴动，语言的平实正衬托出作者作为革命领袖的过人胆略与气魄。相比之下，《西江月·井冈山》的艺术成就更高：

  山下旌旗在望，山头鼓角相闻。敌军围困万千重，我自岿然不动。
  早已森严壁垒，更加众志成城。黄洋界上炮声隆，报道敌军宵遁。

  此作歌颂的是黄洋界保卫战。上片"敌军"两句，以敌军的气势汹汹衬托我军的镇定自若，显示了正义的人民战争的巨大威力，也具体体现了毛泽东在长期革命战争实践中逐渐形成的"在战略上藐视敌人，在战术上重视敌人"的军事思想。下片起始两句承上启下，议论精警，提示了在敌人层层围困下，"我自岿然不动"的原因。结尾两句既嘲讽了敌人的丑态，又写出了我军的胜利喜悦。全词雄壮豪迈，饱含激情，可以看作一支井冈山革命武装斗争道路的热情赞歌。

  《清平乐·蒋桂战争》写了两种性质不同的战争：一种是军阀间狗咬狗的不义战争，为的是争夺霸权，鱼肉人民；一种是党领导的红军的正义战争，为的是解放劳苦大众，消灭剥削制度。非正义的战争"洒向人间都是怨"，正义的战争深得人民拥护。作者抨击了非正义的战争，歌颂了正义的战争，表现出高度的革命乐观主义精神和敢于斗争、敢于胜利的英雄气概。《采桑子·重阳》中的"战地黄花分外香",是对革命战争的直接赞美。唐末农民起义领袖黄巢的《菊花》诗云:"待到秋来九月八,我花开后百花杀。冲天香阵透长安,满城尽带黄金甲。"赋予菊花以农民起义军战士的战斗风貌与性格,把黄色的花瓣设想成战士的盔甲,使它从幽人高士之花成为最新最美的农民起义军战士之花,显现出一种豪迈粗犷、充满战斗气息的动态美。"战地黄花分外香"由此变化而来,"分外"二字尤其增加了对战地菊花的热爱之情,也更显出革命战争的壮丽动人。只有充分理解革命战争的意义与价值,对革命战争具有英勇无畏的献身精神的人,才能写出这样的诗句。《菩萨蛮·大柏地》的"当年鏖战急,弹洞前村壁。装点此关山,今朝更好看",把当年鏖战在村壁上留下的一些弹痕当作装点"此关山"的装饰品,也是经历过战争考验并对战争的意义有着深刻体会的人才写得出的。"自古英雄皆解诗",像毛泽东这样的伟大的无产阶级革命英雄更解壮丽的史诗。

《蝶恋花·从汀州向长沙》《渔家傲·反第一次大"围剿"》和《渔家傲·反第二次大"围剿"》的崇高美,共同体现在对工农红军以摧枯拉朽之势打败国民党反动派的壮举的正面歌颂上,体现在作品所具有的壮丽的史诗性质上。"六月天兵征腐恶,万丈长缨要把鲲鹏缚""天兵怒气冲霄汉""齐声唤,前头捉了张辉瓒""唤起工农千百万,同心干,不周山下红旗乱""飞将军自重霄入""横扫千军如卷席",皆有排山倒海、扭转乾坤之势,令人回肠荡气,击节称赏。写于长征途中的一些作品,尤其是《七律·长征》,更是战争诗中的瑰宝,上文已经述及,这里从略。

我们还要特别提到毛泽东的最后一首战争诗《七律·人民解放军占领南京》:

钟山风雨起苍黄,百万雄师过大江。
虎踞龙盘今胜昔,天翻地覆慨而慷。
宜将剩勇追穷寇,不可沽名学霸王。
天若有情天亦老,人间正道是沧桑。

百万雄师直捣南京,正式宣告了蒋家王朝的灭亡。这是何等震撼人心的壮举!何等惊天动地的伟业!本诗既是这次大决战的一曲气壮山河的胜利凯歌,也是一曲创造新世纪的英雄交响乐,是诗人"将革命进行到底"的伟大思想的艺术结晶。

著名诗人郭风在评论毛泽东的《如梦令·元旦》一词时说,在毛泽东的诗词艺术所散发的文学异彩中,有一个最突出的、在中外古今诗史上几乎可谓独一无二的景象,即毛泽东同志的诗词是与他领导的革命战争联系在一起的,并且在其中真挚地、气势恢宏地直抒一位革命巨人的情感。他的相当一部分诗词具有我国革命战争年代的史诗性质和一位革命领袖为人民事业出生入死、披肝沥胆、建立功勋的诗体自传性质。故而,毛泽东的战争诗词具有特别浓郁的崇高美,成为中国战争诗词中的黄钟大吕。

四

"寻常一样窗前月,才有梅花便不同。"(宋·杜耒)即令是一些属于阴柔题材的作品,一经毛泽东如椽巨笔的点染,便具有了崇高美的色彩。"黯然销魂者,惟别而已矣。"而夫妻之别在古典诗词中更是呈现着凄凉哀怨的基调。离别几乎成了感伤的代名词。毛泽东写于1923年的《贺新郎》,是与夫人杨开慧的离别之作,也是仅有的一篇离别之作。

"挥手从兹去。更那堪凄然相向,苦情重诉,眼角眉梢都似恨,热泪欲零还住""汽笛一声肠已断,从此天涯孤旅"数语,写离别之情缠绵悱恻,让我们依稀想起了宋代词人柳永的"执手相看泪眼,竟无语凝噎""多情自古伤离别,更那堪、冷落清秋节。今宵酒醒何处?杨柳岸、晓风残月。"(柳永《雨霖铃》)

若止于此,此作也可称得上是善状离别之苦的婉约佳制。但诗人的卓绝处在于,他在写儿女亲情的同时写出了昂扬的革命激情,儿女情长英雄志也长:"凭割断愁丝恨缕。要似昆仑崩绝壁,又恰像台风扫寰宇。重比翼,和云翥。"有了儿女柔情的缠绵,更显得革命激情的昂扬;有了革命激情的昂扬,也更映衬儿女柔情的缠绵。

悼亡之作以其生死两茫茫、永世相乖隔的特定题材,显现出如泣如诉的凄苦情结。从元稹的"唯将终夜长开眼，报答平生未展眉"，到苏轼的"十年生死两茫茫，不思量，自难忘。千里孤坟，无处话凄凉"，从陆游的"伤心桥下春波绿，曾是惊鸿照影来"，到纳兰性德的"梦好难留，诗残莫续，赢得更深哭一场"，莫不如此。毛泽东仅有的两首悼亡之作，在表达对死者的深切思念之时，却没有流于哀伤，而是悲中见豪，悲中见壮，既可告慰逝者英灵，又能感动世人，真正显示了毛泽东诗词的内在力量。罗荣桓同志是我党我军杰出的领导人之一，为中国人民的解放事业和社会主义建设事业立下了不朽的功勋，做出了巨大的贡献，在全党全军享有很高的威望，也深得毛泽东的器重。他逝世后，毛泽东饱含深情写下了《七律·吊罗荣桓同志》。前六句追忆罗荣桓革命生涯中的光辉业绩和崇高品格，大处着笔，情真意厚。"君今不幸离人世，国有疑难可问谁"的结语，表达的既是人世间一种最大的悲伤、一种最深的思念，也是对罗荣桓的一种最高的赞誉。全词慷慨壮歌，尽扫悲苦之气。结尾之悲虽是大悲，给人的感受却是悲壮而非悲哀。

《蝶恋花·答李淑一》更是悼亡词作中的一朵奇葩、一大壮景：

> 我失骄杨君失柳，杨柳轻扬直上重霄九。问讯吴刚何所有，吴刚捧出桂花酒。
>
> 寂寞嫦娥舒广袖，万里长空且为忠魂舞。忽报人

间曾伏虎,泪飞顿作倾盆雨。

杨指杨开慧,柳指柳直荀,两人都是革命烈士。全词除首句是写实,点明了此作的悼亡性质、悼亡对象外,其余全据想象、幻想落笔。两位烈士的英灵飞升九天,在月宫伐桂的仙人吴刚立即捧出桂花酒招待。因偷吃不死药而升天的嫦娥平日十分寂寞,见到两位客人非常高兴,舒袖起舞,表示欢迎。他们正当兴高采烈之际,忽然听到人间恶虎尽被收拾的消息,顿时热泪滚滚,化作倾盆大雨。读此作,我们只会为两位先烈感到无比的骄傲、无比的自豪。他们为党的事业而献身,死得其所,重如泰山,虽死犹生,虽死犹荣。

大诗人郭沫若说此作"丝毫也没有旧式词人的那种靡靡之音,而使苏东坡、辛弃疾的豪气也望尘却步。这里使用着浪漫主义的极夸大的手法,把现实主义的主题衬托得非常自然生动、深刻动人。这真可以说是古今的绝唱",可谓切中肯綮。

中国文学中的悲秋情结有着悠久的传统。从宋玉的"悲哉秋之为气也,萧瑟兮草木摇落而变衰",到《红楼梦》中林黛玉的"秋花惨淡秋草黄",可以说悲怆的音响在漫长的中国文学史上从未间歇过。它不仅造就了一批又一批热衷于悲秋、以悲秋为雅的作者群,而且也涵育了代复一代善于欣赏悲秋作品的无数读者。正是在悲秋情绪的制约下,中国古代文人唱出了一曲曲或哀怨低沉或苍凉激越的悲歌。而毛泽东的《采桑子·重阳》则尽扫惯常的悲秋之气,用"一年一度秋风劲,不似春光，胜似春光，寥廓江天万里霜"的壮丽诗句，对秋日景观进行了热情的礼赞。之所以秋光胜于春光，关键在一"劲"字。秋风的强劲、摧枯拉朽，使秋之天地更加辽阔广大。《沁园春·长沙》中的"看万山红遍，层林尽染；漫江碧透，百舸争流。鹰击长空，鱼翔浅底，万类霜天竞自由"、《忆秦娥·娄山关》中的"西风烈，长空雁叫霜晨月。霜晨月，马蹄声碎，喇叭声咽"，也都表现了词人与自然之秋相感应而导致的深层吻合，境界壮美。这种与秋的深层吻合，这种强烈的生命意志，即使在词人渐入老境之时仍未减弱。在那首著名的《浪淘沙·北戴河》中，词人观古今，抚四海，置身秋风，面对汪洋，不禁感慨万千："往事越千年，魏武挥鞭，东临碣石有遗篇，萧瑟秋风今又是，换了人间！"其间展示的，正是一种由奋斗不已的壮志积久而成的雄浑之气。

不大喜爱花草风月的毛泽东对梅花却情有独钟。他在读了陆游的"驿外断桥边，寂寞开无主。已是黄昏独自愁，更著风和雨。　无意苦争春，一任群芳妒。零落成泥碾作尘，只有香如故"（《卜算子·咏梅》）后，有感而发，"反其意而用之"，写了《卜算子·咏梅》："风雨送春归，飞雪迎春到。已是悬崖百丈冰，犹有花枝俏。　俏也不争春，只把春来报。待到山花烂漫时，她在丛中笑。"如果说从艺术成就的角度来看，此作与陆作同是咏梅名篇，难分轩轾，那么从艺术境界的角度来看，此作的傲雪凌霜、豪迈乐观，较之陆作的孤芳自赏、寂寞哀怨则有着本质的差异。这里,我们无意于苛求八百多年前的陆游,只想借以说明:毛泽东诗词的崇高美表现在各种题材、各个方面。有着先行者和公仆的品格和艰危中奋不顾身、转安后乐于奉献的执着性格的梅,属于毛泽东所独有。

娴熟于中国历史的毛泽东,有一首气大声宏的《贺新郎·读史》。此作以极其概括的语言,囊括、咏叹了以中国历史为主体的整个人类社会的历史。从人类的诞生到归宿,从原始社会到社会主义社会,真真巨笔如椽,力扛九鼎。比如整个石器时代作为人类的童年持续了二三百万年之久,但在毛泽东笔下仅成了轻轻松松的"只几个石头磨过";整个人类社会的历史悲剧仅成了苍凉沉痛的"人世难逢开口笑,上疆场彼此弯弓月。流遍了,郊原血"。眼界之大,思维之壮,真是前无古人,后少来者。这里的壮美是通过思想的深邃来体现的。因为历史是一个思想的领域,一个被理性精神照耀的领域。

五

毛泽东诗词的崇高美还表现在"数学的崇高"(康德)方面。这种崇高美的突出特点是境界和意象的阔大。境界的阔大体现在全景式的整体描绘中,如《沁园春·长沙》中的"看万山红遍,层林尽染;漫江碧透,百舸争流。鹰击长空,鱼翔浅底，万类霜天竞自由"，《菩萨蛮·大柏地》中的"赤橙黄绿青蓝紫，谁持彩练当空舞？雨后复斜阳，关山阵阵苍"，《忆秦娥·娄山关》中的"苍山如海，残阳如血"，《沁园春·雪》中的"北国风光，千里冰封，万里雪飘。望长城内外，惟余莽莽；大河上下，顿失滔滔。山舞银蛇，原驰蜡象，欲与天公试比高"，《浪淘沙·北戴河》中的"大雨落幽燕，白浪滔天。秦皇岛外打鱼船。一片汪洋都不见，知向谁边"等。意象的阔大体现在具体的描写对象中。山川草木、风雨雷电等自然景观中，毛泽东写得最多的是山。《十六字令三首》集中写山，通过写山的磅礴气势抒发革命豪情："山，快马加鞭未下鞍。惊回首，离天三尺三。""山，倒海翻江卷巨澜。奔腾急，万马战犹酣。""山，刺破青天锷未残。天欲堕，赖以拄其间。"在其他作品中写山的句子多达20余句，据名家分析，毛泽东爱写山是因为他从小就熟悉山、喜爱山，与山有着不可分割的血肉关系。大山给了他革命成功的条件和机会，大山铸造了他坚强的性格和意志。所以他对山有着一种特别亲切厚密的感情。还有一点需要补充：山的雄伟阔大的景象，最能体现毛泽东雄伟阔大的胸怀。

毛泽东写水，主要写的是江海湖等具有壮美色彩的景象，小桥流水绝少进入他的视野。"洞庭湘水涨连天""洞庭波涌连天雪""沧海横流安足论""四海翻腾云水怒""烟雨莽苍苍，龟蛇锁大江""万里长江横渡""赣水苍茫闽山碧""大雨落幽燕，白浪滔天。秦皇岛外打鱼船，一片汪洋都不见""高峡出平湖"等，无不有天风海雨般的气势、形象。

吞吐八荒的毛泽东经常对天地宇宙作概括性描写，笼天地于形内，挫万物于笔端，很具壮阔之美，"要将宇宙看稊米""又恰像台风扫寰宇""问苍茫大地，谁主沉浮""寥廓江天万里霜""狂飙为我从天落""太平世界，环球同此凉热""玉宇澄清万里埃""小小寰球，有几个苍蝇碰壁""可上九天揽月"等皆是显例。

六

思考这样一个问题是必要且饶有意味的：毛泽东诗词为什么具有如此突出、如此集中的崇高美？著名作家姚雪垠在评论《七律·长征》一诗时说："毛泽东同志一身兼伟大的无产阶级政治家和革命家、伟大的马克思主义者、伟大的诗人。他身上的这几个特点是统一的。如果没有前几个伟大作为条件，他不可能写出光辉夺目的革命诗篇。他不是为写诗而写诗，而是由他在长期革命斗争的大风大浪中培养成的革命乐观主义与革命英雄主义的伟大人格，以及蓄积于胸中的革命激情，喷发而为诗，加上他对诗词艺术有深厚修养兼有天赋的过人才华，所以能写出光辉夺目的诗词。"这段话完全适用于揭示毛泽东诗词崇高美的成因。需要进一步阐释的是：

其一，毛泽东的革命乐观主义和理想主义精神是建立在他对社会发展规律的准确把握、对革命前途的科学预见的基础之上的。换言之，他的乐观不是盲目的乐观。1929年1月，他在写给林彪的信（即《星星之火，可以燎原》）中，对处在低潮中的革命前途充满信心，认为现在的星星之火终将形成燎原之势。他说："马克思主义者不是算命先生，未来的发展和变化，只应该也只能说出大的方向，不应该也不可能机械地规定时日。但我所说中国革命高潮快要到来，绝不是如有些人所谓'有到来之可能'那样完全没有行动意义的，可望而不可即的一种空的东西。它是站在海岸遥望海中已经看得见桅杆尖头了的一只航船，它是立于高山之巅远看东方已见光芒四射喷薄欲出的一轮朝日，它是躁动于母腹中的快要成熟了的一个婴儿。"可见，他的乐观主义是深刻的乐观主义，他的理想主义是科学的理想主义。这决定了他的诗词不是徒作壮语，而是激情灌注，达到了革命的政治内容和完美的艺术形式的高度统一。

其二，毛泽东诗词的崇高美同他不畏困难、坚韧不拔的个性和胸怀壮阔、理想崇高的人生境界有关。早在湖南第一师范学校读书时，毛泽东就常在暴风雨中跑步，借以"文明其精神，野蛮其体魄"。作为伟大的无产阶级革命家的毛泽东，更是"与天斗，其乐无穷；与地斗，其乐无穷；与人斗，其乐无穷"。

美国作家罗斯·特里尔称许毛泽东"个人性格之伟力可撼山岳""他从不自满,总是探索一个充满人性的、具体实在的社会主义""他是不屈不挠的中国人",他"极其痛恨一成不变。他认为一切都在不停地变动,将来也永远如此",揭示的正是他永不满足、不断追求"天行健,君子以自强不息"的性格特征。在他人生的交响乐中,奋斗永远是昂扬的主旋律。写于青年时期的"自信人生二百年,会当水击三千里""丈夫何事足萦怀,要将宇宙看稊米。沧海横流安足论,世事纷纭何足理"和《沁园春·长沙》中追忆的"恰同学少年,风华正茂,书生意气,挥斥方遒,指点江山,激扬文字,粪土当年万户侯",都是其凌云壮志的生动写照,让人钦佩仰止。1975年8月,医疗组为已经八十二岁高龄的毛泽东做白内障摘除手术。临上手术台前,他让服务人员放了一曲岳飞的高亢激越的《满江红》。1976年6月,已临近生命终点的毛泽东,还在用微弱的声音一字一顿地吟诵南北朝著名文学家庾信的《枯树赋》,抒发了烈士暮年、壮心不已的伟大情怀。文如其人,没有如此壮美的人生境界,焉能写出壮美的伟大诗章?!

其三,对中国优秀传统文化的学习继承、发扬光大,也是形成毛泽东诗词崇高美的一个原因。毛泽东深谙中国传统文化的精髓,对唐代诗人李白、李贺、李商隐的诗作尤其喜爱。而李白、李贺充满浪漫主义精神的诗作整体上属于壮美。宋词人中,他偏爱辛弃疾、张元干、岳飞、文天祥等的作品,这自然也会影响到他的词风。毛泽东的秘书田家英就曾对诗人臧克家说过，毛泽东某首词的起头，是有意仿照辛弃疾《永遇乐·京口北固亭怀古》的。毛泽东曾在1962年扩大的中央工作会议上引用"文王拘而演《周易》"的一段名言，也曾录孟子的"天将降大任于斯人也"那段话送给子女，可见穷而后工的文化传统对他也有潜在影响，使他能从中汲取营养，始终以革命乐观主义精神面对现实坎坷，坚信光明终将代替黑暗。

  人事有代谢，往来成古今。闪耀着崇高美光辉的毛泽东诗词，将与永远需要崇高美的人类和历史同在！

行吟诗千首,晚来唱大风

——论刘长庚诗词的基本主题与艺术风格

刘长庚先生长期在河南教育科技系统工作,宅心仁厚、奖掖后进,不少我熟悉的教育科技界才俊都对他交口称赞,敬重有加;同时,他早年拜著名诗人、书法家王绶青先生为师,在诗词、书法两个领域辛勤耕耘几十载,登堂入室,很有造诣,我也早从诗朋书友处听闻他的大名。因此,得以率先拿到他的诗词集《椿树下的足迹》(河南科技出版社2016年版),系统研读收录其中的千余首诗词作品,受益良多,何其快哉!

椿树的意象,源于作者老家宅院的老椿树。他家几代人都寄居于椿树之下,在老椿树的庇佑下成长,从老椿树下出发,走向广阔的多彩世界,开始各自的人生旅程。椿树,成了故乡、故土、亲情的象征,故而作者把他的散文、书法、诗集分别命名为《椿树下的心迹》《椿树下的手迹》和《椿树下的足迹》。

仅以诗集《椿树下的足迹》（以下简称《足迹》）而论，"足迹"二字似一条红线贯穿作者跨越半个世纪的创作生涯，把吉光片羽串成了七宝楼台，对概括诗词集主题、体现诗词集主旨、展现诗人情怀真是再准确不过。"人生到处知何似，应似飞鸿踏雪泥。泥上偶然留指爪，鸿飞那复计东西。"（苏轼《和子由渑池怀旧》）那么，我们现在就循着诗人的"足迹"出发，领略一下诗人半个世纪人生旅途中都看过什么、做过什么、读过什么、想过什么，留下了怎样的雪泥鸿爪。

一

"人生凭腿量远近，履迹唯脚知浅深"（《爬五龙口山》），是作者耳顺之年的人生感悟，也可以看作他诗词创作的经验总结。脚走腿量，脚踏的是土地，丈量的是自然，对山水田园自然风光的热爱与讴歌成就了《椿树下的足迹》。

"东风春信至，苇陂水清明。春雨芦花老，雪融注洴盈。蹼禽盘褥草，竹鸟脱壳颖。黄蒲茅菅下，笋籈始透青。"（《芦苇荡春讯》）这首五律写于1969年3月3日，作者刚从汲县师范毕业不久，分配到博爱县磨头原庄学校，那里"村域僻且远"，是全公社最偏僻、最简陋的一所小学。当时物质生活匮乏，需要吃"百家饭"——"主食不兼味，米面少荤腥"（《百家饭》）。但这些艰难困苦在一个热爱教育、热爱自然、朝气蓬勃的年轻人眼里算不了什么。春风吹来，冰雪消融，禽鸟延续生命，笋芽破土透青，一派生机勃勃。从艺术形式上看此诗还尚显稚嫩，不及后期作品清新自然，但对自然、对生活的热爱流淌于字里行间，不失为早期作品中的佳作。如果放到"文革"早期到处都是标语口号、诗坛一片荒芜的大背景下解读此诗，则其艺术和审美价值更加值得褒扬。

中国的改革开放从实行家庭联产承包责任制开始，从乡村走出来的诗人及时捕捉到了改革给农村带来的勃勃生机："清明连谷雨，四月育桑麻。姑嫂松畦埂，夫妻采秧芽。豆瓜根茎短，芹韭叶文华。鸡犬声声里，平畴绿万家。"这首《农田春景》写于1983年4月，诗前注明是"农村实行土地家庭联产承包责任制第一个春天即景"。浓郁的生活气息，平实的语言风格，尤其是尾联的由近及远、由平到幽、由淡到绵，使得这首田园诗别开生面，很有宋代著名田园诗人范成大的流风遗韵。同期的《麦忙》《忆故乡秋景》《田园歌》等也都属同类上佳作品。

因为热爱自然，也因为工作之便，作者游历广泛，足迹遍四海，饱览奇异风光，给我们留下了不少瑰丽诗章。就国内而言，诗人几乎走遍了长城内外、大江南北，河南省内更不必多说，几乎每处山川大河、人文胜景都有吟哦。"晴川瀑布泻石喧，体似绢垂足抖烟……地幕天帷霏羽落，一虹驾卧淡云天"，吟咏的是云南石林大叠水瀑布。古风《火焰山行》写新疆吐鲁番火焰山奇景，笔力遒劲，很有唐代著名边塞诗人岑参

《走马川行》的意境。及至退休，诗人的诗作层楼更上，尤其是长篇巨制，达到了"凌云健笔意纵横"的境界，《九寨行吟十章》和《青海湖行吟录》可为典范。后者有句云："君不见，陇西头。青海云淡艳阳秋，波涛拍岸青石洲。烟波浩渺风不静，鸿雁行行逐鹭鸥。君不见，青海蓝。青石洲上湖心山，悬崖上下飞鸣泉。奇花异草竞相艳，山麓林溪白沙滩。……君不见，青海南，雪川连绵银川远，日照云蒸雨如烟。千条溪河汇脚下，亘古沧海变桑田。……君不见，青海北。长城龙头嘉关巍，春风渡关不知归。丝绸路上驼铃咽，火龙直抵贺兰溟。……君不见，青海东。百里关河偎丘麓，万家烟树入湟川。……君不见，青海西。世界屋脊与云齐，唐古拉口刀风疾。沉沉一线穿南北，直下拉萨到藏西。"全诗大开大阖，构思奇特，雄浑壮美，自然与人文汇聚，历史与现实交融，即便是置于中国诗史尤其是长篇古风诗史中，也毫不逊色。

借现代科技之便，古人"日行千里"的梦想早就变成了现实。其实何止"日行千里"，日行万里乃至数万里也都不在话下。诗人有幸赶上了改革开放的时代，工作又给他提供了到世界各地考察交流的机会，风云际会，便有了《足迹》中诸多歌咏描摹异域风情的诗章。这种视通万里的机遇与境界，是古代山水自然诗人所无法想象的。五大洲都留下了诗人的足迹，自然也都转化成了诗章。诗人这样观赏新西兰的玫瑰："多年已是两相知，远近不无牵挂时。感时惜隔千万水，一枝玫蕾寄相思。"(《新西兰·火山公园赏玫瑰》)借他国玫瑰,抒中国情怀。如果说这首七绝以清新流畅见长,那么下面这首长诗《雷克雅未克晚霞吟》就以壮阔奇特称胜:"极地暮色耀斑斓,赤橙黄绿青紫蓝。夕阳浴海长不落,闲遣巧云描碧天。"巧云如何描碧天呢?接下来诗人用二十四句展开铺陈,把晚霞的流动变幻、千姿百态描摹得惟妙惟肖、栩栩如生,这等"写生"功力,非观察细致入微、文字举重若轻者很难企及。写完晚霞之万娇千美,作者笔锋一转,把中国传统文化的意象嵌入异域风景之中:"太白举杯邀明月,金猴驾云南天阙。右军挥毫兰亭水,李逵抡圆开山钺。嫦娥广袖当空舞,子乔调琴理音节。东坡醉卧亭边树,陶令采菊东篱阶……"一番神游八荒的奇思妙想,有神话传说,有历史真实,如梦如幻,亦实亦虚,景与情、景与思、外与中融为一体,让人如行华阴道上,目不暇接,心旷神怡。最后,诗人以"千舞万挪变不休,万马千军风正道。语言本为表情感,今对彩霞语涩羞"收篇,如此描摹功夫,还说自己因功力不济而"涩羞",晚霞之美轮美奂、千姿百态尽可想象,所谓"状难写之景如在目前,含不尽之意见于言外"(欧阳修《六一诗话》引梅尧臣语),此之谓也。

二

在《足迹》以游历为基础、以山水田园自然风光为主线的诸多诗章中,对历史胜迹、历史人物的凭吊与感怀占据了相当大的比重。这既和中国文人借古咏怀的传统有关,也和作者集教育科技官员、人文学者、诗人、书法家于一身的身份和偏好有关。"人事有代谢,往来成古今。江山留胜迹,我辈复登临。"(孟浩然《与诸子登岘山》)如此,"我辈"登临的江山胜迹就自然含有深厚的历史情愫了,可以称之为人文自然。

爱国志士、贤吏能臣是作者凭吊最多的历史人物。出生于河南汤阴的著名爱国将领岳飞,与作者故里和求学教书之地都是近邻,自然会首先进入他的视野。早在1985年11月,作者就写了《汤阴访岳飞故里》:"中原大战起燕幽,壮别天涯战未休。百战归来头颈断,一腔热血付东流。八千里路风云会,三十功名血雨收。浩叹黄龙酒未饮,孤遗远域守荒州。"表达对这位乡贤的敬仰和壮志未酬身先死的慨叹,颔、颈两联尤为精警。明代爱国将领史可法在扬州抗清殉国,衣冠冢安葬于扬州古城广储门外的梅花岭上。1993年5月,诗人游扬州,写了一诗一词吊祭史可法,小令写道:"青衣乌帽白马,西丘湖垒梅花。舍生取义壮,破国亡家。殉国岂惜身家。"沉痛悲凉,一唱三叹。诗人缅怀"一身傲骨铁铮铮,肃仰千年刚正风"(《包拯塑像前》)的铁面清官包拯,直言"今朝颂仰黑包拯,只为天下有贪官"(《题合肥包拯祠》);凭吊"风骨千年留誉后,忠贞不负托孤臣"(《五丈原祭孔明先生》)的名相楷模诸葛亮;拜谒"祭稿扬千载,四溢血泪情。书坛拥墨宝,池砚代一宗"(《谒颜真卿墓》)的为国壮烈捐躯的大书法家、国之干臣颜真卿;追思"笔下乐忧论,萃题岳阳楼"(《谒范仲淹祠》)的北宋名将兼名臣范仲淹。

"怅望千秋一洒泪,萧条异代不同时。"(杜甫《咏怀古迹》)。追思祭拜文化先贤,对诗人来说自是顺理成章之事,从写就历史巨著《史记》的司马迁(《谒司马迁祠》),到唐代古文运动领袖(苏轼语)、"文起八代之衰"的韩愈(《法门寺感怀韩愈公》),从翻译74部、1335卷、1300多万字佛经,为佛教中国化奠基的翻译家、散文家玄奘(《再游玄奘故里》),到以凄迷缠绵的《无题》爱情诗传世的李商隐(《谒李商隐墓》),从"寻寻觅觅,冷冷清清"的词坛大家李清照(《八咏楼吊祭李清照》),到"云烟着意染,翠竹白描勾"的八大山人朱耷(《访八大山人故居》),诗人都心存敬意,意有戚戚,情动于中,辞见于外,比起第一类咏人篇什,更多了几分情感色彩。

对历史古迹的凭吊与对历史人物的追思往往密不可分,因为人是历史事件的主体,古迹因人而鲜活丰富,可触可感。在成都杜甫草堂,作者深情缅怀晚年漂泊西南天地间的乡贤诗圣杜甫:"明媚锦官城,紫气千重。草堂曾暖老诗翁。纸上滔滔风暴起,笔底雷鸣。　雕凤亦雕龙,俗雅天工。仕儒皆鎏自峥嵘。百姓急难心畔涌,一代诗宗。"(《浪淘沙·杜甫草堂》)登湖南岳阳楼,他称许"岳阳楼记典文经,浩淼江山绘洞庭",慨叹"天下传扬忧乐论,岂知范公梦中行"(《登岳阳楼》)。在新安千唐志斋,他向千唐志斋建造人真诚致敬:"浩哉千唐志,金石铸翰园。……邙山松柏老,青名在人间。"(《千唐志斋》)

还有一类历史古迹,或因时代久远,或因事件宏大,超越了一物一人的清晰对应,作者凭吊感怀,便多了"念天地之悠悠,独怆然而涕下"(唐·陈子昂《登幽州台歌》)的历史沧桑感。"岁币经年贡,朝廷暂苟安。牌楼蒙大辱,涕泗话澶渊"(《澶渊追昔》),鞭笞北宋投降派苟且偷安、没有担当的怯懦作风,签下让国家蒙羞的"澶渊之盟"。"当年,列国周游。惶惶日,百般凄楚。头顶真经,旷无人慕,受尽羞辱。　岁月逝,两鬓堆霜,魂归林苑深处。犹欣慰,弟子咸贤,思想浇铸。"(《彩云归·曲阜》)此篇对大思想家、教育家孔子的坎坷遭际诗人感同身受,深致同情,又因弟子咸贤而使儒家思想薪火相传,诗人又推许有加,倍感欣慰。

山西省洪洞县的大槐树,是亿万华夏儿女的心灵故乡,是龙的子孙寻根问祖的情感所系,作者写道:"冠盖葱茏广庇荫,偎槐小憩倍温馨,当年抱祖由兹往,今祭先祠哪处寻?手挽千里皆骨肉,襟衣万姓共邑村。黄河滚滚槛前过,不是河阳即河阴。"(《谒大槐树》二首其一)万姓同源,万宗同根,血浓于水,手足情深。这不仅仅是在"发思古之幽情",更是在弘扬中华根亲文化,为民族复兴鼓舞欢呼了。

三

出生在共和国诞生前的黎明,成长在新中国红旗下,当过小学教师、中学校长,后来长期在教育科技部门担任领导职务,这样的经历和资历,反映在《足迹》中,便沉淀成这样一类具有鲜明时代特色、体现个人价值追求的作品:坚定的理想信念,强烈的家国情怀,对党、国家、人民和领袖的热爱与忠诚,对高尚人格、高雅情操的向往与追求。

1971年5月7日,年轻的诗人光荣地加入了中国共产党。他难掩激动之情,挥笔写下了四言古诗《入党宣誓以后》:"阳光雨露,犹如父母。泽东思想,精神支柱。伟大宗旨,为民服务。滴水入海,波涛涌阜。幼苗在林,方成大树。目标高远,追求无阻。自立自尊,知晓荣辱。工作岗位,前进脚步。坎坷曲折,人生财富。骄傲落后,虚心进步。一步一印,走好步步。"小诗明白如话,虽不乏时代印痕,但把对党的宗旨的理解、自己入党的动机、践行入党誓词的途径都阐释得一清二楚,弥补了因直白而少意蕴的艺术欠缺。

入党四十年后,作者又写了一首七律抒怀:

追随镰锤四十年,牢记旗前宣誓言。

勠力攻读《实践论》,笃行律己"老三篇"。

为民勤恳奉家国,教育子孙孝椿萱。

> 花甲已成他世物,龙驹徒于枥槽喧。

　　此诗写于2011年5月7日,诗人已年过花甲,退休有年,但他对党的赤诚丝毫未减,诚可谓壮心未随年华老,白发满头血更红。赤诚忠诚源自于他对党的热爱与忠诚,这些必然体现在对领袖的热爱与敬仰上。1976年是新中国历史上一个具有特殊意义的年份。1月8日,周恩来总理辞世,诗人悲悼:"国老几人今尚在,江山万里兹尤伤。……三九隆冬朔气重,冰垂热泪几成霜。"(《悼周恩来总理》)7月6日,朱德元帅辞世,诗人再悼:"垂成世代功绩伟,范教兰梅诲语煌。奕世应当齐努力,英模百载济国梁。"(《悼朱德元帅》)9月9日,毛泽东主席辞世,诗人闻之刺心,泪水和墨泣吟:"江河波不卷,九岱首低昏。万里江山阔,谁来主浮沉?"(《悼毛泽东主席》)毛泽东主席诞辰一百周年,他赋词怀念:"昆仑仰止,耸苍穹,一部创业青史。鹏鸟搏击垂宇翼,誓雪民仇国耻。才气江河,胸襟沧海,马列鸿鹄志。横空一炬,神州千古钧势。"(《念奴娇·毛泽东诞辰一百周年》)在刘少奇主席故居湖南宁乡花明楼,对着"后苑松竹播细雨,前廊丹桂引清流"的清雅之景,抒发的是"明庭肃穆聆先诲"及"默默颔频忧郁去"(《花明楼》)的沉痛思念之情。共和国主席在荒唐岁月里的悲惨遭遇,是他个人的悲剧,更是时代的悲剧、国家的悲剧。殷鉴不远,发人深思,诗人之所忧郁正在此处。

作者在改革开放时期成长并长期担任领导，故而对改革开放的总设计师邓小平同志怀有一种特殊的感情。1992年1月，邓小平同志以88岁高龄发表"南方谈话"，揭开了中国改革开放的新篇章。诗人激动万分，赋诗礼赞："春雷响九州，震撼五千秋。……彪炳千秋史，邓公口碑留。"（《"南方谈话"赞》）清明节是祭祀追念逝者的日子，2008年清明节，诗人在邓小平故居一口气写了八首七律，真情灌注，一气呵成，是作者组诗中的名篇佳构。组诗中的诗句摘录如下："遍地黄花谒广安，春潮如歌蔚晴岚……拳拳子意情思泪，荡荡英风日月悬。""孤鹏万里出乡关，不取真经誓不还。""暴动旌旗扬百色，长驱会师过衡南。""草线中原千里进，戎机大别五更寒。""中兴国事谋宏计，竭虑殚心沥宵旰。""文革十载难回首，起落三番步坷坎。""大病神州始渐痊，家国百废纪新元。""夕阳满天松竹老，遥望巴蜀泪泣然。"（《清明谒邓小平故居》八首），可以"诗史"目之。

"十月革命一声炮响，给我们送来了马克思主义。"（毛泽东主席语）作为具有坚定的马克思主义理想信念的诗人，有机会拜谒马克思故居，自会有诗言志："万里西行觅祖根，西陲特里尔边村。教堂影入摩泽水，古堡幡昭阔叶林。建党须读《资本论》，夺权必备马恩魂。而今特色强国路，国际共运葆青春。"（《谒马克思故居》）在巴黎公社社员墓前，诗人盛赞公社虽败犹荣，公社精神光耀千秋后有来者："公社夭折照世寰。""雷霆瓦缶响无边。""短墙血肉铸，公社鼎新芽。流尽民主血，怒放自由花。香风涌海角，果饴满天涯。"（《新赤壁怀古·在巴黎公社社员墙前默哀》二首）2004年8月24日，诗人到莫斯科红场列宁墓谒拜，此时列宁亲手打造的苏维埃社会主义共和国已经解体十余年，引发了诗人的诸多感慨："吊祭导师墓，敬谒历久尊。放歌昔共运，寄托老人心。创立工农党，继承马列魂。遗容慈依旧，只是秋风临。"（《谒红场列宁墓》）在戈尔基列宁村，他也感慨道："人非物是矣，大树徒薄云。"（《参观戈尔基列宁村》）痛惜！惋惜！

　　胸怀天下，具有浓厚的家国情怀，常常是"风声雨声读书声，声声入耳。家事国事天下事，事事关心"（顾宪成联），诗人也不例外。长江第一大坝葛洲坝的建成，实现了中国人"高峡出平湖"（毛泽东词）的百年梦想，诗人热情讴歌："饱纳千山万壑，古往今来蹉跎。沧桑南津关，献出珍珠一颗。一颗，一颗，造福人民良多。"（《葛洲坝》）京九铁路通车，他惊叹"首昂在京城，尾摇于九龙。南北纵贯五千里，沉沉一线飞巨龙"，更称许"北京老区心连心，老区特区情托情。改革沐春风"（《自制小令·京九铁路通车》）。香港回归，他激动万分："南国宝港喜归来，华夏同欢紫荆开。"又热切期盼两岸早日实现统一："宝岛何时归母抱，祖国四时敞襟怀。"（《赋得香港回归》）2008年北京举办奥运会，圆国人百年之梦，诗人连连诗赞："寰宇朗一炬，华夏吻五虹。傲视苍穹阔，千年百业隆。"（《珠峰点燃奥运圣火》）"我家大门长开敞，四海欢迎五洲连。奥运精神如圣火，子孙万代唱五环。"（《北京奥运会开幕式赞》）2014年中秋，他又借《东风第一枝·中秋海峡两岸情》再抒血浓于水、期盼统一之情："风淡云轻，海峡平浅，一湾两岸相瞩。东风染绿千家，皎镜悬明万户……青丝堆雪，两相望，泪飞晴雨。看如今，锦绣前程，和平统一期许。"1991年12月，具有90多年党史、2000多万党员的苏联宣告解体，三色旗代替镰刀锤头的红旗升上了克里姆林宫的上空，诗人震惊、深思："头上浓云飞，冤怨何以诉？棍棒相加老政权，社稷一虫蛀。"（《卜算子·苏联解体》）同时，又殷切期盼中国的五星红旗永远高高飘扬："东方，旌旆奋。守谆谆祖训。决不覆辙重蹈！风云变，拿谁问？"（《霜天晓角·满洲里·苏联解体·东欧剧变》）

"四面江山奔眼底，万家忧乐到心头。"（古联语）胸怀天下的诗人从不忘心忧元元，写于1997年9月10日教师节的《为民师请命》可为范例："半壁江山民师擎，苦撑教育风霜程。青春踏破三尺路，老小吃光五块零。牢记《一个不能少》，体察《凤凰琴》中情。名言正顺疾呼去，老马蓬鬃骤一鸣。"作者诗后有一详注：民师是民办教师的简称……其比例最多时占教师总数的百分之七十，其身份是农民，挣生产队的工分，主要职业是本村教师，抽空到农田或自留地劳作，享受国家给予的3~5元的微薄的经济补贴（被称为民办公助）。是时，河南省国家计划内的民师共计还有13.5万名，按照有关要求应于2000年全部转为公办教师。也就是说，1998年、1999年、2000年连续三年每年平均转正4.5万名。电影《一个都不能少》是1999年张艺谋导演拍摄的，作者在修改此诗时后加上的。此诗不计工拙，不求平仄对仗，只是为了表达心意而已。读诗读注，诗人对民师这一特殊群体的体恤之情让人动容，套用杜甫的一句诗，作者对民师血浓于水、息息相通的深情厚谊，达到了"穷年忧民师，叹息肠内热"的境地。

  托物言志、君子比德是中国文艺的传统，以梅、兰、竹、菊为代表的"君子四友"或者被称作"岁寒三友"的松、竹、梅等，每每作为高洁人格、高雅情怀的象征进入诗章画稿，留下许多名篇佳作。诗人情怀高雅，诗书兼擅，又学养深厚，读书万卷，笔底诗端自然少不了对这些高洁高雅高尚之物的咏赞。早在1969年11月，不满22岁的年轻诗人就写出了很有高古之风的《竹颂》："幼笋春雨后，勃然破寒出。……骤雪势凛冽，修挺弯静抒。晴霁皆傲骨，内节与它殊。"一年后又写了《竹颂》二首，表达对竹的敬仰与追随："竹能为我帖，励志贵遵则。未破泥石土，稚身已有节。"（《竹颂》二首其二）四十不惑，再次表达"光阴不待人慵懒，笋到成竹自拔竿"（《不惑生日》）的志趣情怀。及至退休，诗人爱竹之情愈老愈浓，写了《五月竹林》《竹节赞》等作品，后作有句深情礼赞:"松梅傲雪与君交,一碧萧森挺九霄。破土无声已有节,分篾粉命阑持操。"

凌霜傲雪的梅花,也是诗人所至爱。1980年元旦大雪,刚调到省教育厅工作的诗人就托物咏怀,表达澡雪精神和寒梅志趣:"大雪随心至,迎春喜讯来。东风犹酷冷,梅朵傲然开。""冰封世界玉澄清,凝视丛中一点红。花放英抽春信宝,孤香随意逗春风。"(《咏梅》)2007年12月诗人正式退休,在《退休——雪景偶成》一诗中借雪梅抒怀:"日月催人老,两鬓霜雪堆。年轻红犹瘦,壮老绿轻肥。沽钓身前利,小酌退隐杯。梅香蒙厚雪,梅雪伴芳菲。"2014年2月1日,已近古稀的诗人在雾霾天中散步,看到几朵松间梅花立即喜上眉梢,心底雾霾为之一扫,可见用情之专、热爱之诚:"东风无力雾霾道,五九闲将好日留。喜看松间梅几朵,花开无雪亦风流。"(《散步偶得》)对"河山玉宇雕凿景,雪月乾坤素绘宣"(《为网友南北风先生雪题照》)的晶莹洁白之雪,"月下莹白绿,注目溢水云。人格化君子,但见君子忱。滋怡成万物,表里如一贞"(《和田玉》)的君子象征之玉,号称"沙漠卫士""独处老人""伟丈夫""生而一千年不死,死而一千年不倒,倒而一千年不朽"的胡杨(石星光《胡杨礼赞》),诗人也都多有吟咏,借物抒怀。

四

如果说千古江山、家国天下、心系元元、志趣高洁等属宏大叙事、公共话语，构成了《足迹》的主干，谱绘了《足迹》的底色，那么故园情、故人情等则属个体叙事、私人话语，丰富了《足迹》的血肉，增添了《足迹》的亲和力。两者的有机融合，构成了更为立体多样、血肉丰满的《足迹》。

从1982年9月，作者写出首组《自制小令·老屋情·归字谣》（四首）开始，至2004年5月写出《老屋情·家乡夏雨》，在二十余年的时间里，不管作者在哪里奔走、干什么工作，对老屋的牵念从未停歇，滴滴故园情汇聚成思乡之河、怀土之河、念亲之河、寻根之河，许多作品都是感人至深的精品力作，为《足迹》增辉不少。

老屋之于诗人，既是真实的存在，又是故土的象征，融汇成游子思乡怀土、念亲寻祖的时空意象，反复回荡在诗人心田、流淌于诗人笔端。"归，梦里老椿倦鸟栖。枝绵绵，皎月洒清辉。归，鸿雁兼程赶路飞。风轻轻，雨暖草清肥。归，驱车滩涂路依稀。水盈盈，烟朦雨霏霏。归，墙垣虽破花绽蕾。月明明，小女膝上偎。"（《自制小令·老屋情·归字谣（四首）》）烟雨朦胧，草青风轻，残墙断壁，偎人小女，鸿雁明月，梦中老树，构成了剪不断、理还乱的淡淡乡愁，挥不去、拂还来的缕缕乡思,空灵自然,十分难得。

老屋中,有家乡的四季风景:"应时黄鹂椿间鸣,戴露樱花迎晓风。……万类蛰萌齐奏响,一分一寸竞春声。"(《老屋情·春声》)"椿边短篱刺玫开,小径花拥蝶客来。响彻晴空鸽子哨,为吟一字久徘徊。"(《老屋情·春居》六首其一)这是故园之春。"昨日才立夏,今日杜鹃鸣。平野千重绿,农家五谷盈。""昨日才立夏,小麦花甫扬。好雨湮畦埂,初闻五谷香。"(《老屋情·立夏感事》三首其一、其二)这是故乡之夏。"满院清辉洗,草篱伴月荫。椿梢拂镜炫,小径桂花馨。"(《老屋情·中秋》)这是故土之秋。故园情深,诗人把酒向月,诗兴大发:"今夜明月辉我家,薄酒待客迎不暇。花下煮酒明月前,月明在酒不在天。明月一杯才入口,凝眉在心不在酒。明月煮酒笑词矜,此笑在酒不在心。老椿枝头挂明月,酒香庭轩心清澈。明月把盏酒溢斝,口讷手拙情在心。年酒不煮青梅酸,明月染得两鬓斑。老酒不醉即封缸,明月照我试新装。"(《老屋情·元宵月酒歌》)故乡的明月荡开了诗人的想象,佳节的美酒发酵了诗人的情思,使得诗人一反平实之态,奇思妙想,连绵不绝,写出了这首别开生面的咏月奇作。

老屋情,不仅情系故园风物,更情系故园人物,最难忘却的当然要数父母情。母亲念佛向善,诗人两度记咏:"青竹丹桂已成行,正面西间小佛堂。平日夕阳扉半启,望朔晨夕短甬忙。前庭甫过中元日，后案厘批上巳香。满院椿花故不扫，清香留取伴俗光。"（《老屋情·母亲的小佛堂》）香烟袅袅，椿树挺挺，难忘小佛屋，感恩老母亲。对于一生孝敬老人、抚养子女、辛勤劳作、安贫乐道、性情豁达、多才多艺的父亲，诗人素怀敬重。1995年10月24日，老父驾鹤西归，享年八十岁，诗人闻耗至痛，灵前长哭，血泪成诗："霜风一夜冷缁棺，晓对冥灯五更寒。灵前哭声共邻里，巷外缟帐遍树幡。中天日食秋光暗，苍穹月息北斗单。……应须三春报寸草，未曾一羹喂榻前。冥府幽幽何涯畔，孑身茕茕谁愍怜。眼前天地崩倾陷，横泪泣血摧心肝。"（《老屋情·守父灵》）至诚至哀，至孝至仁，二十年后的今天，读来仍令人心恸肠热。

　　故人情除在老屋情系列作品中得到了系统集中的展现以外，也时时散见于其他作品中，内容丰富多样。亲情中就包括夫妻情："难为新人知勤苦，至劳至累无是非。从此只说奔日子，莫道眼前有荆棘。"（《无题》）对妻子的辛劳和不易感同身受，体贴入微。结婚两周年，又写一首《醉花阴》纪念："朗月入帘疏竹影，丹畔初秋景。玉镜挂林梢，更定风轻，犬吠鸡鸣静。　欣觉红蒂双莲并，两地心相映。抚案草心华，月上窗棂，鸟啼惊秋梦。"《老屋情·为姐姐扫墓》祭悼不幸早亡的姐姐，也是至情流淌，泪水和墨："秋高九月草萧萧，久违八年姊墓遥。贫嫁解州临潞水，薄葬南岗麓中条。稔知命苦矫情琐，困释身衰容悴憔。孙辈满堂汝安在，长跪墓前金银烧。"故人情中亲情自然居首,同时还包括同乡情、同窗情、同事情、师友情等。《离校》写同学的惜别:"黯辞手足同窗友,跪别辛劳一校师。隔域难寻山水远,相逢不免会惊痴。"《校友情·毕业》写对母校的依依不舍:"圃畔千年老桧松,庭前粉艳五虬榕。谁能梦里常相见,木槿花开尽醉中。"2006年母校建校一百周年,年近花甲的诗人写古风《回母校》为贺,用幽默诙谐的笔调描状校园生活,在他的作品中极为少见:"建校一世纪,园中绘缤纷。青石围花圃,老桧盖翳荫。……桃李春意浓,梁干代人新。草莽暖床褥,单服合足衾。偷听友恋爱,窃议某花裙。恶作剧常有,发脾气不真。同学恰偶会,喜笑说无津。"

在诗人咏写师友的作品中,王绶青先生占有特殊的分量。据不完全统计,诗人直接写给王绶青先生的作品就有九首之多。诗人20世纪60年代初在汲县师范求学时就随王绶青先生写诗写字(临帖),从此开始了超过半个世纪的师友之谊。第一首作品写于1967年10月,诗人还是学生:"校苑虽复课,三天两头停。淡闲无他事,写字意趣兴。未拜师生礼,自觉深厚情。出入似兄弟,来往影随形。"(《跟绶青先生学写字》)最后一首写于2014年9月,绶青先生八十初度,诗人也已退休有年,渐近古稀了:"初度寒门享美名,天资聪慧崇诗风。弱冠发表《汗衫》作,蓍艾床头赋五更。大地飞歌一甲子,诗坛宿德八旬星。耆骐耄绶嘶轩枥,频遭春风砺汗青。"(《绶青先生八十初度颂》）其余七首，有五首都是读绥青先生诗集而作，分别是《读王绥青先生〈斗天图〉长篇叙事诗》《读王绥青先生诗集〈天涯采英〉》《读王绥青先生诗集〈天野海郊集〉》《读〈王绥青诗选〉》《读绥青先生〈天高地广集〉》，可见相知之深。《读绥青先生〈天高地广集〉》："天高地广岁修长，南北萃集新旧章。长啸黄河开大宴，巧织云锦褒家乡。月华久久吟圆缺，青墨滴滴论汉唐。一字一标一玛瑙，草华岱岳共芬芳。"高屋建瓴，评论精当，深得王诗三昧。

　　君子之交淡如水，如水的平淡并不影响志同道合者之间情感的温度、深度和长度，所以有高山流水这样的典故。"万人丛中一握手，使我衣袖三年香"（龚自珍诗）这样的诗句，每每读来都让人心驰神往。诗人与四川大学教授张篷舟先生之间的深厚友情就是典型的君子之交。张先生是研究唐代女诗人薛涛的专家，有专著《薛涛诗笺》刊布，治学严谨，成就斐然。诗人20世纪80年代研究薛涛，写有《论薛涛及其十离诗》等论文。以薛涛为缘，诗人与张篷舟先生成了真正意义上的神交君子，一生从未谋面，却时有鸿雁往来，请教、回答、切磋、交流，时愈久而情益厚。1991年8月中元节，正在内蒙古出差的诗人惊闻张先生辞世，不禁潸然泪下，赋诗遥祭："秋风萧瑟水沉沉，独面银湖忆大尊。鸿雁南飞托奠悼，西流月汉寄哀忱。忘年未晤多遗憾，笺记一封点迷津。玉镜皎洁心意缺，澄辉撒如篷翁临。"(《遥祭张篷舟先生》)1993年12月，诗人到成都望江楼拜谒薛涛墓，触景生情，再写《怀念张篷舟先生》致意："笔耕执教四十秋，夙葆平生教诲风。擢掖新人堪大范，香飘桃李在宇中。"2008年4月，诗人再访望江楼，在薛涛纪念馆里见到张先生和同仁的合影，甚慰，再赋诗纪念："江锦青青映诗楼，长忆篷公荡秀舟。童稚读涛十二载，耄耋研著七十秋。天涯漂泊任孤旅，四海翱翔擢后流。万里桥畔留巨影，红花纸笺忆校书。"(《望江楼怀念张篷舟先生》)先生之风，山高水长，诗人之意，深绵远长。这种颇具高古风范的君子情怀，在以利交者日众、以义交者渐少的红尘当下，愈增光辉，更添价值，张先生如地下有知，定当含笑九泉。

五

以上从四个方面对《足迹》的基本主题进行了粗略概括和简要评述，以下再从真、正、工、古四个角度，略述《足迹》的审美取向和艺术特点。

"真"首先是指情真意真，景真物真，这一点无论是在山水田园还是在千古胜迹、是在胸怀天下还是在心忧元元、是在老屋情怀还是在师友情义的吟咏摹写中都有很好的体现，此处不再赘述。

"真"还包括创作态度的认真。诗人曾在一篇短文中自况说，他平生爱好广泛，但好而不厌而终不能止者，且愈久弥坚，获益深远而尤不厌者，诗也，书也，五十年而一以贯之。"沽老酒，买鲜菜，春风秋雨白雪皑。一年四季从头来，不曾忘记还诗债"，这是2006年12月诗人《自题小令·无题》中的句子；"老来情味向书文，兀自朦胧入府宾。伴眠诗书南柯梦，独篙笔墨逍遥津"，这首《丁亥重阳》写于2007年10月，诗人已届花甲，临近退休；"惜春屡写送春诗，由若白云任所之。椿荫榴下春梦里，携友再作《杨柳枝》"，这首《老屋情·春居》写于2008年春天，诗人已经退休。作者梦里依然写诗，对诗的热爱与执着确实是"愈久弥坚"了。

"正"主要指诗人心态的平正、师法的纯正和诗风的雅正。1990年3月，诗人在病床上写了一首《浪淘沙·病榻忏思》："一事费琢磨，人恶先聒。是非功过自评说。若是真凭实据在，请你予夺。　　人在世间活，谁会无啰。如能善意去斟酌。不论批评及对错，补益良多。"虚怀若谷、宽以待人的君子之风跃然纸上。"六十华诞，归来衡阳雁。秋外黄花香满地，感悟人生烂漫。而今天淡云闲，品茗把酒放颜。喜看苍山夕照，寄情青苗参天"（《夕照》），天淡云闲，诗心悠然，一片通达澄明。

师法的纯正是说诗人师承有自，渊源有度。他早年即拜王绶青先生为师学书学诗，在古诗词的创作学习中又特别喜爱唐代的杜甫、白居易，当代的启功、赵朴初，都对他的诗风产生了深远的影响。诗人这样称颂王绶青先生："平生书法伴行吟，两艺皆工应属君。诗踞文坛雅正主，书飞馆阁槊飞云。"（《颂王绶青先生》）移来评价诗人自己，也很恰切。

"工"主要指语言技法，用字工稳，格律工准。诗人师法杜甫、白居易，游历所见、耳边所闻、眼前所观、心中所品自然入诗，绝少艰深拗峭语句，绝少晦涩难解之典，明白晓畅又工稳合律，"看似寻常最奇崛，成如容易却艰辛"（王安石《题张司业诗》），这种境界其实只有功力深厚、训练有素之人才可企及。当下喜爱古诗者甚众，但有不少作品不合平仄，不谐韵律，却动辄标上七律七绝、五律五绝乃至词牌，无知无畏，令人汗颜。诗人之作却严格遵循古体诗词规范，戴着镣铐跳舞却能自如挥洒。"园门外，老屋前，山水间。椿斋苦吟诗赋篇。字蒸煮，苦亦甜。"（《元旦杂兴》六首其五）"启老蒙学阐韵经，咸将久惑透心明。遍寻趣例修格律，巧取长竹论仄平。"（《读启功先生〈诗文声律注稿〉》）"不闻东南西北事，应知横竖平仄入。"（《生日》）仅从诗人退休后这些诗句中，我们就不难体会诗人在诗词格律上的功夫学养之深厚。

雅正本已包含高古之意，所谓"造句平颖无骈俪，抒情静古取商宫"（《读韩昌黎〈送李愿归盘谷序〉》四首其二），就是雅正高古之意。这里所说之古，主要指诗人后期、特别是退休以后创作的古风，如《青海湖行吟录》《漓江行》《秋风紫气满函关》等，结构宏大，气势雄厚，排比铺陈，笔力遒劲，有天风海雨逼人之势，与诗人以五律、七律为主的其他诗作风格迥异。杜甫说"庾信文章老更成，凌云健笔意纵横"（杜甫《戏为六绝句》其一），完全适合移来评论诗人后期古风。写长篇古风不仅需要阅历丰富、功力深厚、学养精湛，而且需要诗人有足够充裕的时间从容构思、反复琢磨，百炼钢化为绕指柔；然后气贯斗牛、笔走龙蛇，方可成就皇皇巨制。显然，政务之余匆匆游走的诗人很难完成这样的作品，需待卸下重担、抛却杂务，然后"凌云健笔意纵横"。我们期待着诗人写出更多黄钟大吕般的扛鼎古风！

序跋篇

乡土情结与史家情怀

张广智先生喜诗、爱诗、能诗，偶尔从手机上读到他即兴创作的诗篇，每每为他的敏捷诗才和浓厚诗情所感动。这次有幸先睹为快，集中阅读他即将面世的新古体诗集《稼穑集》。集中收录的作品跨度并不长，从2003年至2011年，正是他主政河南农业大学、河南省农业厅和安阳市委时期，数量也不算多，仅170余首，但仍然很受震撼。借此，对他的情感世界，特别是洋溢在字里行间的乡土情结与史家情怀，有了更加深刻的理解和认知。唐代大诗人白居易云："文章合为时而著，歌诗合为事而作。"证之于广智先生的诗作，信然。

一

"冷风割面难掩笑，知否乐煞庄稼人。"大雪迷漫，冷风刺骨，会惹得多少人抱怨，张广智却在寒冷的冬天感受到了农民对丰收的期盼和喜悦。

"一冬好景农家盼，最是瑞雪兆丰时。"张广智和广大农民一样，观赏的不是雪景，而是厚厚积雪下孕育着的勃勃生机。

从豫东大平原走出来的张广智生在农村、长在农村，当过生产队长、大队书记，与农村、农民有着天然而密切的血缘联系，情感和精神的根须早已深深扎进了泥土，即使后来来到城市，做了官员，也始终未曾消泯那脉源自中原大地的骨血。

主政河南农业大学、河南省农业厅的工作经历更是强化、升华了他本就浓厚的乡土情结。多年来，他一直用诗人的情怀记录着大地的草树、庄稼、云霓、雪雨、汗水、收获……真切抒发他将生命融入大地的心愿。

河南地处中原，气候温和，土壤肥沃，有优越的自然环境和丰富的生物资源，既有北方的植物在这里安家，也有南方的植物在这里繁殖。

河南植被不仅兼有南北的特征，而且自古以来就是全国主要产粮区之一，曾有"赋产甲天下"之称。尤其是河南的小麦，不但栽培历史悠久，而且种植面积和产量均居全国前列。

翻检一部中国诗歌史，农业、农村、乡情乡思占有很重要的位置。

农业文明作为渗入人们生活习惯的一种生产文明，对我国古典诗歌主题产生了深刻的影响：战争和徭役等作为农业生活的破坏力,成为人们本能地拒斥与逃避的对象,形成厌战惮徭的诗歌主题;与山水田园耳鬓厮磨的生活使山水内化为人们的精神慰藉,形成钟情田园的文人传统;农业生产中男耕女织的劳动形态将女性的角色定位为家园守望者,形成闺阁愁怨的诗歌主题;农业生产的时节作业特点也使人们对时间具有特殊的敏感性,生成伤春悲秋、叹老惜逝等文学主题。

农业和诗歌息息相关。时代在变,农业在变,诗风也在变。虽然都是秋雨冬雪,但在张广智笔下却是另一番景象。"向不知悲秋,今秋使人愁。淫雨连双月,禾稼盛难收。夜半披衣起,隔窗闻飕飗。声声扰心神,何计解农忧。"(《秋雨》)在淫雨秋风中,张广智也愁,也心忧,也半夜无眠,但他忧愁的不是他的心绪,而是用什么办法能把田野里丰盛的庄稼收割回来。

作为河南省农业厅厅长,他多年来"逢人开口话桑麻,乐为农家谋稻粱"。为了农民的丰收,越是风雨交加,越是灾害天气,他越要在路上辛勤奔波:"风雨敲窗岂阻程,职责所在须夜行。鹳河水涨堤欲决,万家玉米尽溺缨。路遥总嫌车速慢,情急恨不驾长风。宵衣旰食终无悔,农家安时心方宁。"(《赴南阳救灾》)

纵观历史,除了自然灾害,赋税、徭役一直是压在历代中原农民身上的沉重负担,成为一次次农民起义的星星之火。到了二十一世纪的第一个十年,农民免除"皇粮国税"的千年梦想终于成真。2005年,河南开始全面免征农业税。作为主管全省农业的厅长，张广智喜不自胜，诗情大发："史有初税亩，迄今两千年。民不堪重赋，为此长揭竿。朝代屡更替，黎民多苦颜。种地不纳粮，农业税全免。千秋万代梦，今日终得圆。"（《免农业税》）

由于古代生产力水平低下，即便是风调雨顺，农民的田间劳动也异常辛苦，文学史上描写农民艰辛劳作场面的诗歌并不鲜见。白居易的《观刈麦》就是其中的一首名篇："田家少闲月，五月人倍忙。夜来南风起，小麦覆陇黄。妇姑荷箪食，童稚携壶浆。相随饷田去，丁壮在南冈。足蒸暑土气，背灼炎天光。力尽不知热，但惜夏日长……"全家上阵，一片三夏大忙的场景。这样的场景年复一年，亘古不变。

岁月不居，沧海桑田，如今随着农业现代化的实现，农民的耕作和生活方式发生了巨大的变化，如今的"三夏"变成了另一种场景，农民清闲起来了。诗人为此写了一首《新观刈麦》："如今种庄稼，全不似以往。有人供良种，有人教良方。秋种到夏收，科技坐高堂。喜告免农税，种地不纳粮。另外有补贴，世代不曾想。欢言犹未尽，忽闻机器响。相散归己地，执袋收新粮。"

河南是中国的粮仓，当河南的粮食产量连年超千亿斤的时候，作者欣喜异常，歌以咏之："诸君莫忙道辛苦，农民喜得千亿粮。多时不觉此物贵，缺处金银无用场。历览天下兴亡事，生计总为第一桩。老圃今日乐何及，相邀邻里醉羲皇。"

随着工作岗位的变动,张广智和"农口"似乎渐行渐远。但他对土地的感情不会淡,他的乡土情结不会变。因为他是农家之子、大地之子。集中第一篇他就毫不掩饰地表达了作为农民之子的自豪:"我本农家子,理应事稼穑。昔年多迁徙,而今归田侧。阡陌度纵横,杂粮分五色。居家不掩扉,鸡犬相唱和。挥手别市嚣,陶然难与说。"

二

中原这片沃土不仅生长庄稼、盛产粮食,而且生长文化并滋养出了灿若星河的历史文化名人。

在中原大地上,茂密的庄稼地中点缀着无数的文物古迹,用一句话来形容:两手一伸就是春秋文化,双脚一踩就是秦砖汉瓦。

张广智曾经主政的安阳,是中国八大古都之一,中国历史文化名城。安阳这片土地,是甲骨文的故乡,《周易》的发源地,安阳殷墟已经作为世界文化遗产列入《世界遗产名录》。著名的文王演《易》、妇好请缨、苏秦拜相、西门豹治邺、岳母刺字等历史故事都发生这里,这里也是曹操高陵、韩王庙、文峰塔、昼锦堂、袁世凯墓、红旗渠、中国文字博物馆等著名文物景点的所在地。

安阳是中原文化和燕赵文化乃至更北的游牧文化交流碰撞

的地方,"南云北雨会此处,燕赵中原竞风流"。

因而,咏史是《稼穑集》的另一重要主题,内容多与安阳相关。

咏史诗是我国古代诗歌的重要门类。大多系针对具体的历史事件或历史人物有所感慨而作。换言之,大凡以历史作为诗人感情的载体,史、情紧密结合的诗歌,都属于广义咏史诗的范畴。

有研究者认为,诗人们将历史记录在叙事诗里,也记录在咏史诗里。叙事诗里的历史是诗人们的"所见",咏史诗里的历史则是诗人们的"所感"。叙事诗让读者看到历史的真实画面,咏史诗则能引发人们思考历史——它给人们提供的,是另一种角度的历史。

张广智的历史题材诗歌,叙事诗较少,大多都是咏史诗。他将安阳及其周边的历史名人、名胜古迹、风土人情融入自己的诗中,也借此表达了自己的历史观、价值观、人生观。

"相台已圮起暮云,村老犹能说苏秦"。张广智作了《相台怀古》三首,既叙述了苏秦的发愤苦读、妻嫂对他的冷淡、挂六国相印的风光,更抒发了作者的大历史观:"纵约终作风云散,华夏一统归祖龙。"

主政安阳,最不能回避的一个历史人物就是西门豹。西门豹颁律令禁止巫风,兴修水利,藏粮于民,治邺有方,深受人民爱戴。后人修祠建庙,以为祭祀,名闻天下,泽流后世,成为一代又一代为官者的楷模。张广智不仅为西门豹祠写了一首古风长诗,而且在《邺城怀古》组诗中表达了对他的敬仰。"西门先生治邺时,兴利除弊岂疑迟。政声终须留众口,莫问君王知未知。"金杯银杯不如百姓的口碑,历史终归是由人民写的。

武丁、妇好、傅说、纣王、文王、比干、汲黯、曹操、杨坚、韩琦、岳飞等历史名人在他的咏史诗中不断以各种形式出现。

"英雄原不问出身",但"宰相苦力岂同理",奴隶出身的傅说成为治国名臣,也使板筑城墙之法传流千古。傅说从奴隶到宰相,成就了一番大事业,但盘踞邺城的袁绍最终却一事无成,"五代三公更可悲"。

古代论人常有忠奸之分,但对当时、当事人来说,何以辨忠奸?盖棺也未必能论定。商纣王帝辛文武全才,重视农桑,社会生产力发展,国力强盛,开疆拓土,但是历史上却对他贬多于褒。"封神演义铸人口,纣王英武空膂力。"《过纣王墓》这样评价:"成亦英雄败亦雄,统一禹甸应有功。周人非商不足怪,帝辛一身集恶评。"

"治世之能臣,乱世之奸雄"是历史对曹操这位政治家的通评,但在戏剧舞台上他却堪称是最大的白脸奸臣。在那样的乱世,曹操该怎样呢?只能是"当时只尽当时事,身后任由身后名"(《曹操高陵》)。

汲黯是西汉著名的直臣。"似君直臣世所稀,田不施礼卫仅揖。""面折庭争面遭斥,屡逆龙鳞屡谪徙。"《汲黯》诗结尾这样写道:"二十四史细细读,斯性莫嗟时运低。"从人性的角度分析汲黯等直臣的性格缺陷,可谓别具只眼,鞭辟入里,言人所未言,发人所未发。

岳飞是著名的抗金英雄,"挥师若鹏举,驾车路贺兰。志捣黄龙府,勇锤更无前"。岳家军所向无敌,但为什么"阵前无敌枪",却成了"营中铩羽箭"?因为"知否宋天子,惧睹二圣颜"。岳飞犯了路线性的错误。(《谒岳王庙》)

作者对安阳怀有深深的感情,安阳的名胜古迹在他的诗中比比皆是:

"英武妇好出征去,畋猎商王带雨归。"描写的是"曾照当年玄鸟飞"的洹水。

"七年幽囚演易经,卦爻幻化鬼神惊。"说的是"文王拘而演周易"的羑里城。

"村名西灵芝,有幸埋香骨。"讲的是浪漫凄凉的甄妃墓。

"阡陌田垄隐隐见,耕罢归来剩牛蹄。"还原的是汉代农家的田园风光。

"南朝总把北朝问,唯有韩陵一片石。"传达的是一种文化的力量。

"安阳城中仁义巷,行到此处心地宽。"回顾的是已经缺失的礼让精神。

"四阿重屋安排就,甘愿执戟做护徒。"表述的是自己愿意做文化守护者的决心和自豪。

三

　　诗分古今，通常说的古诗其实是近体诗，又称今体诗或格律诗，主要指唐代形成的格律诗体，对句数、字数、平仄、押韵都有严格的限制。

　　格律诗有很多优点，但对于今人创作来说也有不利不便之处。现在熟悉平仄、古韵的人越来越少，过于严格的限制使形式大于内容，削足适履，不利于情感的抒发。

　　近年来，不少人尝试新古诗创作，即保留古诗凝练的形式，但不十分强调平仄、对仗、押古韵，主要强调情感的表达和意境的创造。

　　新古诗相对自由的优点使新古诗创作渐成气候。这部诗集中的作品虽然也有不少对仗工稳的妙句，但大部分属于新古诗。这种形式和作者的才情及所抒发的感情相得益彰，行云流水，行所当行，止所当止，不少作品称得上是"出新意于法度之中，寄妙理于豪放之外"的妙笔佳构。

　　春耕秋收，春华秋实，张广智的《稼穑集》是中原沃土上结出的硕果，也是中原历史文化滋养出来的奇葩。愿他的诗歌创作如中原大地上一茬又一茬的庄稼，持续茁壮成长。

　　　　　　　　　　（本文系张广智《稼穑集》序）

闲庭信步"喷空儿"

因换届年龄要求不能再被提名为省政协领导,却又未到退休年龄。这本是一个很微妙、很难界说、有点"真空"意味的特殊时段,张广智先生却举重若轻地用"休而不退"概括,于风趣幽默中彰显智慧从容。他说,由于是"休而不退",在操心河南文化旅游事业的同时,有了比较多的空闲写写自己以前想写而没有充裕时间写的"作业"。这当然是他的自谦。

手不释卷、勤于笔耕是广智先生一以贯之的雅好和标识。在曾经工作过的多个领导岗位上,不管公务多么繁忙,他始终没忘记写"作业"。古人有"三上"读书的乐趣,广智先生不仅"三上"读书,还在"三上"构思他的律诗与长短句,多年积淀下来,收获了沉甸甸的《稼穑集》。

现今时间宽裕了,能够从容淡定地阅读写作了,广智先生厚积薄发,文思泉涌,离开领导岗位不到一年时间,便把这部形神兼备、色味俱佳的随笔集《豫东豫东》呈现在我们的面前，速度之快，内容之丰，笔锋之健，令人叹服。

　　细读这部带露珠、沾泥土、接地气、散发着浓郁生活气息的作品集，可以用多种话语述评。文雅一点，可以说是百炼钢化作绕指柔，是"一语天然万古新，豪华落尽见真淳"，是"满眼生机转化钧，天工人巧日争新"，是"看似寻常最奇崛，成如容易却艰辛"，是"笼天地于形内，挫万物于笔端"。但我觉得更贴切、更生动的还是河南一句方言："喷空儿"。

　　我们家乡豫东一带的老人大多喜欢"喷空儿"。"喷空儿"就是聊天，就像北京的侃大山，四川的摆龙门阵，东北的唠嗑，以一种独具地域特色的形式丰富着人们的精神文化生活。在广播电视没有普及之前，豫东农村的夜晚，除了偶尔放露天电影、唱大戏、说大鼓书外，"喷空儿"是人们最重要的消遣娱乐方式。夏天满天星斗的打麦场，冬天骚烘烘的牲口屋，都是人们"喷空儿"的好地方。想把"空儿"喷好，并不容易，借用广智先生的话说，得需要知识博洽，口才便给，富有幽默感。

　　广智先生口才上佳，小时候听了大鼓书就能绘声绘色地复述，为此没少挨父亲的剋，怕他因沉迷大鼓书而荒废了学业。高中毕业就当生产队长，后来当工人、上大学、进机关，从大学领导、市领导一直当到省级领导，阅历丰富，见多识广。他把几十年的所经所历、所见所闻、所学所思,用生动幽默、鲜活生动的语言娓娓道来,这"空儿"就喷得活色生香、引人入胜,让人情不自禁地跟着上瘾。

集中收录的100多篇文章,包罗万象,内容丰富,但涉及工作的很少,大多以自身的成长、生活为主线,缓缓道出了他的家乡源流、亲朋好友、风土人情、萍踪侠影、人生感悟。

豫东平原是块曾经贫穷却又神奇的土地,先秦时期的老子、孔子、庄子等哲人在这里"聚集",传统文化的基因深深地融入豫东人的血液里。《豫东豫东》《柘沟春水》《洼张不洼》等文章描绘出一幅幅生动的"豫东风俗画",画里画外蕴含着广智先生对豫东老家深深的眷恋。

若干年前,豫东农村孩子的生活是清苦的,同时也是快乐的。集子中有不少篇幅回忆儿时的生活,既有吃红薯吃到胃酸的无奈,八岁开始编席补贴家用的艰辛,也有斗鸡、撂瓦、垒瓜园的快乐,有挑土挖河的苦累,也有十八岁当生产队长的"意气风发",活脱脱是一个农村少年的"成长日记"。

作为恢复高考后第一届大学生,负笈汴京、到河南大学读书是广智先生人生轨迹的一个关键转折点,他沾满泥土的双脚从此站在了城市的柏油马路上。河南大学的师生都自称是"铁塔牌","铁塔牌"的广智先生用饱含深情的文字写他的读书生涯,写他的老师,写他的同学,写他后来的同事和先前的长辈、发小。他不仅能准确记忆点滴细节,而且善于抓住人物个性特征,摹形状物,寥寥数笔,活灵活现,勾勒出了几个时代的"群英谱"。

从农村出身到农大领导再到农业厅厅长,广智先生的人生轨迹和"三农"结缘很深,所以他屡称"我本农家子",第一部诗集也以《稼穑集》命名,这部《豫东豫东》写农村、农业、农民的文字占有很大比重。这个和农村、农业、农民打了大半辈子交道、自称"农村老汉儿"的文章达人,不仅在书中绘就了一年四季的"农时图",捎带着还画出了农村、城市的"草木春秋"。

集中妙文多多,我印象最深的是有关读书游记的文字。广智先生博览群书,博闻强记,犹喜读野史、方志、民俗、掌故等杂书,游历所至,无论省内省外,都对当地的历史文化、风土人情了如指掌,信手拈来,如数家珍。他的一些游记文章不仅记述所见所闻,更把一些人生感悟和哲学思考融入自然、人文风景当中。在圃田泽,他体会到了列子的"冲虚";在南海海边,他感叹"人生就像海浪一样,一波跟着一波,永不停歇",情景一体,情理交融,别具风采。一位同样酷爱读书的文化官员曾随他到西南考察,归来感叹再三:不出去不知道广智学识之渊博,读书之杂多。广智先生说:回首过往,忙忙碌碌,人间好事,还是读书。他牵头举办嵩山论坛,力倡嵩山文明与世界文明对话,主编嵩山文化学术专著《大嵩山》,系统梳理中和文化,赞赏"和而不同",认同"执两用中",这种历史观和文化观渗透在字里行间,折射到书里书外。

美文讲究起承转合,美食在意刀法火候。其实,美食在民间,妙文在平常。集中有篇文章叫《刀法》,以蒜泥黄瓜为例,强调黄瓜要拍不要切,蒜泥宜捣不宜切。就这么简单,刀法该用时不用,不该用时乱用,都不合道。

通读《豫东豫东》,不见广智先生有丝毫的正襟危坐、高调说教,只感觉他如农村老汉"喷空儿"般亲切平和、风趣幽默。细品,有味儿;慢读,得劲儿。

(本文系张广智《豫东豫东》序)

记忆中原文化,守望精神家园

为使人类的生活不成为苦难而能成为一种福祉,人就应当学会不为物欲而为精神而生活,这也正是老聃所教导的。

——列夫·托尔斯泰

中国从公元前二二一年以来,几乎在所有时代,都成为影响半个世界的中心。

——汤因比

中国宋代的文化和科学达到了前所未有的高峰。

——李约瑟

期待中原成为全球华人的精神家园。

——杜维明

一

《诗经·小雅·吉日》曰:"瞻彼中原,其祁孔有。"

中原,本意为"天下至中的原野",后来逐渐演化为泛指黄河中下游地区,也称中土、中州、华夏。在某些特定的语境中,中原又是"中国"的代名词。

中原文化是中原地区主要是河南省物质文化和精神文化的总称。中原文化是中华文化的母体和主干,在漫长的中国历史中长期居于正统主流地位,中原文化一定程度上代表着中国传统文化。

河南人爱说"中"。一个"中"字,尽显中原文化的正大气象和源远流长。

一望无际的平原、连绵起伏的丘陵山地、适宜的气候等诸多便利的自然条件,使中原这块沃土不仅成为东亚现代人类的起源地,而且自上古时期就形成了发达的农业文明,并率先跨过了"文明的门槛"。

早在文明起源的滥觞期,中华大地就涌现出了漫天星斗式的新石器时代文化,其中发达的地域文化有七八种之多。如果说整个早期中国的古代文明像一个重瓣花朵,早期中原文化就是花心、花蕊,周围的各文化中心就是里圈花瓣,更外围的一些文化中心则是外围的花瓣。花瓣间的交流与互动共同催生了中华文明这朵几千年连绵不绝的灿烂之花。

　　作为最先跨入文明门槛的中原地区,从夏代到北宋的3000多年间,先后有20多个朝代、200多位帝王在河南建都。全国八大古都河南有其四。可以说,河南曾长期是全国政治、经济、军事、文化的中心,中国古代创造发明的中心,向全国和世界传播交流文明的中心。

　　中华文明丰富的文化景观、文化遗存、历史文物、文化典籍和艺术珍品在中原大地比比皆是,使河南如同一座浩瀚的天然历史博物馆,一本看得见、摸得着、进得去的中国历史文化教科书。河南的地下文物、馆藏文物、国家历史文化名城和重点文物保护单位数量,均居全国第一。中国最早的文字——甲骨文在这里发明和发现,指南针、印刷术、造纸术、火药从这里发明和传播,连接东西、享誉世界的丝绸之路从这里起步。

　　水有源、树有根、家有谱、人有姓。河南是中国姓氏的重要发源地,中国《百家姓》排名前100的姓氏中有70多个源自河南,《中华姓氏大典》记载的4820个汉族姓氏中,起源于河南的达1834个,所包含的人口占汉族总人口的85%。中华五大姓氏李、王、张、刘、陈均起源于河南。姓氏对于中国人来说不仅仅是一种符号,更是一条代代相传的无形纽带,蕴含着"天下一家""万民归宗"的理念。中华传统文化通过姓氏家族延续传承,跟随姓氏漂洋过海。探姓氏源、寻家族根成为越来越多海外游子的愿望,从而促进了河南的根亲文化发展。

文化是靠人创造靠人传播的。天下名人，中州过半。在二十四史中，立传的名人共5700余人，仅汉、唐、宋、明四个朝代，河南籍名人就达912人。在41个举世公认、人们耳熟能详的文化圣人当中，出生于河南的有20余位。谋圣姜太公、道圣老子、墨圣墨子、商圣范蠡、医圣张仲景、科圣张衡、字圣许慎、诗圣杜甫、画圣吴道子、律圣朱载堉等等，都是中华文化发展史上的不朽丰碑。

中原的武术杂技名冠天下。少林武术"禅武合一"，"天下功夫出少林"形象地表明了少林武术在中国武术文化中的重要地位，而且通过多种形式走向世界。河南温县陈家沟人创立的太极拳，刚柔相济，集强身健体、修身养性为一体，深受海内外武术爱好者的欢迎。与武术相近的杂技文化在中原大地源远流长，濮阳、周口都是著名的杂技之乡。河南杂技以功力深厚、技艺精湛著称于世，在世界各地的杂技舞台上，都活跃着河南杂技人的身影。

婚丧嫁娶，人生礼仪在斯；梆弦声里，抒发喜怒哀乐。洋洋洒洒，中原书风千载传承；妙笔生花，河南画苑代有佳作。大笔如椽，写不尽中原千古风流；舌绽莲花，叙说的也只是沧海一粟。

二

中原文化之于中华文化，就内容讲，是最基础、最基本的部分；就特点讲，是最具代表性的部分；就历史发展过程讲，是最具贯穿性的部分；就地域讲，是最具影响力的部分。中原文化具有根源性、原创性、基础性、包容性、开放性等诸多特质，开放与包容使得中原文化具有绵绵不绝的生命力与创造力。

中原地处"天地之中"、华夏腹地，九州通衢的独特地理位置决定了中原文化始终处于与外部文化的交流融合当中。按照文化人类学的基本观点，任何一种文化都不可能独立存在，而只能处在与其他文化的持续接触与碰撞之中，并在不断吸收异质文化因素的基础上发展。就此而言，所有文化都是你中有我、我中有你的混合文化、融合文化。

中原文化与外部文化的交流与融合由来已久，这种交流与融合影响到中原文化的方方面面。

早在新石器时代，中原史前文化辉煌灿烂，对周边文化产生了强烈的影响。考古资料揭示，郑州大河村遗址中出土的一些富有山东大汶口文化特征的陶器，说明中原文化数千年前就开始吸收周边文化成果，熔铸自己的文化。中原龙山文化中的王湾三期文化向南深入到江汉平原，显示了中原龙山文化的强大影响力。先民们在中原地区长期繁衍、生息，不断劳作、发展，汲取周边地区文化的诸多文化因素，最终催生出彪炳千古的中国早期文明。中原文化成为推动中国境内各种文化交汇的强大动力，直接推动了中国文明的进程，并带动周边地区一起迈入文明之门。

夏商周三代是中国历史上的重要时期，其时中原和周边地区交流融合、相互促进，奠定了中华文明形成和发展的基础。中原文化对周边的影响与辐射能力更强，吸纳能力、吸纳范围也更广。商王武丁时期就开始从域外引进双轮战车技术，这表明，在当时的中原地区，存在与海外的密切联系。春秋战国是中原地区与周边少数民族文明加速融合的关键时期，据史书记载，不少诸侯国的君主、战将、大臣、贵族等都有着少数民族血统。而在汉代，在强势反击匈奴的同时，形成了前所未有的中外贸易，即后人熟知的丝绸之路，洛阳成为丝绸之路的东方起点。隋唐时期，中国文明高度繁荣，洛阳是当时的国际性大都市之一。来自世界各地不同的人种、不同的文化和思想、不同的贸易和商品在这里汇聚、交融和传播，形成了东西方文化、贸易交流和传播的中心。隋唐洛阳城的规划和建设代表了中国古代都城典型的礼制特征，也代表了东方文明发展鼎盛时期的最高水平，对世界其他地区特别是东亚地区产生了深远的影响。以开封为中心的北宋文化，以丰厚的底蕴、深邃的思想、恢宏的气势、绚丽的色彩，把中原历史文化推向高峰。正如陈寅恪先生所说："华夏民族的文化，历数千载之演进，造极于赵宋之世。"唐宋之际，中原文化通过丝绸之路、大运河及海上丝绸之路跨出国门，影响波及亚洲及西方世界。

古往今来，无数中原的思想家，用自己的思考深刻地影响着历史的进程,成为中国思想文化的主干,并对世界文化产生了很大影响。西方许多杰出人物如伏尔泰、狄德罗、托尔斯泰等都曾受到《道德经》的影响。而在中原文化的腹地嵩山脚下,儒、释、道"三教合流",外来的佛教文化、本土的道教文化,其繁荣发展都与河南息息相关。经过千百年的融汇发展,儒、释、道三种文化已经深深熔铸在我们民族的生命力、凝聚力和创造力之中。

作为中原文化重要组成部分的中原文学,不仅具有在中国文学史上肇开先河、创源辟流的价值和意义,同时也具有强大的辐射性,纵向上影响整个文学史,横向上深刻影响其他区域文学。同时,中原文学还展示了其融汇四方、海纳百川的开放性和包容性。作为区域文学的重要一脉,中原文学也深受荆楚、关中、齐鲁、吴越等文学影响,它们相互渗透融合,共同促进了中国文学的繁荣发展。

由于中原地区长期处于中国的政治、经济、文化中心,中原的民俗文化向外的辐射力极强,往往风行全国。例如,随着历史上中原人的数次大规模南迁,中原民俗对广东、福建乃至台湾都产生了广泛而深刻的影响,春节等风俗唐宋时就影响到了朝鲜、日本、越南等邻邦。

可以说,中华文化革故鼎新、生生不息的生命力,很大程度上源于中原文化与周边文化持续不断的碰撞和融合。

梁启超先生曾指出,中原的中国经过秦汉一统,成为中国的中国；中国的中国经由与印度、日本等接触，成为亚洲的中国；近世以来，中国进入世界舞台，与欧美竞争，而成为世界的中国。

几十年来，古老的中原大地与全国一起跳动着改革开放的脉搏，勤劳的中原儿女迸发出无限热情，催生着处处生机。《河南省全面建成小康社会加快现代化建设战略纲要》再次展现了河南开放包容的精神与心态：全面融入国家"一带一路"战略，强化向东开放，加快向西开放，发挥郑州航空港、郑欧班列、国际陆港等开放平台作用，提升郑州、洛阳主要节点城市辐射带动能力，密切与丝绸之路经济带沿线中心城市和海上丝绸之路战略支点的联系，促进基础设施互联互通，深化能源资源、经贸产业和人文交流合作，形成全面开放合作新格局。

三

从世界范围来看，不同文明之间的碰撞与交流成为世界历史发展的主要动力；从中国范围内来看，中原文化与周边文化的互动奠定了中华文化的根基；从中原范围内来看，以嵩山周围为核心的河洛文化与周边文化的融合助推中原文化茁壮成长。

八方风雨会中州。目前河南共有18个省辖市，每个市县都有其独特的文化，尤其是一些与外省接壤的省辖市，更是中原文化与周边文化交流碰撞的前沿。南阳的"楚风汉韵"、信阳的"豫风楚韵"等很有特点,三门峡与秦晋文化的交汇,安阳与燕赵文化的融通,濮阳、商丘、周口与齐鲁文化、淮海文化的互动,焦作、鹤壁与晋文化的交流等都形成了地域文化的小环境。如果说中华文化是一朵大型的重瓣花朵,中原文化就是一朵中型的重瓣之花。以嵩山周围地区为核心的洛阳、郑州、开封是中原文化的花蕊,新乡、许昌、周口、漯河、平顶山、驻马店、济源等是里圈花瓣,信阳、南阳、三门峡、焦作、鹤壁、安阳、濮阳、商丘等则是外围花瓣,它们之间的开合、融通铸就了中原文化的生命力。这种重瓣花朵式的结构,既是稳定的,也是开放与包容的。

党的十八大以来,习近平总书记多次强调要传承和弘扬中华优秀传统文化,强调指出:"要善于把弘扬优秀传统文化和发展现实文化有机统一起来,紧密结合起来,在继承中发展,在发展中继承。"

冠八枢而奠中原,得中原者得天下。弘扬中华优秀传统文化离不开中原文化,没有中原文化,我们将会失去回家的路。

河南在全面建设小康社会的快车道上,始终不忘提升中原文化整体实力和影响力。从省八次党代会提出"加快文化资源大省向文化强省跨越",到省九次党代会提出"加快建设文化强省",再到省十次党代会提出"加快构筑全国重要的文化高地",这种渐次提升既契合党中央关于加强文化发展的新理念、新思想、新战略，又体现了河南省委对文化建设的高度重视和殷切期盼。从中原崛起到建设经济强省，博大精深的中原文化始终是河南最为倚重的资源之一；从华夏历史文明传承创新区到全球华人精神家园的打造，中原文化已经、正在、而且还将要以更加丰富多彩的形式、手段进行挖掘、整理、传承、创新。

多年来，依托厚重的中原文化，河南的文史研究、新闻出版、广播影视等部门进行了卓有成效的工作，取得了丰硕的成果。经过充分调研，中共省委宣传部决定组织各省辖市委宣传部编纂大型精品文化普及读物《中原文化记忆丛书》，一套19卷，第一卷为《中原文化概览》，其余河南十八地市各为一卷。丛书围绕中原文化精华这条主线，选择各地文化经典和精要，系统梳理河南地域文化特色，全面展示中原文化风貌，讲好中原故事，传播中华文化，凝聚中国力量。丛书在立足最新考古发现、研究成果的基础上，依托现代出版技术条件、理念，利用数字技术实现媒体融合，创新传播形态，出版融合文字、音频、视频为一体的多媒体图书。《中原文化记忆丛书》作为一种多媒体出版物，融合多种媒体形式，书籍与文创产品并重，内容与旅游资源嫁接，这种创新的出版方式也是中原文化开放与包容、传承与创新的一种生动体现。

《诗经》云："中原有菽，庶民采之。"

河南是中国的粮仓，中原是一座"文化的活态博物馆"，

《中原文化记忆丛书》可谓是中原这座文化活态博物馆的多媒体说明书。与其在别处仰望，不如到中原走访。真诚希望读到这套丛书的海内外朋友能从中有所收益，更期望朋友们以这套丛书为"路标"，到河南走走，回老家看看。厚重河南欢迎您，壮美中原欢迎您。

（本文系《中原文化记忆丛书》序）

文献千古事，溯源六百年

河出图，洛出书。文献典籍的生生不息保证了中华文明根脉的传承发展。中原大地是中华文明的重要发祥地，作为文明的重要载体，各种文献在中原大地源远流长、浩如烟海。

由于记录手段的落后，加上战争及各种意想不到的天灾人祸，文献的流传就像沙漠里的河流，流着流着就断了，有些留下了名字，有些则音信全无。

孔子说："夏礼吾能言之，杞不足征也。殷礼吾能言之，宋不足征也。文献不足故也。足，则吾能征之矣。"

正因为对文献不足带来的困难与困惑感同身受，孔子对文献分外重视。他"述而不作"，穷毕生精力整理了"六经"等文献，为后代留下了宝贵的文化遗产和整理文献的一些原则。

在历史发展的进程中，前代湮没的文献有时会突然"现身"，给后人带来莫大的惊喜。天佑中原，这样的重大发现有几次就发生在中原大地上。

西晋时期汲郡的"汲冢竹书",丰富了夏商周三代的历史;清末安阳甲骨文的发现,则让商代历史告别传说走向信史时代。

发现是快乐的也是偶然的,但对古代文献的整理则是长期的枯燥的,非有学养有情怀有担当者不能为。

文献传承,整理为先。中原文化历来重视文献的整理,涌现了不少名家,比如整理"汲冢竹书"的荀勖,首创图书四部分类法,沿用至今。还有一些缙绅大族文献整理也渊源有自,如唐代陈好古辑《陈氏家集》、宋代韩琦辑《韩氏家集》、清代《商丘宋氏三世遗集》、近代《项城袁氏家集》等,斑斑可考。

河南大学创始人之一的李敏修先生,是民国时期中州清代文献收集整理集大成者。他带领"中州文献征辑处",以收藏、整理清代中州文献而久享盛名,所著《中州艺文录》以河南地域划分为分类方式,既继承传统,又不囿于传统,对后人很有借鉴意义。

文献记录了历史,记录文献流传的历史也是一种历史。出版家王钢先生同时也是一位学养深厚、成就斐然的考据学家、文献学家,对中原文献整理和中原文献整理的历史情有独钟,皓首穷经,孜孜矻矻,收集中原文献整理资料,条分缕析,拿出了这部沉甸甸的《中原文献整理史稿》。

《中原文献整理史稿》直接从明代开篇。王钢先生认为，宋室南迁以后，中原文化急剧衰落，南宋以至元末，中原书刻屈指可数。明洪武时，《袖珍方》等医书在开封刻印，始开河南刊版之风，后来又出现了《中州明贤文表》等大量文献资料。金元以前，无省级行政区域，河南府仅包括洛阳周边地区。明代设十三省，"河南省"辖区与今日河南相近，同时也开始了中原文献的整理工作。所以叙述中原文献整理历史，应从明代开始。

清代时期，中原文献整理成果蔚为大观。康乾两朝，曾两次征集典籍，对河南文献整理有重要促进作用。《中原文献整理史稿》用中州著述汇编、中原诗文总集汇编选编、明代旧籍编刊、晚明名家著述编刊等几个章节对清代中原文献整理的成果进行了详尽的介绍。

对于民国时期的文献整理工作，王钢先生通过几个贡献巨大的名人和单位来进行重点介绍，如李敏修与中州文献征辑处，张凤台与《三怡堂丛书》，井俊起与河南图书馆，刘镇华、万自逸与经川图书馆、河南通志馆及《河南通志艺文志稿》等等。

对新中国成立以后的文献整理工作，王钢先生不仅分"新中国成立十七年"、"'文革'十年"、"新时期"三个阶段进行了梳理，还对中原文献目录学成就、丛刊编印、单行本整理进行了汇总，并将目光对准了以前不为人所重视的武学、俗文学。

　　系统回顾了600年中原文献整理历史后，王钢先生在充分肯定中原文献整理的辉煌成就的同时，也表达了自己的遗憾和隐忧：迄今尚无较为全面的文献汇编，一些重要典籍、孤本的影印本不足甚至缺失，重要文献的数字化转化明显不足，近代文献整理没有引起足够的重视，地方文献数据库建设明显滞后，海外外文文献尚未引起关注，等等，彰显了一位优秀出版家的责任担当和远见卓识。

　　王钢先生提出了中原文献整理的线索以待来者。细读《中原文献整理史稿》之后，在为这部大著的平实、严谨、博洽、厚重所折服的同时，我也对学问炉火纯青、时间相对自由、已经开启人生第二春模式的王钢先生有了新的期待：能否对明代以前中原文献的整理历史也有所垂顾，填补一下研究空白，满足一下我们的期盼之心呢？！

（本文系王钢《中原文献整理史稿》序）

精神到处词章老

耿相新先生是著名的历史文化学者,也是著名的编辑家、出版家,学识渊博,视野宏阔,从容淡定,宁静致远,所著《中国简帛出版史》等学术著作功力深厚,为学界赞许;所编(包括策划、责编、主编)图书期刊多次获得中国图书奖、国家期刊奖、全国古籍优秀图书奖等重要奖项,为业界称道。可以毫不夸张地说,在历史文化研究和编辑出版两大领域,相新都是一位在河南有重要影响、在全国有广泛影响的重量级专家。

其实,相新还有一个十分重要、但却为前两个身份的光芒所遮蔽的身份:词人,而且是一位纯厚、纯真、纯静、永葆赤诚与童心的词人。他现在奉献给读者的这部沉甸甸的词集,便是词人这一身份的有力佐证。

早在二十世纪九十年代中期,为了将著名学者唐圭璋先生主编的竖排繁体版《全宋词》转化成简体版在河南出版，相新在一年多的时间里数遍通读这部煌煌五卷本大著，用功之深远超一般的宋词研究者。20年后，机缘巧合，相新又在大约三年的时间里细细通读了一遍这部繁体《全宋词》，同时还认真通读了一遍十卷本《全宋词评注》，这个《评注》篇幅更浩大，汇辑标注了简要注释和历代词评。此外，相新还以更大的毅力和耐力，用多版本比照阅读的研究方式，通读了数十位唐五代以来最重要词人的个人作品集。用相新自己的话说，词改变了他的精神生活，重塑了他的精神世界，伴他走过黎明黄昏，陪他走过幸福伤痛。词之探索，让他找到了生命的意义与价值；词之创作，则让他终于回归了自我。相新作词，不是自娱娱人，而是以长短句丈量生命，让心底的韵脚起落于无声的生活，让那些高低不平的旋律抚慰顿挫蹭蹬的漫漫旅途。词之于相新，已经完全是一种生命方式。

　　介绍这些背景是想和读者一起探寻学者相新与词人相新之间的内在关联，是想探寻三年来相新何以在"精神到处文章老，学问深时意气平"的年龄和状态下，突然"老夫聊发少年狂"，进入了本该以青春和激情为底色的词作的喷发期。那一定是古人之词（主要是宋词）触动了他心底最柔软的部分，让他产生了强烈的情感共鸣，让他有了"怅望千秋一洒泪，萧条异代不同时""身无彩凤双飞翼，心有灵犀一点通"的心灵震撼。理性的、逻辑的学术文字不足以描述这份柔软，抒写这种共鸣，回应这种震撼，他便从理性走向感性，从逻辑走向直觉，从学人变成词人。在相新看来，与诗相比，词更含蓄、更温婉、更幽怨、更苦涩甚至更悲壮，是旋律里的美文，歌声里的心声，音乐里的悲欢，更吻合他的情感气质。于是，在大约三年的时间里，一向治学严谨的相新穿越到宋朝，工作之余大都生活在宋代的词句里，与李煜、柳永吟哦，与苏东坡、辛稼轩对酌，情之所至，走笔为词，积沙成塔，汇聚成我们眼前的这部词集。

因为扎实的词学研究功底——比如仅对词谱，相新就下了很长时间的研究功夫，并结合创作实践精编了一本词谱新编，准备在合适的时候刊布——相新使用的词牌非常广泛，既有常见的《浪淘沙》《菩萨蛮》《满江红》《踏莎行》等，还有不太常见的《朝中措》《看花回》《燕归梁》《梁州令》等等，粗略数来，多达百种，可见功夫之深。

作为典型的学人之词，相新词作的题材非常广泛，既有凭吊怀古又有友情宴饮，既有四时感怀又有花草鱼虫。其中写边塞、名胜古迹的词融汇古今，气势磅礴，既写张良刺秦的"博浪沙"、三英战吕布的"虎牢关"、黄袍加身的"陈桥驿"等中原名胜，也写苍凉豪迈的祁连山、焉支山、河西走廊等西域风情。

"纵马麓南巅，醉饮青稞酒""十万中原军帐，百里横陈箭阵""秦筑长城锁汉关"等，笔力千钧、豪情万丈，读来让人血脉贲张；"遥思蒲与荷，吹绿一塘颤"，故乡田园的优美令人心驰神往；"愿为书蠹自由愁，信天与古游"，是文人遨游天地间的自由散淡，"太行今向泪字留，风过双肩，碎在眉头"，写不尽中元节怀念亲人的万斛离愁。

2016年，中国的农历二十四节气入选了世界非物质文化遗产，相新用词为农耕文明的智慧写真：《阮郎归·惊蛰》写道："轻风微雨翠拾间。龙湖岸柳边。寒时难引暖时闲，惊蛰又醒还。"《风入松·清明》写道："牧童遥去岁千零，代代雨盈盈。"《清平乐·夏至》写道："且听对岸蛙呼。逢暑高蝉远唱，年年何醉当初。"《相见欢·重阳》写道："何时醉。几曾泪。又天涯。坐定黄昏寒露、话桑麻。"

2018年4月25日至5月7日，在短短十余天的时间里，相新连续用《西溪子》《西地锦》《三字令》《遐方怨》《长命女》《醉垂鞭》等6个不同的词牌写下了相同的词作《祈祷》。"湿了又，未曾干。忐忑花摇，小园轻步驱泪艰。此时天际快回还。愿深如海也，起而餐。"字字泪，声声血，情深意切，记录了那段他生命中永远难忘的痛苦时光。"正声何微茫，哀怨起骚人"，那场无端飞来的奇葩事端，让一向洁身自好的他受了许多委屈、许多熬煎，但换个角度来看，这样的磨砺或许正是促成他从学人走向词人的深层动因之一。

台湾著名诗人洛夫曾说：要是把唐诗拿去压榨，至少会淌出半斤酒来。唐诗如此，本就是宴饮之曲的宋词更是酒水里浸泡出来的艺术,"一曲新词酒一杯","今宵酒醒何处,杨柳岸晓风残月","三杯两盏淡酒,怎敌他、晚来风急","夜饮东坡醒复醉,归来仿佛三更","醉里挑灯看剑,梦回吹角连营"等等,皆是散发着酒之清香的千古名句。

喜饮啤酒的相新,其词中也泛着浓浓的酒意。2017年元旦的第一首词中有酒:"醉眼拨开千古事,徒在尘中。"集中开篇第一首词《破阵子·北土城》尾句有酒:"怎能对盏酌。"集中最后一首词《法曲献仙音·岁尾》中的尾句也有酒:"但斟酌醉意,饮尽歌哭清咽。"

"文章太守,挥毫万字、一饮千钟。"相新曾参与主编的《全宋笔记》历时十九载全部出齐,十卷百册,蔚为大观。宋代文人的思维火花、闲情逸事,让他《随书而动》《学会呼吸》,也涵养了本词集的艺术温度、思想深度、精神力度。

我与相新相识、相知凡三十余年,早在二十世纪年代中期,我们就共同参与了著名编辑家范炯先生主持的"新潮文史书系"的组织撰写工作,相处甚欢。彼时我们都正青春,又值文化热空前高涨的时期,时常三五好友相聚,指点江山,激扬文字,把酒临风,谈诗论文,不知东方之既白,留下许多美好回忆。后来他主政大象出版社多年,常有学术佳作惠赠,让我获益良多。后来我们又有缘成为出版集团的同事,交流更多,了解更深,同声相应,同气相求,我对他的道德文章、风骨操守愈加敬佩,视为挚友、畏友。"未能抛得杭州去,一半勾留是此湖"，白居易因爱西湖而不愿离开杭州，我对出版集团的美好记忆与留恋不舍中也与相新有不少关联。现在相新词作即将刊布，命我写篇小文置于卷首，于情于理我都不能也不愿推辞，故不揣浅陋，草成此文应命交卷，聊表对相新的敬意与祝贺。

（本文系《耿相新词》序）

记住乡愁

村,在现代语境里,有两种意涵:一是自然村落,由若干户相对集中地居住在一起的居民构成,通常被称为村民小组;二是行政建制,由若干个自然村落构成最基层的行政组织,一般称之为"村委会",简称"村"。以第二种含义论,村,是乡民的自治组织,其领导人,即村委会主任、村支部书记,不是国家公务员,由村民选举产生。

无论从何种意涵上讲,村,都是构成中国社会的最基层组织,是中国社会最为庞大的存在。然而,随着现代化尤其是城镇化步伐的加快,越来越多的村子正在以加速度消失。因此,如何保存村子的历史,留住美好的乡愁,就成了摆在我们面前的一个刻不容缓的现实课题。

中国向有注重历史的优良传统,盛世修史更是代有佳话。进入新时代的中国正前所未有地接近实现中华民族伟大复兴的梦想，文化自信分外坚定，涌现修史撰志的热潮自在情理之中，近年来各级各类志书不断出现，政府甚至作为考核硬指标，拿来要求相关部门。村一级的志书虽不在要求的范围之内，但村志的书写、出版却呈现出不断上升的趋势。就我的经验论，村志的出现一般有三种情况。一是经济条件较好的村子，人们可以拿出较多的钱来从事这一工作；二是因为建设的需要，比如拆迁、修桥建路等导致的村庄的消失，加快了村志的编纂出版步伐；三是一些村庄里出了一些"能人"——或做了较大官职的，或挣了较多钱财的，或者有几个退休的文化人……甚或是这几种人兼而有之。

这部新密市李堂村《李堂村志》的编纂与出版，似乎与前两种情况都不沾边：村子不算富有，眼下也无拆迁之虞。能编纂出版这部村志，主要因为村里出了一个翟幸福。翟幸福生于斯长于斯歌哭于斯，从民办老师到乡政府公务员，进而做到处长、县长、县委书记、教育局长，一步一个脚印，退休前做到郑州一家高校的党委副书记。在临近退休的前几年，作为"乡贤"的翟幸福受村中耆老重托，着手编写李堂村志，几经寒暑，数易其稿，写出多达两百余万字的初稿。书稿搜罗村史中所有细节、梳理各个时期的历史脉络、记载村中每一个值得记录的人物事件，对与村子历史息息相关的一草一木倾注深情，对和村子文化有关联的习俗、典故、传说、俚语……无不搜罗殆尽，饱含对家乡的赤子之爱，一笔一画地深情书写家乡，便有了我们面前这一部朴实厚重的《李堂村志》。

"乡贤"的存在，自古及今都是支撑中国乡土社会的重要支柱。一般来讲，乡贤主要由三种人士构成：乡下的读书人，他们虽然没有取得功名，却具有相当高的文化水平，一般会开馆收徒，传播文化知识；乡间耆老，也即类似于族长之类的德高望重者；退休致仕的返乡者，他们返乡后既有较为丰富的物质财富回馈乡里，更把在外做官时的经验、人脉等带回乡间，成为丰富乡村文明的重要组成部分。这几种人物，一直都是中国传统基层社会生活中传播文化、教化乡里、维护宗族团结、稳定基层社会的重要力量，千百年来，他们扮演着基层社会的教化者、稳定者、建设者的角色。

村志，作为凝聚乡村文化、承载乡村习俗、固化乡村亲情、传播传统根脉等的重要载体，在当下乡村振兴中有着更加重要的现实意义。建设美丽乡村、魅力乡村，归根结底依靠的还是人。可喜的是，乡村振兴已经成为国家战略写进党中央国务院的报告。2018年中央一号文件，明确规定农民原有的住房以及宅基地，即使在购买了城镇住房之后仍然可以拥有；离退休的干部职工也被鼓励返乡居住，参与家乡建设。

村志这一独特的文化纽带，是连接乡村与乡贤、乡村与外界、乡村与世界的重要载体，也是循流溯源、不忘来路、记住乡愁的基本依据。《李堂村志》仅仅是将会出现的越来越多的村志中的一种，其出版的意义和价值绝不仅仅限于新密，甚至不仅仅限于河南省。我更愿意把它看作是参与乡村振兴的一个具体行动,吹响乡村振兴的一声嘹亮号角。

  我和翟幸福先生相识相知近四十年,志同道合,情同手足,同声相应,同气相求,对他的学识人品、道德文章感佩有加。他对故乡的赤子之爱、对这部村志的倾情投入我都看在眼里,感动在心里。村志刊布在即,幸福兄命我写篇文字充序。我才浅学疏,于史志更是外行,本难胜任,但兄命难违,于情于理也不能违不愿违,故不揣鄙陋,写下这些感想交卷,以就教于翟幸福先生及读者诸君。

  (本文系翟幸福《李堂村志》序)

《龙文鞭影》复又生

"粗成四字,诲尔童蒙。经书暇日,子史须通。"《龙文鞭影》开篇第一句就明确交代了编著此书的目的与宗旨:对童子进行诸子百家、文史知识的启蒙教育。

《龙文鞭影》,书名有点"天马行空"的味道,其内涵也确实和马有关。"龙文"指的是古代一种千里马,据说这种马只要看见鞭的影子就会奔跑。借此典故做书名,既包含了作者对少年童子未来成为千里马的期许,也隐含着对少年童子"不用扬鞭自奋蹄"的勉励。

《龙文鞭影》原名《蒙养故事》,是儿童读物。在我国古代传统蒙学中,作为幼学课本,《三字经》《百家姓》《千字文》和《龙文鞭影》是最重要的四部。《龙文鞭影》最初由明人萧良有编撰,后来杨臣诤进行了增补修订。萧良有自幼聪颖过人,有神童之誉,曾任国子监祭酒,德高望重。他以国子监祭酒的身份亲自编写蒙学读物，也可以说是大学者著小书了。

《龙文鞭影》的内容主要来自二十四史中的人物典故，同时又从古代神话、小说、笔记中广泛收集，辑录了许多著名历史人物如孔子、司马迁、诸葛亮、李白、杜甫、朱熹等人的逸闻趣事。全书共收集包括孟母断机、毛遂自荐、荆轲刺秦、鹬蚌相争、董永卖身、红叶题诗等在内的两千多个典故，文字简练扼要，可以典故大全目之。该书四字一句，两句一韵，读起来抑扬顿挫，朗朗上口，是最受欢迎的童蒙读物之一。

《龙文鞭影》作为童蒙读物，明清两代版本众多。近年来随着国学热的持续升温，不少出版社再版此书。现在，河南美术出版社另具只眼，独辟蹊径，创造性地推出了书法版《龙文鞭影》。书写者是当代"书法状元"吴行，而且用的是他从不轻易示人的隶书书体。

吴行，字砚之，因曾奇迹般地从鬼门关中逃脱，更号复生子。从1986年第二届中青展获奖以来，他几乎囊括了中国书协所有的重要奖项，被誉为"书法状元"。第四届兰亭奖评委会的颁奖词，恰如其分地概括了吴行的艺术特色与艺术地位："五体皆能，真行最工。不媚世俗，唯古是崇。晋楷唐志，陶冶宋贤。和润清雅，平实自然。生命不止，临池不息。国展宿将，兰亭精英。"

吴行以楷、行书名世，其实，他的隶书也自成一格，颇有特色。全国第五届楹联展，吴行即以隶书作品获得一等奖。

吴行在艺术创作上善于逆流而上,他从唐楷上溯魏晋楷、行书,没有像多数北方书法家那样选取古拙劲正的魏碑作为着力点,而是撷取疏放妍妙的尺牍法帖作为突破口,在以雄浑博大见长的中原书法阵营中,形成了自己"和润清雅,平实自然"的独特书风。

隶书在经过东汉时期的高峰之后,逐渐演化成楷、行书,楷书在唐代又达到一个新高峰。从隶书入手进而写楷书是水到渠成之事,而且写楷书带篆隶笔法显得取法高古。但如果从楷书入手进而写隶书则相对比较艰难,因为容易犯隶书带楷意的大忌。逆流而上,需要过人的天分,还需要特别的勤奋。吴行两者兼具,才敢于选择逆流而上的路子,从魏晋上溯秦汉,从楷行而隶书。

清代书法家王澍曾说:"隶法以汉为奇,每碑各出一奇,莫有同者。"河南美术出版社出版的《汉碑全集》,收录各类石刻拓本二百八十五种、三百六十件,书法或厚重大气,或古朴率真,或飘动秀逸,可以说是一菜一格、百菜百味。

在隶书的选择上,吴行选择的是丰润而有骨力的《礼器碑》《曹全碑》等秀美之路,而不是大开大合的摩崖刻石,方正稚拙的《张迁》《衡方》等。

《礼器碑》作为"孔庙三器"之一,历来备受推崇。明郭宗昌《金石史》评云,"汉隶当以《孔庙礼器碑》为第一","其字画之妙,非笔非手,古雅无前,若得之神功,非由人造,所谓'星流电转,纤逾植发'尚未足形容也。汉诸碑结体命意,皆可仿佛,独此碑如河汉,可望不可及也"。

吴行的隶书以《礼器碑》为骨架,又巧妙地吸收其他汉碑的特点并以其为血肉,书风细劲雄健,看似清秀,却骨力宛然,真气四溢,仿佛是魏晋时期的翩翩佳公子,飘逸潇洒中自有其内在风骨。

为书写好这本隶书《龙文鞭影》,吴行沉潜经年,并少见地打了界格,书写非常认真规整,以方笔为主,端严而峻逸,方整秀丽兼而有之,一些字的笔画又有意无意地突破界格,纵横跌宕,充满逸趣,可供玩味之处甚多。

《龙文鞭影》是影响深远的童蒙读物,吴行是当代极受欢迎的书法名家,名家写名文,各美其美,美美与共,珠联璧合,相得益彰。但需要特别提醒广大读者的是,隶书由篆简化而来,规则不一,异体字甚多,有些字的写法甚至多达几十种。吴行在书写时使用了不少异体字,作为书法艺术这样写当然可以,但初学者不可不察。

(本文系吴行书法版《龙文鞭影》序)

百品识千唐　绳鉴知经典

大凡交通要道,车辚辚、马萧萧,人多了,故事也就多了。

河南、陕西、山西三省交界的黄河金三角地区有个咽喉要道"函谷",西边是潼关,东边是函谷关,历来就是出传奇的风水宝地。

吾乡鹿邑先贤老子李耳从洛阳一路西来,倒骑青牛过函谷,留下了辉映千古的五千言《道德经》。

孟尝君"鸡鸣狗盗"一路东行过的是秦函谷关,关址在灵宝。到了汉武帝时期,楼船将军杨仆"耻为关外人",将函谷关东移到新安县境内,是为汉函谷关,是两京古道上的重要关隘。2014年丝绸之路申报世界文化遗产,汉函谷关是其中的一处重要遗址。

二十世纪二十年代,新安籍辛亥革命元老张钫主持重修汉函谷关,请一代风云人物、大学问家、大教育家同时也是大书法家康有为题写了"汉函谷关"匾额,至今犹存。康有为还为张钫的私家花园题额"蛰庐",并留下了著名楹联:"丸泥欲封紫气犹存关令尹;凿坏可乐霸亭谁识故将军。"可见对张钫先生和新安汉函谷关的推重。

新安张钫和三原于右任是辛亥革命老友,又同好金石书画。他们收集了大量出土于洛阳地区的北朝、隋唐时期的碑刻墓志,两人商定,"魏志"归于,"唐志"归张。张钫在家乡"蛰庐"西隅,辟地建斋,将收集来的一千余方墓志镶嵌于窑洞的内壁以及天井走廊的外墙壁上,国学大师章炳麟为之题名"千唐志斋"。

康有为、于右任、张钫、章炳麟,每一个名字都自带光芒、闻名遐迩,这些名字因缘际会汇聚到新安、蛰庐、千唐志斋,那就只能用光芒四射、熠熠生辉来形容了。由此,千唐志斋成为全国唯一一家墓志铭专题收藏博物馆,经过近百年,尤其是改革开放四十余年的薪火传承,"千唐志斋"迄今收藏墓志、石刻已达两千余品。

"千唐志斋"的丰富收藏泽惠众多书家,中原尤其是洛阳书家自然是近水楼台先得月。比如,洛阳新安近年就孕育出了"新安书法家群体","80后"的陈花容便是其中的后起之秀。陈花容年少成名,20多岁就获得了第三届兰亭书法状元,传为一时佳话。千唐志斋书法群体以楷书、行草见长,花容的书法成就也主要在此两端。其楷书在唐楷庙堂气息的基础上,增加了唐代墓志铭书法的趣味性；其草书以高古见长，尤以蕴含其中的章草韵味为人称道。著名书法家、书法理论家周俊杰先生这样评价他：陈花容的书法从"二王"草书入手，之后又转向章草的学习，并以此作为创作的主调。陈花容在《平复帖》上用功甚勤，由于他对"二王"书法的把握以及对简书笔意的借鉴，使本来沉郁、苍古的《平复帖》增添了飘逸、洒脱的意味，这是一种恰如其分的融合，也是一种新的和谐统一。

千唐志斋的墓志、碑刻收藏丰富，不仅是书法艺术的宝库，也是研究唐代文化、历史的一个重要切入点。花容的书法玉成于千唐志斋的熏染，现在他又成了千唐志斋博物馆馆长，得以与唐人刻品朝夕相对，细观慢赏，真真幸甚。近年来，花容在潜心学习观摩、不断提升自己文化素养和创作水平的同时，带领千唐志斋博物馆在收藏保管展览的基础上加大了对馆藏碑刻墓志的研究、宣传、推广力度，推出了一批高质量成果：《志海探秘》《邙山毓秀》《联语蛰庐》等著作已经出版，大部头的《千唐志斋旧藏全拓全录》正在编辑当中，带有集大成性质的皇皇16卷《千唐志斋碑刻全集》也将在今年刊布。

千唐志斋收藏的碑刻墓志琳琅满目，全面系统了解其已属不易，倘要体悟其精要、领略其神韵则更需时日。显然，这对大多数书法爱好者和广大文化旅游者而言难度太大，要求太高。他们需要更为便捷高效、能够事半功倍的学习途径。有感于此，千唐志斋邀请有关专家参与推出了"千唐书法百品"工程。工程包含的项目很多，其中之一是由花容执笔撰写、从2017年9月开始在《书法报》专题连载的《蛰庐经典百品——千唐志斋藏墓志文化解读及书法赏析》，每期一品，每品千字左右。文章精选百幅千唐志斋经典藏品，以史料为依据，简要考据，简明介绍，精心体悟，精准品鉴，常有独到识解，时见神来之笔，好读耐品，广受好评。"千唐书法百品"是了解唐代书法真实状况最直观的所在，其中有特点、亮点的墓志不在少数。如名相狄仁杰撰并书的《袁公瑜墓志》，其书法既有"虞书"的圆腴俊朗，又有"欧书"的严谨劲峭，观其结体气势，刚柔结合，骨力深藏，让人看到一个官居大唐宰相之位的鲜活书家的风采。此外，《李邕墓志》、徐浩书《崔藏之墓志》、李凑书《顺节夫人墓志》等，也都出自名家手笔，可圈可点。有些墓志虽非出自名家之手，但却字字珠玑，如多方"宫女墓志"，或端庄典雅，或天真烂漫，书艺纷呈，美不胜收，都给我们带来了美妙的精神享受。

在浮躁成为社会通病的当下，年少成名的花容能够摒弃诱惑，耐住寂寞，守住本心，面壁向学，沉潜涵泳，以学养书，以书砺学，难能可贵，值得倡扬。现在，他把这些经由《书法报》连载的文章结集成册，经过考订增减、修改润色，即将以"云雨蛰龙——千唐志斋藏石经典绳鉴"为名正式出版，可喜可贺。这既是献给千唐志斋百年华诞的珍贵厚礼，也是为海内外书法家,尤其是广大书法爱好者更好地领略千唐志斋文化精髓、艺术风采提供的美的导航。

(本文系陈花容《云雨蛰龙》序)

敬畏历史,烛照现实

当代著名剧作家陈涌泉多年来根植中原沃土,戏剧创作硕果累累,在传统戏曲现代化、民族戏曲世界化、戏剧观众青年化、戏剧生态平衡化诸方面取得了突出成绩。其作品多次实现中原戏剧历史性突破,囊括了全国一系列最高奖项,演遍世界许多国家,在国内外产生了广泛影响,多部剧本入选大学语文教材和《国家舞台艺术优秀剧目集》,写进《中国戏曲史》,成为新的经典。研究陈涌泉剧作,既是对他个人创作的阶段性总结,也必将为当下的编剧实践与理论探索提供有力支撑。

一

在陈涌泉的笔下,既有反思国民劣根性的《阿Q与孔乙己》,又有讴歌人性光辉的《程婴救孤》;既有讲述命运之痛的《朱安女士》,又有歌颂传统美德的《婚姻大事》《王屋山的女人》;既有反腐倡廉题材的《天职》《张伯行》,又有爱国主义题材的《两狼山上》《诸葛亮——临危受命》;既有抒写移民心灵史的《丹水情深》,又有表现新生代农民工寻梦之旅的《都市阳光》;既有展现士大夫凛然风骨的《陈蕃》,又有歌咏才女气节情操的《李香君》;既有反映领导干部突破传统观念推动社会发展的《黄河十八弯》,又有表现基层党支部书记全心全意为人民服务的《大山的儿子》……从这些剧目可以看出,陈涌泉创作题材之广,几乎涉及社会生活的各个领域,体现出他全面而扎实的创作实力。

然而,陈涌泉的作品不仅体现在数量上,更体现在质量上、体现在他所达到的高度上。可以说,在河南戏剧发展的重要转折点上,陈涌泉经常是走在前面的人。二十世纪九十年代前后,河南戏剧一直处在一个"焦虑期",被称为"落后全国一圈半"。这种局面的打破是从陈涌泉创作于1996年的《阿Q与孔乙己》开始的,该剧一上舞台就引起强烈反响,被誉为"河南剧坛一缕清新的风","在经典名著与通俗戏曲、传统艺术与现代观念之间开辟了一条新路"。进入新世纪之后,河南戏剧异军突起,而炸响那一声惊雷的还是陈涌泉。2004年由他创作的《程婴救孤》夺得第七届中国艺术节"文华大奖"第一名和"观众最喜爱的剧目"第一名,实现了豫剧在新世纪的重大突围,成为经典改编的成功范例。陈涌泉再次引爆戏剧界是在2012年，他创作的《朱安女士》（又名《风雨故园》）参加第20届曹禺戏剧文学奖（第四届中国戏剧奖·曹禺剧本奖）评选，在全国参赛的众多剧本中脱颖而出，最终荣登八部获奖作品榜首，成为一部对中国近现代历史进行深刻反思的力作，实现了豫剧创作的又一次突破。

同时，陈涌泉还具有强烈的文化输出意识，他创作的多部作品多次参与国家和地区间的文化交流。《程婴救孤》《阿Q与孔乙己》《王屋山的女人》多次赴港澳台开展文化交流，参加上海国际艺术节演出，《程婴救孤》还先后赴意大利、法国、美国、泰国、巴基斯坦等国进行交流演出，并连续登上美国百老汇舞台、好莱坞杜比大剧院，开创了中国地方戏首登百老汇和好莱坞舞台的先河。《程婴救孤》以其深邃的文化内涵和深沉的价值追求，在民族与世界之间，营造出一种和谐交融的文化空间，架起了中西方文化沟通互信的桥梁，成为外国人了解中国历史、了解中国文化、了解中国人精神世界和价值诉求的重要载体，从而站到了中华文明与人类文明交流对话的前沿，成为中华文化走向世界的一张名片。

二

陈涌泉戏剧创作所达到的广度、高度和深度，使他毫无疑义地登上了当代戏剧创作的高峰，他的创作理念、创作追求及创作实践，也成为当代戏剧创作的宝贵经验和财富，应当引起人们的高度重视和深入研究。我认为陈涌泉的戏剧创作主要有以下几个特征：

一是敬畏传统经典。陈涌泉视传统为创作母体，不论是他的改编剧目还是原创剧目，都有深厚的传统作支撑。同时，他对传统有着理性的审视，他尊重传统而又不拘泥于传统，在继承传统精华的基础上，赋予它崭新的时代意义。从《阿Q与孔乙己》到《程婴救孤》，再到《朱安女士》，陈涌泉一直充满了挑战精神，但他挑战的前提是敬畏，不是肆意地颠覆，而是在张扬原著所蕴含的民族精神的同时，又在人性的崇高方面进行了深入开掘，对传统经典作进一步的升华，在经典的基础上创造出新的经典。

二是关注社会现实。关注现实生活是河南戏剧创作的优势，陈涌泉继承了这一优良传统，并不断实现新的突破。他的作品塑造出许多有棱有角、有血有肉的现代人物形象，《王屋山的女人》中替夫还债的彩云，《天职》中全力支持丈夫工作的玉洁，《都市阳光》中新生代农民工高天和朵朵，都是这个时代的新人形象；同时他还关注那些被遗忘的小人物，如鲁迅只写了寥寥几笔的吴妈，在他的笔下成了阿Q与孔乙己沟通的桥梁；一生默默无闻的朱安，在他的笔下成了舞台上的主角。这些人物都是陈涌泉苦心孤诣发掘出来的，当然也是他所独创的。

三是富有创新精神。创新是陈涌泉戏曲创作的灵魂，特别是他对经典名著的改编，能从"仰视""平视"到"俯视"，勇于突破名著的局限。如《阿Q与孔乙己》以丰富的想象、大胆的手法，将鲁迅两篇小说中的两个人物放在同一时空、同一事件中，使得一贯以演传奇见长的戏曲，增加了思辨性、厚重感，引发的是沉甸甸的思考和无奈的感叹。而《程婴救孤》一反当时流行的解构主义和抽象人性论，继承发扬了原著所蕴含的民族精神，但他没有重复原有的情节，而是重新编织故事。比如，程婴用生命将救孤进行到底，最后倒在屠岸贾的剑下。这一点在同类题材当中是唯一的，也是陈涌泉独特的贡献。

四是充满现代理念。陈涌泉有胆识，更有实力，这使他的每一部作品都充满了现代理念，契合了当代观众的审美需求。如在《阿Q与孔乙己》中，陈涌泉把自己对阿Q和孔乙己的理解、认知和评判，巧妙地放入自己编织的故事情节之中，然后和观众直接进行沟通。他对鲁迅的作品非常熟知和理解，对小说中的人物把握得非常准确，几乎和鲁迅的作品融在了一起，为观众走近名著、走近伟人打开了另一条捷径。而《程婴救孤》则直抵人性的深处，观众在欣赏这部戏时，穿越时间的隧道，与人物进行心灵的对话。《赵氏孤儿》是一个经典，《程婴救孤》一定也会成为一个经典。

五是追求文化意蕴。陈涌泉的戏剧创作除了具有较高的文学性外，还具有深厚的文化意蕴。他创作的人物形象不仅具有很高的审美价值，而且还有很大的认知价值，达到了历史与逻辑、美学与人学的统一。他立足传统又紧扣时代，不仅高扬民族精神的火炬，还传递出可供人类接受的价值观念。他以历史作为现代的参照，从历史的纵深来揭示人性的深刻和丰富，重新梳理出中华民族亘古不变的民族精神，并将这种精神转化为当下民族的思想动力。他的成功经验表明，传统文化是出发的母港，只有站在优秀传统的基础上才能走向世界。

六是注重艺术本体。陈涌泉具有高超的编剧技巧，了解舞台演出的规律和不同戏曲行当的表演特点，并且熟知不同剧种的艺术特质和剧种生存的文化土壤，因此他创作的剧本具备舞台演出的诸多要素。陈涌泉注重戏剧性、舞台性与文学性的融合，他创作的剧本都能让演员的唱念做打得到全面的展示，同时他的剧本又有着强烈的文学性，对人物内心的刻画细腻丰富，情节细节的流动和人物性格的发展，始终保持着同步，实现了舞台性和文学性的有机结合。他善于把人物的情感逻辑、性格逻辑和生活逻辑兼顾起来，很好地运用戏剧的对立元素，具有很高的艺术水准。陈涌泉注重剧种特色，善于发挥剧种优势，唱词既符合剧种的格律，又能在里面加入现代审美元素，如将长短句穿插到里面，为后来所有的二度创作打下了坚实的基础。

三

　　陈涌泉之所以能取得如此重大的成就，首先缘于他炽烈的情怀和坚定的立场。一个作家的情怀决定着他的创作立场，而他的创作立场则决定着他能达到的高度和深度。陈涌泉的作品始终贯穿着一条清晰的主线：那就是对民族精神的高扬，对社会正义的呼唤，对贪腐邪恶的鞭挞，对贫苦弱小的同情。他相信只有传递真情的文字才可以变得不朽，他希望通过对真善美的颂扬，高举起民族的精神火炬，让正义得到伸张，让弱者不再流泪，让善良免遭权势的蹂躏，让生命得到应有的尊严。因此，对理想的执着、对崇高的坚守、对人间真情的歌颂、对人性之美的张扬，不仅是陈涌泉戏剧创作的一贯追求，同时也构成了他所有作品的基本旋律。陈涌泉作品中的主人公多是出身社会底层的小人物，《婚姻大事》中成人之美的凤春和秋蝉、《天职》中要将上访进行到底的李秀莲、《王屋山的女人》中替夫还债的彩云、《都市阳光》中的农民歌手高天、《皇家驿站》的宫女晴儿、《李香君》中的歌女李香君、《张伯行》中的仆人常保、《大山的儿子》中的村党支部书记张明堂……他们都是普通的社会一员，但他们位卑而不失尊严，贫穷而不改气节，身小而不渺小，处下而不低下，体现出一种平凡中的伟大，一种平常中的刚强，一种平淡中的崇高。可以说，他们的存在就是对无情世界的抗争，对人间正义的捍卫，对生命光辉的礼赞，对社会正能量的传递，当然也体现了陈涌泉灌注在他们身上的美好情感。

陈涌泉不仅是一位有作为的剧作家，同时也是一位敢担当的剧作家，他的作品总是以一种强烈的批判精神，不断地迸发出时代的强音。在他的笔下，草泽医生程婴面对死亡，能留下"一诺千金重，取义轻舍生，历尽万劫眉不皱，留一腔浩然正气贯长虹"的生命绝唱（《程婴救孤》）；纪委书记纪忠面对腐败分子，能喊出"欺百姓就是欺苍天"的百姓心声（《天职》）；铁血英雄杨业面对破碎的河山，能发出"莫让英雄再流泪，莫让忠臣无善终"的悲壮呼唤（《两狼山上》）；青楼女子李香君面对无耻的权奸，能发出"身穿朱紫不自重，堂堂列公选声容，不管社稷安与危，不闻黎民疾苦声"的无情控诉（《李香君》）；普通女子彩云面对山一样的压力，能发出"只要王屋山还在，绝不少大伙一分钱"的铮铮之言（《王屋山的女人》）；农民歌手高天面对无情的现实，能发出"雷啊雷，轰平眼前山万丈；闪啊闪，撕开乌云透霞光；雨啊雨，洗出一片新天地；风啊风，把人间不平一扫光"的血泪呐喊（《都市阳光》）；为了能够惩治奸佞，张伯行能做出"纵然是玉石俱焚同归于尽，微臣亦在所不辞含笑九穹"的生死抉择（《张伯行》）；为了造福一方百姓，宋荦能发出"丢官削职何所惧，就是死，我也要化作这堤上一坨泥"的公仆情怀

(《天下清德》)。这就是陈涌泉,他敢于走进历史的深处,敢于直面惨淡的人生,敢于正视翻云覆雨的现实,敢于触摸流泪滴血的心灵,为时而著,为事而作,具有强烈的现实意义。

  一个作家要想突破传统的模式和樊篱,必须首先突破自己的思想禁锢和局限。这不仅需要才华,更需要真诚的心灵、过人的胆识和坚挺的人格。陈涌泉是一个很"正统"的剧作家,他不搞颠覆解构,但这并不是说陈涌泉因循守旧,相反他是一个极具创新意识的剧作家,只不过他的创新总是以深厚的民族文化传统为基础,以戏剧艺术的基本规律为原则,以观照火热的现实生活为指向,以满足当代观众的审美需求为目标。他的创作经历恰恰说明,创新的前提首先是很好的继承,真正的创新不是对传统的破坏与割裂,而是对传统天衣无缝的衔接与提升。以陈涌泉的四部作品为例,如果说《阿Q与孔乙己》代表了他对国民劣根性的批判期,《程婴救孤》代表了他对民族精神的张扬期,《朱安女士》代表了他对传统文化的反思期,那么《都市阳光》则代表了他对民族人格的重塑期。事实上,陈涌泉不仅紧跟时代,而且能够立于时代的潮头,在经历了精神的长途跋涉之后,他拥有了一种更高程度上的成熟与自信,如浩渺无垠的大海,表面上虽然波涛汹涌,但大海的深处永远是风平浪静的。这种前瞻的思想、良好的心态、丰富的积淀,成为他登上这个时代戏剧创作高峰的坚实基础和必备条件。

  陈涌泉的炽烈情怀、批判精神和创新意识,既属于他个人，也属于这个时代。如果说一个作家的最高使命是"为天地立心，为生民立命，为往圣继绝学，为万世开太平"，那么这个时代不仅需要对民族文化的修复与弘扬，更需要对民族文化的凝练与萃取；不仅需要热情洋溢的赞美诗篇，更需要激浊扬清的新风吹拂。这一点，陈涌泉给了我们许多宝贵的经验和启发。

（本文系《陈涌泉剧作选》序）

咫尺千里，以少总多

延旭女史，敏慧聪颖，兰心蕙质，毕业于郑州轻工业学院艺术设计专业，旋至河南大学艺术学院美术专业进修，师从著名山水画家谢冰毅和青年才俊沈钊昌，潜心向学，技艺精进，作品多次参加省级美展并获奖，可喜可贺。

延旭安静淡泊，偶尔相见，总是莞尔一笑，交流几句也是轻声细语，十足的古典淑女范儿。近日相见却一改常态，拿出一沓她近年创作的山水扇面画稿，严肃认真地说要出本画册，让我务必写几句体会放在卷首。

我不胜惶恐。这不是故作姿态，盖因我对山水画和扇面艺术都是门外汉，连业余爱好的水平都谈不上，怎敢对冰毅大家钊昌才俊高足的画作发言？但又不便拂女史雅意，那就恭敬不如从命，说几句题外话交卷。我姑妄言之，延旭也姑妄听之吧。

扇子在中国起源极早，而且形制、材质多样。将书法、绘画艺术形式与扇面结合起来，历史源远流长。晋代王羲之曾有为老妪题扇的佳话。唐代张彦远《历代名画记》中载：肖贲"曾于扇上画山水，咫尺内万里可知"。扇有团扇、折扇之分，在宋、元时代，团扇画广为流行；明代以后，折扇画渐执牛耳。折扇的扇面上宽下窄，画家在命笔之时，须考虑在特定空间范围中安排画面，精思巧构，匠心独具，笔随意转，才能化有限为无限，创造出富有魅力的形象和意境。

扇面画题材丰富，一花一草，曲尽物态，咫尺千里，尽入掌中。在中国画的各个类别中，山水画备受推崇。山水画画派纷繁，立意、用笔各有不同，烟江草树、幽谷溪泉，或空寂旷远，或翁郁深幽，而在扇面上画山水，更是受到文人画家的青睐。或以全景式的构图来表现曲折多变的山川，晴峦迭秀、烟云雪雾；或以局部山水为主，构图和景物十分简洁，景虽少而意境完整，给人以"曲终人不见，江上数峰青"之感。

画扇面看似简单，却是对画家艺术水准的一个挑战。因为要以小博大、以少总多，对画家悟性灵性的要求更高，宛如写宋元小令，对谋篇布局的功力要求虽小于鸿篇巨制，但若无一片天机流走的敏慧，断然写不出优秀作品，更不用说上品逸品了。

以延旭的天资和年龄，从扇面入手当是一个合适的选择。

待技艺更臻成熟、人生阅历更为丰富之后,再来驾驭更宏大的题材,拓展更宽阔的世界,自然水到渠成,事半功倍。

(本文系《王延旭画册》序)

评论篇

于平淡处见精神

读完孙荪老师的新著《风中之树》，我第一个感觉是，原来人物传记可以这样写，可以写得如此有滋有味，有血有肉，有声有色，还有学有思，有史有识。作者在跋语里对学理性与表达的文学性的双重期许，对做成一部有思想含量和文学价值的批评著作的自觉追求，我以为都得到了圆满的实现。

本书的副标题是"对一个杰出作家的探访"，我们完全可以看成是对一个杰出作家的杰出探访。作者宛若一个高明的导游，带着我们进入名山胜川，将曼妙的风景娓娓道来，每每发别人之所未发，见别人之所未见，于寻常处见奇特，于平淡处见精神。在这次杰出的探访中，作者至少给我们展示了李准的三个鲜活世界：生活世界，精神世界，情感世界，而且洞幽烛微，以小见大，通过李准的三个世界折射出大千世界，达到了通过解读一个作家来解读一个时代的恢宏目标。

李准是文学大家，豫军领袖，但限于专业和兴趣，我对他的作品阅读得非常有限，上大学时学过他的《不能走那条路》，后来看过他编剧的《李双双》《高山下的花环》等，读过他获得茅盾文学奖的《黄河东流去》，如此而已。是这本传记让我感知了更真实的李准，更深刻地理解了李准。作者展示出的李准的三个世界都很出彩，但对李准精神世界与情感世界的解读则最为动人，最为精彩，也最见作者的精神投入和学养功力。我们可以十分真切地感知到作者在解读这两个世界时所倾注的心血与感情，那种投入是全身心的，是身同形受的，是血浓于水的，已经远远超出了"同情之了解"的要求。高山流水，心有灵犀，同声相应，同气相求，作者与研究对象之间的精神契合已经达到了这样的境界。比如作者对李准精神世界某些弱点的拷问，既是拷问李准，也是拷问包括作者在内的所有文人。那种陀思妥耶夫斯基式的灵魂拷问让人惊出一身冷汗，不能不对作者犀利深刻的锐气、直面灵魂的勇气表示由衷的敬意。若非出于对李准的真知真爱，我们很难想象一向温文尔雅的作者会写出这样字字见血的文字。对李准情感世界的解读，则更多地见出了作者的细致入微和智慧幽默，常让人能在会心一笑中分享李准和他的快乐。

表达的文学性得益于作者堪称炉火纯青的文字功夫，用他评述李准语言艺术的"浓后淡"来评述这部著作也是十分恰切的。作者本就是个两栖型学者，一手操持文学批评，一手操持散文随笔,用散文的笔法表述学者的思想,对于李准这样一个研究对象来说真是再合适不过了。比较作者前期以"三赋"为代表的散文和以《让艺术的精灵腾飞》为代表的理论文章,我们不难发现作者的语言风格渐归平淡的趋势。这种"浓后淡"的境界是很难企及的,所谓"看似寻常最奇崛,成如容易却艰辛",非学富五车、千锤百炼者莫办。

魏晋风韵的饮食趣史

古人云：民以食为天。然则，何为"食"？仅仅是"吃"或"食物"吗？当然没这么简单。毛泽东主席曾对他身边的工作人员说："我看中国有两样东西对世界是有贡献的，一个是中医中药，一个是中国饭菜。饮食也是文化。"饮食确实是一种非常重要的文化，中国精神文化的许多方面都与饮食有着千丝万缕的联系，华夏饮食文化可以看成是具体而微的传统文化。在数千年的华夏文明史中，"食"不止于吃饭，不止于烹饪，也同医、药以及民俗、审美、哲学、信仰等密切相关，甚至，同礼仪、规制、外交等密切相关。对于中国人而言，"食"早已不是一个纯粹的"物"的概念，也不是一种单纯的动作，而是既关"天地"和"众生"，又关个体之精神与本心的"道"与"理"。《孟子》说：食色，性也。当我们把"食"视为"性"和"天"，所强调的，显然不仅仅是"食"

在生理意义上的重要性。只有理解了这一点，才能理解我们何以有如此源远流长、内涵丰富的饮食文化，才能真正体会、感悟华夏民族的饮食之道。

马红丽显然深谙个中滋味，所以才写出了这部色、香、味俱全，颇具魏晋风韵的《食林广记》。《食林广记》写的首先是"食"，各种各样的美食：从宫廷夜宴到平民烧烤，从山珍野味到风味小菜，从冷盘到热汤，从正餐到茶点。那些有名目和无名目的食物，尤其是中原美食，比如洛阳水席、开封灌汤包、武陟油茶、胡辣汤、鲜花饼、家常卤面，如是等等，在她笔下样样活色生香，诱人口水。

《食林广记》写的也是"人"。因为，"食"又怎么少得了"人"？或者说，"人"又怎么离得了"食"？所以，我们从中看到了古人、今人，看到了王公贵族、平民百姓，也看到了文人墨客、乡野村夫，比如"烹饪始祖"伊尹、宋徽宗赵佶、农学家贾思勰、资深吃货"老狐狸"、拉面高手马大爷等。对于美食，他们或是烹饪者，或是品鉴者，或是开创者、发扬者，或是推广人、传承人，或是美食家、研究者，或是普通的"吃货"，无论有何种身份，皆对"食"有着自己独特的理解和感受。在一方水土的养育之下，他们与美食结下了特殊的缘分，也因此进入马红丽的笔端。

《食林广记》写的更是"史"和"事"。在本书中，马红丽既追溯了历史之源，又展现了现实之流。她从《本味》《齐民要术》《礼记》《资治通鉴》《酉阳杂俎》《岁时杂记》乃至日本的《今昔物语集》等诸多典籍中钩沉出有关美食的历史真相和渊源流变，从民间传说、乡野趣闻及诗词文章中打捞出关于美食的掌故和逸事，又通过实地"访录"和文献资料挖掘出与食物相关的情感和人事演变。通过这些"史"和"事"，《食林广记》写出了浸润于我们日常生活之中的中华传统饮食之道：烹饪。或者说饮食，不只是一种欲望、一种技艺，更是一种态度、一种信仰，亦是一种智慧、一种文化。

由是种种，配上精美图片，让《食林广记》成为名副其实的"广记"：有史实与野传，也有世故与人情，有考证与推演，也有考察与实录；有速写与描绘，也有讲述与报道；更重要的是，有平易之"俗"，也有真意之"雅"，有历史之"深"，也有日常之"近"。如此广而纳之、记而述之，丰富丰厚，意趣并存，实乃一部可品可鉴、可读可藏的饮食趣史。

马红丽颇具"烟火气"的书写方式，也正与"美食"的内容相称：通俗、晓畅，娓娓道来，亲切生动。这样的文字，如同书中写到的那些美食，不仅是可"食"的，亦是可"嗅"的，我们对《食林广记》的阅读也因而变得更易消化、更可回味了。

理想主义者朱丹和他心中的"冈仁波齐"

冈仁波齐是世界公认的神山,几个世纪以来,一直是朝圣者和探险家神往的圣地。它终年积雪的峰顶,能够在阳光照耀下闪耀奇异的光芒,加上奇异的山形山貌,与周围的山峰迥然不同,让人不得不充满宗教般的虔诚与惊叹。

与共和国同龄,与北京四中、人大附中齐名的郑州一中,也是全河南莘莘学子心中的"冈仁波齐"。作为郑州一中的辛勤耕耘者、校园内"ZYZ"("郑一中"拼音第一个字母)先生雕像的缔造者,校长朱丹在一块没有校际边界的心灵版图上,践行着"ZYZ"精神——在认识自己的前提下革新自己。

"ZYZ"取自"郑一中"首字母。其精神,是自主的精神。

在学的层面,"ZYZ"精神分为唤醒学生自主意识,提高学生自主能力,培养学生自主精神三个层次,让学生们在生活上自主服务,功课上自我学习,组织上自我管理,思想上自我教育，人格上自我尊重。"ZYZ"精神的对立面是监狱式、榨汁机式的教育，过度强调秩序化、封闭化的教育，以及对升学率的过度功利化追求等。

在教的层面，"ZYZ"先生主张教学不是教中学，而是学中教；主张学校可以没有围墙，但必须和社会有距离；主张以教师队伍为主体、以专家为主导的学校自主革命，反对轰轰烈烈由若干"领袖人物"发起的"闹革命"式的课堂教学变革。

校长朱丹把受教育者的全域发展和可持续发展，作为素质教育的两个着眼点。他既是先生，也是一名顺乎本性、法乎自然的园林工匠。他在校园里植入了"享受读书，享受运动，享受思考，享受亲情，享受自由，享受孤独，享受爱与善"的幸福观，给学子们准备了"人生三宝"——平台、朋友和贵人。自由就是最好的平台，同学就是最莫逆的朋友，良师就是最受益的贵人。他悉心在主体课堂、自习课堂、卓越课堂中，将学子们对未来的想象力、对万事万物的好奇心、初生牛犊不怕虎的勇气、异想天开的创造欲等潜质特质，逐一修复并促其茁壮成长。

幸福观是"ZYZ"先生的最高信仰。如同冈仁波齐之于朝圣的藏民，它是至诚的向往，是希望本身，值得用生命坚持，用脚一寸一尺地丈量。朱丹像一名信徒，用滚石上山的勇气、百折不挠的毅力，逐步把他的教育梦想打造成了郑州一中的教育信仰。在这里，学校保持着一个相对独立的社会地位；在这里，校长不是一种官职，而是一个有担当有使命的责任集成，一个有情怀有学问的角色期待；在这里，家长们明白爱孩子不是让孩子去实现自己或家族的夙愿，而是让孩子一生感觉到生命的幸福……

理想主义者朱丹自然也是乐观主义者。他相信，不管还要经过多少艰难曲折，不管还要经历多少时间，教育总会越变越好，教育的创新之花一定会绽放在学校摆脱社会干扰和行政干预的自主之时。但是，想要达到这个目的，必须经过数代教育工作者的共同努力。有如接力赛，每一代人都有自己的一段路程要跑。又如一条珍珠项链，由许多颗珍珠串成，每一颗珍珠从本身来看，都不过是区区一粒，但是没有这一粒，就没有一串完整的美丽珠链。在国民教育的发展长河中，每一代教育工作者都有自己的任务，都要有承上启下、承前启后的责任担当。

朱丹的本行是化学，他像一名手握哲人石的中世纪炼金术士，并不把炼黄金作为自己的最高追求，而是聚精会神于让教育引导学生从凡身肉体穿越到一个超凡脱俗的通灵世界，使其完成从物质世界走向精神世界的化学反应。他教学生们用爱安身立命，完成入静、入定、入神的修炼。他用光阴丈量梦想，执着地踏着"开学、放假、开学""播种、丰收、播种"的不变节拍。他一年有三个"新年佳节"，元旦、春节、八月底九月初的开学季。

当信仰融入了郑州一中的骨髓，就成了校园中的日常。当信仰成了灵魂的一部分，所做的每一件事情都幻化成了一种仪式。开学典礼是一种仪式，毕业典礼是一种仪式，运动会是一种仪式，新高三出征是一种仪式，新生军训是一种仪式，国旗下演讲更是一种仪式。郑州一中这些年复一年的仪式，没有冗长生硬的说教，有的是守望者朱丹的仁厚情怀，而这些也是纯校长朱丹工作的日常。

生活、工作都需要仪式感。有了仪式，我们才可能正视；有了正视，才会有反思；有了反思，我们才能够认清自己，认真地活好每一天。朱丹用教育认识自己、革新自己、成就自己的"ZYZ"精神，筑起了全体师生的一中梦。

入校，从滋兰、树蕙到积山，三年师生成兄弟；离校，海阔天高，鱼跃鸟飞。三年一个轮回，送到了，我该走了，朱丹看似是看淡了分别，其实是一中的"ZYZ"精神使然，通过一个又一个三年，从校园辐射到社会，从郑州传播到全省、全国、全世界。

于是，你就会明了，为什么每一次演讲，朱丹都会像一个行进在通往神山冈仁波齐朝圣路上磕长头的圣徒，一定要额头贴着地，用心地把同一个动作做到极致。

于是，你就会明了，为什么朱丹的每一次演讲，都会在夏辰广场，在一中师生和家长群体，乃至在一中之外的芸芸大众中，激起那么强烈的共鸣、引起那么广泛的影响。

毫无疑问，朱丹是一中"ZYZ"先生雕像的缔造者，"ZYZ"精神的践行者和倡导者、守护者，但这尊雕像缔造和这种精神践行成功的背后，有一代又一代一中人的文化传承、信念坚守，有和朱丹同时代的志同道合者的鼎力前驱、智慧碰撞，有一批又一批一中学子和家长的价值认同、积极参与，更有让教育宗旨回归到以人为本的社会关切、时代期盼。天时、地利、人和，信念、激情、坚韧，因缘际会，成就了朱丹和不朽的一中"ZYZ"精神。

我与朱丹先生相识、相知十数年，尤其是作为媒体人、一中学生家长的那段时间，近水楼台先得月，有幸可以近距离地观察、感悟、认知这位亦兄亦友的校长。与之晤谈，每有如坐春风之感，脑海常现两句古诗文：一句是"文质彬彬，然后君子"，一句是"旧学商量加邃密，新知培养转深沉"。斗转星移，白云苍狗，弹指间朱丹校长已届花甲，即将迎来绝少"闲事挂心头"的美好人生，他将有关"ZYZ"精神的思考精华汇编刊布，泽惠更多学子，启迪更多读者，善莫大焉，嘱我写篇心得交卷。兄命难违，何况，我也不愿违，不想违，反倒乐于先睹为快，同时也借此把对他对一中十数年的观察认知一并呈上。谨以此文，作为献给朱丹校长、献给"ZYZ"精神的一瓣心香。

老树著花无丑枝

周大新先生的长篇新作《天黑得很慢》首先是一部全面关注"衰老"问题的作品,小说用"拟纪实"的方式,通过一个家庭陪护员在六个黄昏的讲述,描写一个老人(萧伯伯)从73岁到86岁的人生经历,包括他的身体变化、家庭变故和心路历程,从这位极具典型性的老人身上,反映并思考老龄社会的种种问题:养老,就医,婚姻,子女,等等。

作为故事讲述者的家庭陪护员笑漾,见证了主人公萧伯伯逐渐衰老直至器官衰竭的过程:这位做过法官的硬汉子,在73岁时并不认为自己已老,不喜欢听人称自己"爷爷",甚至会因别人的让座和搀扶而动怒。在意识到身体确实在走向衰老之后,他又不服老,开始了一场与衰老的对抗战,采用种种方式意欲打败衰老——见大仙,练拍拍操、龟龄功,服用千岁膏等。他在衰老面前的"慌不择路",导致的只能是经济受骗、希望落空的结果。最终他开始接受了自己是个"老人"的现实，愿意同"衰老"和解，于是他锻炼身体，与同龄人和谐相伴，准备乐呵呵地养老。然而，命运却显示出残酷的一面，萧伯伯唯一的女儿馨馨因重度抑郁症自杀身亡，他成了失独老人。同时他的身体也一再出现状况——心梗，瘫痪，失聪，失明，迅猛而来的老年痴呆甚至让他成为"行尸走肉"。

萧伯伯的"老去"，是一个失去健康，失去自由，失去尊严，直至失去自我的过程……周大新深入地描写了这位老人从不知老到不服老再到接受老最终因老年痴呆而"返老还童"的身心经历，塑造出一位丰满而典型的老人形象，让老人形象在文学作品中有了更具力度的呈现，并借用这一形象，以令人感同身受的方式来关注和反映生命的"衰老"问题。尤为可贵的是，他对"衰老"问题的观照和思考，是多层面的，既有因身体生理性老化而引发的个体问题——如何有尊严地老去，还有变老所引发的家庭问题——如何养老，更有衰老所面临的社会问题——应该给老人怎么样的社会保障和支援？对这些问题的关注和思索，体现出一个写作者对生命存在的深沉关怀和关爱。

《天黑得很慢》又是一部描述人间朴素情感的作品。家庭护理员和老人的感情，老人和女儿的父女之情，笑漾和老人女儿的相知之情，等等，这些人间情感，朴素真挚而深切。笑漾为了老人能够从"行尸走肉"般的状态中有所恢复，付出了极大的爱心和耐心，让人心惊而感动。《天黑得很慢》让我们明白，在衰老到来之际，唯有爱能够赋予生命个体以尊严和勇气，唯有爱能对抗衰老的病痛和孤独。天黑并不可怕，可怕的是黑下来的过程那么慢、那么痛，而在这个过程中，只有爱的力量，才能支撑我们慢慢走过。

　　从1979年至今，周大新创作了许多优秀作品，如《汉家女》《第二十幕》《湖光山色》《预警》《曲终人在》等。作为一个优秀的现实主义作家，周大新坚持写作的严肃性，坚持将文学的审美功能同社会功能结合起来。他的这些作品，故事背景不同，人物性格不同，反映的社会问题也不同，但都保持与时代的密切关系，都体现了真挚的人间情感，表达着作者对人世的深切关怀。《天黑得很慢》亦是如此，充分显现了一个作家对现实的洞察，对生命的体恤，以及对美好人性的张扬。

化沉重为轻盈

每一个孩子都应该被关爱、都值得被宠爱,但并不是每一个孩子都有幸得到关爱和宠爱。新世纪以来,留守儿童问题日益突出,受到了政府和社会各界的高度关注,也引发了不少作家的深入思考。儿童文学作家原草把目光投向山村小学,根据自己的真实支教经历创作完成了长篇小说《蒲公英的种子》,描写了留守儿童与支教老师之间的真挚情感和动人故事。小说主要讲述城市姑娘杨旸来到山村蒲公英小学支教的经历,艰苦的条件曾令杨旸心生退意,然而当她真正开始面对一个个真实具体的学生,却坚定了关注乡村儿童教育的初心。通过家访和一节节的创意课堂,她解开了孩子们缺少交流沟通的心结,帮助他们重拾天真烂漫的梦想。

儿童文学的本质是轻盈活泼的,但留守儿童无疑是一个沉重的主题。现实困境不可回避,却又不能摆出一副沉重的面

孔。作为一部关注社会问题的儿童文学作品,《蒲公英的种子》化沉重为轻盈,在艺术上具有以下三个鲜明特点:

首先,对儿童心灵成长的深度挖掘。《蒲公英的种子》中,在亲情的缺失、家庭教育的缺位之下,留守儿童的生存状况令人忧虑。不管是米立、李晓红、海唐还是黄飞燕,父母都不在身边,都不同程度地存在心理创伤。他们种种令人不解的举动,都在于内心深处对"爱"的呼唤和实际生活中"爱"的缺失。

作品虽然表现了留守儿童的困境,但重点并不在于通过刻画这种困境来展现孩子们的苦难,而是充分展现孩子们在成长过程中的主动性和能动性,展现孩子们精神中贮藏的积极向上的生命力。虽然留守儿童现象作为一个社会问题需要家庭、学校和社会共同解决,但是通过老师的帮助、关心和赞许,他们可以逐渐打开心结,与同学"和解",与父母"和解",与心里过不去的沟沟坎坎"和解",以一种崭新的姿态拥抱生活。留守儿童不是被父母抛弃、无人照拂的可怜虫,而是一个个能够从自身生发出力量的生命体。以山村留守儿童为底色,小说建构了一个温暖明亮、充满希望的世界,没有回避留守儿童的苦难,但是突破了贩卖苦难的藩篱。

其次,独特新颖的叙事视角。《蒲公英的种子》虽是儿童文学作品,但是作品的主人公是成年人。小说采取第一人称,以支教老师杨旸———一个年轻、热情还带着童心的"闯入者"的视角来看待蒲公英小学的人和事。在她看来,一切都是新鲜而神秘的，不知道这个地方为什么是这样，也不知道孩子们为什么这么做、这么说，同时又对这一切充满了好奇和兴趣，迫不及待地想找到答案。

杨旸老师"看"蒲公英小学的孩子们，是一个成年人在"看"儿童。让成年人感到奇怪的行为，甚至是"怪癖"，对孩子们来说，都只是排解情绪或表达情绪的一种方式。比如米立装傻，黄飞燕撕纸，李晓红的弟弟李小帅看似调皮捣蛋，其实他是以自己的方式想妈妈。同时，杨旸也作为一个城里人在"看"农村。城里人的生活经验，并不一定符合乡村环境。比如她几乎不假思索地问校长为什么不让米立去接受治疗，却没想到当地根本不具备这样的医疗条件；她想当然地认为李晓红说"不爱爸爸妈妈"是因为被逼着写作业，却没想到她压根就见不到父母。最重要的是，她是作为一个老师在"看"学生。她怀揣热情走近他们，了解他们，信任他们，帮助他们，看着孩子们一个个成长起来。她与孩子们的距离从"远"到"近"，经历了一个从陌生到熟悉的过程。

由于是第一人称视角，不进入其他人物的内心世界，所以读者可以跟随主人公杨旸老师的视角"看"蒲公英小学，经历了跟她一样的心理过程。开始时的"陌生"，使得很多容易被惯性所忽略的细节凸显出来，杨旸对孩子们的理解和判断与孩子们实际上的心理状态和生活处境形成鲜明对比，这种对比大大加深了读者对"留守儿童"的体会与了解。而最后的"熟悉",也就显得愈发真挚动人。孩子们与老师之间结下的深厚感情令人感动,他们的每一点成长和进步都令人欣喜。这种感动与欣喜构成了小说的情感主基调,给人一种暖心的力量。

第三,充满趣味的故事结构。整个小说结构类似金线串珠,以杨旸老师的支教经历为主线,串起一个个孩子的成长小故事。故事与故事之间相互独立,所以虽然整个故事篇幅比较长,但是情节并不复杂,没有很强的时间连贯性和故事情节连贯性,是一个个完整故事段落的连接,读者可以根据喜好选择性阅读,比较适合儿童的阅读特点。

同时,每一个小故事采用的都是类似推理小说的结构方式,杨旸老师对某个孩子的奇怪举动产生疑问——刨根究底调查问题,一步步接近谜底、找到答案——破"案"成功,通过沟通疏导为孩子们的成长指点迷津。设置悬念的结构方式增强了情节的曲折性和故事的可读性,勾起了儿童的好奇心,促使他们有读下去的欲望。而且这种结构与文中大量对儿童生活细节的鲜活描写相映成趣,消解了阅读时的沉重感,使得整个小说浅显易懂、生动活泼。

优秀的作品一定是观照现实、温润心灵的。《蒲公英的种子》聚焦留守儿童问题,带着读者一步步走进那些远离父母的乡村孩子们的心田,让人从中看到了温暖和希望。其生动活泼、充满趣味的讲述方式,相信会受到广大小读者的喜爱,也会唤起更多人对留守儿童的关注。

且行且知

这题目有模仿当下网络体之嫌,但确实是我读完新年先生皇皇七十万言著作《河南行知》(大象出版社2014年5月版)的真切感受。从《行走河南》到《河南行知》,变化的是范围的扩展、内容的拓展、认知的延展、文字的舒展和时光的流逝、世风的变迁、世情的变异,不变的是作者对中原故土中原文化血浓于水的大爱真爱至爱、"板凳甘坐十年冷"的执着、"文章不写半句空"的认真和用脚丈量、用识解读、用心感悟、用情表达的著述方式。

自中原经济区上升为国家战略、华夏历史文明传承创新区成为中原经济区的五大功能定位之一,有关中原文化研究力度加大,热度提升,成就斐然。在林林总总的描述、推介、认知、体悟、解读中原文化的著作中,《河南行知》以其体裁的新颖别致和内容的精湛谨严独步书林,谓其为寻找中原人文地理记忆的优秀向导和百科全书当不为过。

　　本书特色多多、新意迭出，最可称道处是体现了行与知的内在统一。行自不必多说，许多地方作者都是行行重行行，去过不止一次两次，足迹踏遍中原大地；知的方面，作者耗费心血尤多，举凡正史野史、方志民俗、乡间俚语、民间传说等都在涉猎范围，博觅慎辨，以文证物，以物观文，既走进历史深处，又感受现代传承，让历史有鲜活的现场感、现实感，让现实有厚重的文化感、历史感，且行且知，知行合一。仅读万卷书，不接地气，写不出这样的作品；仅走万里路，不接古今，也写不出这样的作品。换言之，这样的作品是视通万里与思接千载的统一，读万卷书与行万里路的统一，既可以竖在书架上当中原文化史品读，又可以装进背包里当中原人文地理导读品味。吟得几句顺口溜，聊以表达对新年先生和这部大著的敬意：

　　　　读万卷书，行万里路。
　　　　且行且知，动观静悟。
　　　　史家笔墨，文人情愫。
　　　　仆仆数载，终成巨著。

周虽旧邦,其命维新

拜读王国钦先生的诗论新著《知时斋说诗》,我立即想到了《诗经·大雅》里的两句诗:"周虽旧邦,其命维新。""旧邦"者,古体诗词之谓也;"维新"者,变革创新之谓也。"维新"之于国钦先生,核心要义有二。

其一是形式创新。以其度词新词的理论构建和创作实绩为代表,对当代古诗词创作具有既开风气又为师、一波才动万波随的示范引领作用,兹不赘述。

其二是内容创新。家国情怀、时代精神、当下关切、民本立场是国钦先生诗词作品的主元素,也是他诗学理论的基本色。诗学理论的清醒自觉为他的艺术创新提供了自信和动力,创新的艺术实践又为他丰富发展诗学理论提供了经验和支撑,两者既各美其美,又美美与共,共同构成了国钦先生的艺术创新大厦。

严格说来，度词新词虽是新词，仍属古体范畴，仍要遵循古体诗词的一些基本要求，不及新体诗自由。国钦先生既然以关心时代、心系当下为己任，用他自己的话说是"文章合为国而著，歌诗当为民而作"，那又为什么舍新趋旧、舍今就古，要用度词新词这样的革新"旧瓶"去装这些"新酒"呢？要知道国钦先生是河南大学首任羽帆诗社社长，早年就以新诗立足诗坛。在我看来，除了作者的个人学养、审美偏好等因素外，更与中国古体诗词言志抒情的艺术特征和汉语言近旨远的文化特质密切相关。在言志抒情方面，凝练含蓄的古体诗词比看似自由的新诗更具优势，更好驾驭。用新诗表达就需要对生活化语言进行疏离化陌生化处理，处理不当就会流于浅白无味或晦涩难解。而古体诗词其实用的大都是经过提炼的当时书面语言，与时人的生活语言并不隔绝，所以才能吟唱传诵，才有白居易、柳永等的风靡天下，雅俗共赏。

"天意君须会，人间要好诗。"无论古体新体，好诗都很稀少，都供不应求。但比较而言，只要掌握了基本技巧，态度比较认真，古体诗词写到及格的水平实际上要比写新诗容易。当代古体诗词创作中最为人们诟病的不是韵律问题，而是内容的苍白无力，是和当下现实生活的隔膜，一味地发思古之幽情，又缺乏对古人的理解与同情，那就极易流于不古不今不伦不类，或套话假话不痛不痒。对此，国钦先生的理论和创作都很有启迪意义。

思接千载，视通万里

拜读郑彦英先生大著《龙行亚欧》，有三点特别深刻的感受。

一是深沉的家国情怀。欧班列车是内陆省份融入"一带一路"的重要平台，更是人口过亿的河南对外开放的重要抓手。现在，郑州欧班每周八去八回，让人振奋。"文章合为时而著，歌诗合为事而作"，这样一个重大现实题材的价值和意义自不待言。

二是深邃的历史眼光。作者思接千载，视通万里，挫万物于笔端，熔古今于一炉，写出了中原、中国的西行史、西拓梦，古今交映，熠熠生辉。

三是深厚的艺术功力。作者是优秀作家，也是优秀记者，用新闻人的采访功力和作家的表达能力，成就了这部恢宏大著。

最后想用四句小诗向彦英先生和此书致敬：

两汉丝路驼铃传，唐宋瀚海扬巨帆。

神笔如椽谱新曲，龙行亚欧看中原。

翰墨故园情

一年好景君须记，最是橙黄橘绿时。在中秋佳节即将到来之际，从中原旅居狮城十五春秋的著名书法家孔令广先生，携带着他的部分新作和浓得化不开的乡情，回到故乡河南许昌举办"2015孔令广书法艺术回乡展"，良辰美景，赏心乐事，可喜可贺！

令广先生不仅以小楷名世，而且游弋于甲骨文、汉隶、章草、行书、狂草诸体，皆有卓尔不凡之勋业，在东南亚华人书法界影响巨大，在海外华人世界和国内书坛也有相当知名度。此人此书，原无须我这书法门外汉置喙，说不好既现己拙，又有损大作的光辉。但对孔先生仰慕既久，又奉好友雅命，就谈几句书法以外的体悟求教令广先生和各位方家。

以我浮浅的理解，书法作为以线条为载体的抽象艺术，在本质上与哲学相通。要创作出自具风貌的优秀作品，在通过勤学苦练解决了基本技法之后，更需要对汉字、对汉字书写的作品、对作品背后蕴含的艺术精神和生命意志有独到的认知和体悟。换言之，文化的厚度、智慧的高度是成就优秀书法家的更为关键的条件。

显而易见，令广先生达到了这样的厚度和高度。仅举两例。一是他对甲骨文的研读。甲骨文是汉字之基，专业研究者之外，一般书家能模仿个大概已属不易，令广先生则精读深解，可以把甲骨文字集成诗篇。这等功力非学养深湛者莫办。再如他十数年如一日浸淫古典诗词，诗词联俱登堂入室，我手写我诗，表里俱澄澈，这就与只会书写他人作品的书家拉开了距离。倘若对他人作品又只是一知半解，甚至以不知为知，那与令广先生的差距更不可以道里计啦。

新加坡黑土地美术馆馆主曾如此赞许孔先生："在新加坡这个快节奏、一切向钱看的社会里，还有人能踏踏实实地每天写十多个小时的书法，这是极为少见的。"其实何止是在新加坡极为少见，在红尘万丈熙熙攘攘的国内书坛也不多见！他在七律《自咏》中这样写道："南洋游子笔耕勤，好古敏求弄律文。章草精研寻雅趣，汉碑细品悟遒筋。奏刀刻篆图章乐，挥翰裁笺法贴欣。狂染痴心甘守素，艰辛进取冀超群。"天道酬勤。如此精进，想不超群，也难。

明月游子意，翰墨故园情。万里归去来，气韵自天成。草此小文，献上对令广先生此展的一瓣心香！

精诚儒医　温润如玉
——读《走近国医大师张磊》

突如其来的新冠肺炎疫情，凸显了中医药无可替代的独特作用。中医药成了中国抗疫方案的独特亮点，政府重视、专家认可、百姓欢迎、媒体关注，华夏大地刮起了一股强劲的中医药旋风，影响之广泛、深入、持久，前所未有。

在此背景下，拜读国医大师张磊的入室弟子马红丽等人撰著的《走近国医大师张磊》，便觉得格外亲切、格外走心。因为通过对国医大师张磊的深度解读，我们对中医人的大医精诚、对中医文化的深邃博大、对中医伦理的厚德载物，进而对当下中医药在抗疫中的独特作用、中医文化对人的生活方式、行为方式、思维方式的深刻影响与改变都会有新的体会、新的认知。

张磊先生出生于二十世纪二十年代末，一生经历颇具代表性。二十世纪波澜壮阔的中国历史，他是见证者，也是亲历者。他出身农家,长于新旧两世,历经解放战争、中华人民共和国成立、"文化大革命"、改革开放等多个历史阶段,辗转郑州、开封、项城、济源、安阳、洛宁、泌阳多地,目睹刘邓大军挥师转战淮海战场,耳闻原子弹爆炸成功喜讯……从他的一生,可以窥见中华民族的百年沧桑、岁月变迁。

中西医之争,自晚清始,持续至今。张磊先生学医之时,正值西学渐进,中医被贬为糟粕。中华人民共和国成立后,中医药的发展受到党和国家的高度重视,张磊先生得以继续深造,到河南中医学院系统学习中医理论。改革开放后一段时间内中医阵地呈逐渐萎缩趋势,张磊先生在省卫生厅副厅长任上,力主对中医院给予政策保护。如今,他以91岁高龄仍坚持坐诊看病,同时开讲座、带徒,而中医药的发展也迎来了新的历史机遇,党的十九大把"坚持中西医并重,传承发展中医药事业"提升到健康中国战略的高度加以强调。透过他的经历,可以感知中医药发展的百年沉浮与辉煌前景。

不管时代风云如何变幻,张磊先生始终宠辱不惊。从拜在当地名老中医门下走上学医之路,到现在蜚声杏林、荣誉等身,不管在什么样的境况下,他对精湛医术的追求始终如一,对患者的关心体谅始终如一。

医道是"至精至微之事",习医之人必须"博极医源,精勤不倦"。从背诵研习《药性赋》等中医基础理论、古籍经典开始,张磊先生研读经典、博采众长、勤于实践,至耄耋之年仍苦学不辍。多年来，经他成功治愈的病人数不胜数，有些花费万元数万元仍不见起色的疑难杂症，到他这里只需几副汤药就好转了的病例也时可一见。

医者仁心，大爱无疆。从前在山野乡村行医，张磊先生经常为群众免费诊疗、送医送药，还为困难群众建立了家庭病床，几乎是走到哪里，就在哪里留下一段佳话。现在，除了在医院照常坐诊之外，他的家也被从省内外及海外慕名而来的患者踏破门槛，而他不论贵贱皆不收诊金，遇到贫困孤寡，还帮忙垫付路费、药费。长年累月下来，他在家免费为病人开的处方几乎和在医院开的处方数量对等。

这些被大家口口相传的动人事迹，在张磊先生看来却甚是平常。他认为自己只是尽了一个医者应尽的本分，用自己的力量帮助群众，为他们解除疾病的困扰，仅此而已。他已经这样坚持了七十年，而且还将继续坚持下去。这种坚守早已超出了职业范畴，彰显的是一种民胞物与的仁爱情怀。

古人有云："大医必大儒。"只有具备了大儒的情怀，方能成为大医。北宋名臣范仲淹幼年读书时曾谈及理想，"不为良相，便为良医"，因为治国与医人道理相通，均是为了利泽苍生。儒学是以"人"为核心的道德文化，儒家推重的"仁"与中医"大医精诚"的根本追求同出一辙。古往今来，中华大地上涌现出了许多儒医结合的著名医家，他们以推己及人、舍己救人的理念和胸怀，践行儒家的仁爱思想到了极致；同时，儒与医的完美结合，造就了我国博大精深的中医文化。

儒医，旧时指读书人出身的中医，也是对中医的最高评价。张磊先生就是这样一名"儒医"。通读《走近国医大师张磊》，一个温润如玉的君子形象跃然纸上。作者不仅翔实记述了张磊先生跌宕起伏的人生，还凸显了一代名医的初心与坚守，更让我们看到了传统文化浸染下知识分子的胸怀与风范，看到了大医精神的传承与弘扬。本书不仅是一部优秀的人物传记，也是对中医人和中医文化的深刻解读。中医到底为什么被称为中华瑰宝？几味中草药凭什么可以冠绝天下、独步江湖？从中不难窥见一斑。毛泽东主席生前曾对他身边的工作人员说："我看中国有两样东西对世界是有贡献的，一个是中医中药，一个是中国饭菜。"通过深读细悟本书，我们会对伟大领袖的精辟洞见产生更深刻、更强烈的共鸣。

张磊先生生于人文积淀深厚的信阳固始县，深受传统文化熏陶，幼时入读私塾，熟读孔孟，接受了纯正的国学教育。他一生襟怀坦荡，随遇而安，克勤克俭，安贫乐道，行医之外，还喜欢写旧体诗，在书画及二胡演奏等方面也颇有造诣。他不仅是一位医者，更是一位儒者。也正因为具有这样深厚的文化底蕴，他才能够从医七十载初心不改，以"悯生民之疾苦"的大医精神，坚持用一根针、一把草治病救人。十二年前，为感谢张磊先生对一位亲人的救急解难之大恩，我曾作一首小诗（并序）为谢，并请著名书法家周俊杰先生书丹，现在移来佐证先生的大医精神，也很贴切。

　　张磊先生，中医大家，中原名宿。悬壶济世逾六十载，内外兼修，德艺双馨，宅心仁厚，惠民无数。先生性情高雅，才艺多方，博闻强识，超迈流俗。解音律，精辞赋，善书画，识古陶，与之晤谈，如饮甘露，如沐春风，辄兴仰之弥高、钻之弥深之叹。诗者心声，聊借小诗表达敬仰于万一。

　　济世悬壶六十春，疑难释解道通神。

　　民胞物与仁心厚，扁鹊华佗万古魂。

自将磨洗认前朝

——黄河故事与邵丽的写作

讲好"黄河故事",延续历史文脉,坚定文化自信,是当下弘扬黄河文化的最重要课题、最迫切需求、最恰切载体。中原文化作为黄河文化的主流和主干,在"黄河故事"的讲述中理当有更大的担当作为、更好的展示展现。这其中,本就以讲"故事"来安身立命的作家无疑应当而且可以承担更重要的使命、发挥更重要的作用。

然而,讲好黄河故事又是一件十分困难的事情。在华夏文明的语境中,"黄河"并不是一个简单、纯粹的名词词汇。经过了被述说、被表达的悠久历史,它已经凝结为一个母题、一类原型,化身为一种文化、一股精神,更绵延着丰富的情感,激荡着纷繁的历史和斑斓的现实。因此,对大场阈、大张力、大历史的黄河及黄河故事的书写,必须具备大格局、大胸襟、大识见,方能与之相呼应、相匹配。

邵丽便是一位特别适合书写黄河故事的作家。说她适合，并非因为她是一位女作家，不是因为她是一位母亲和女儿，也不是因为她身处黄河岸边的这座历史古城，并且是这个厚重省份的作协主席——这一切，只是给了她书写黄河故事的天时与地利，真正决定她能写出并写好黄河故事的，是统一于这性别身份、伦理身份、地理身份以及社会身份之下的那个写作者，或者说，是邵丽本人——这个经过了长期的积累与沉淀，在文字、眼界、思想、情感以及心理等方面都做好了充分准备的作家。

所以，读到邵丽的《黄河故事》，我们有惊喜，但没有意外。这部有着宏大的叙事框架、绵密的语言文字以及深沉的情感表达的作品，不仅在血脉上与黄河相通，在精神气质上也与黄河相称。邵丽对黄河故事的书写，不是我们想当然的期望，也不是万事俱备的应然，而是正在实现的必然，是邵丽写作发展的阶段性结果，当然也是令人欣喜的成果。

这不是邵丽第一次给我们惊喜。近年来，邵丽在创作上稳步前行，写得日益丰饶、开阔起来，一步步拔高了我们对她的期待，又一次次带给我们期待中的满足。在"挂职系列"作品成功之后，她没有乘胜前冲，而是沉潜下来，向后转、向内转，浸入血脉的根部、家族的内部，开始更多地书写历史中的家族和父亲。在《天台上的父亲》等作品中，她写下了自己的父亲、别人的父亲，也写下了许许多多人的父亲，那是我们共同的父辈。更重要的是，她不仅写出了不同的父亲以及父亲的人生，也写出了这片土地上父辈们微弱却宝贵的灵魂之光。就如她自己所说，从时间的深处把父亲们打捞出来，将他们的灵魂和骸骨钙化在一起，让他们卑微的人生在历史的光芒之中被放大、被磨洗，由此，父亲得以不死，血脉和精神得以传承，而自己，也辨识了自身的来路。

邵丽在写作上的"父系"转向，表面上是题材和意识的改变，实则基于她在认知和情感上的深化，在视野与胸襟上的扩展。可以说，通过书写父亲，邵丽发起了自己的"寻根运动"——追溯父辈的历史，触摸自己的根脉，思考自身的来处，延续血脉和精神的传承。这样的"寻根"，使她的写作更多了从根脉而生的厚重，更增了血脉联结式的深切，更添了沧海桑田的历史纵深感。而这些，正是黄河故事的品质要求。从这个角度看邵丽的父系书写，我们会发现，它既是一次回溯式的转向，又是一次朝向前方的拓展，也是一个通向黄河故事的重要开端。此时的邵丽，不管是出于自觉，还是自发，已经在事实上迈入了黄河故事的书写之路。

而这部《黄河故事》，就是开端之后的延续，更是邵丽对黄河故事深入思考、自觉追求的宣言式书写。在这部具有开创性的作品中，邵丽又一次转向。不过这一次，是她回溯途中的一次目光流转——她将追溯的视线从父亲转向了母亲。这一变化看似轻微，但对邵丽的写作而言，却与上一次转变一样重要,甚至更加触动人心。因为母亲的故事,就是父母的故事,也是黄河的故事。我们无法否认,就像母亲衍生了一切的生命,母亲的故事也涵盖了包括父亲在内的所有人的故事,而追溯母亲的生命和情感历程,就是追溯最根源处的生命和情感,也是追溯最阔大丰富的生命和情感。另一个值得注意的变化是,在《黄河故事》中,邵丽将最浓重的笔触,用在了女儿与母亲的和解上。而这一和解,不仅是母女之间的,也是女儿和父亲,和他人,和自身,乃至和历史的和解。或许,邵丽想借此告诉我们,重要的不是追溯,不是在追溯中抗拒和疏离,而是经由追溯的磨洗,更深刻地去理解,理解母亲,理解血脉的传承以及其中的伤痛与苦难,也理解自己生命的、血统的、文化的根,并最终与之真正相融。可以说,通过这次"母系"的转向,邵丽将自己的"寻根"变成了"扎根",在笃定自己的根脉、厘清自身的来路、触摸其间的身影之后,她不仅找到了表述它的途径与方式,还找到了融入其中的切口并纵身跃入。

《黄河故事》的出现,让我们再一次感知邵丽作为一个写作者的深度和潜质,也为她的写作增添了一个新的标签——黄河故事的书写者。当然,这并非普通意义上的标签,这个标签所标示的范围,超越了地域、性别以及风格的局限,指向的是广阔的文化空间。为邵丽贴上这个标签,只是为了表明,邵丽作为生于斯长于斯歌哭于斯的写作者,是这片土地的血脉的、文化的、历史的传承者,正在承担着自己根脉和基因里的责任,也终将分享随它而来的荣光。我们有理由相信,邵丽对黄河故事的书写,本身也将成为黄河故事的一部分。

随笔篇

青梅煮酒话唐诗

在万紫千红的唐诗百花园中,咏酒诗是一种非常奇特的存在。唐代咏酒诗数量之多,思想意境之开阔,艺术成就之高,皆为历代所罕见。清蘅塘居士选编的《唐诗三百首》,诗中有"酒"或"醉"以及二者皆有的达47首之多,几乎占了六分之一。宋代大诗人、著名政治家王安石以为,李白的诗,十句有九句是说妇人和酒的(《扪诗新语》卷八)。其实,李白的诗,除乐府诗之外,言妇人者极少,而说到酒的却很多。他写山简的诗"百年三万六千日,一日须倾三百杯",正是他的夫子自道。他赠妻子的"三百六十日,日日醉如泥。虽为李白妇,何异太常妻"(《赠内》),则是典型的自我写照。

杜甫诗写酒者比李白还多,只是由于他一生坎坷,得意之日少,失意之日多,饮酒诗也就少了李白诗中那样的豪放与旷达,多了几分沉痛与苍凉。他又是典衣买酒,又是设法"赊酒",经常是酒债高筑,以至于酒家不肯再赊。为此,他曾沉痛地写道:"蜀酒禁愁得,无钱何处赊?"贫困潦倒限制了他的豪饮,也诱发了他对酒的无限眷恋和对诗的一往情深——"宽心应是酒,遣兴莫过诗"。无酒无诗怎么打发孤独寂寞的岁月?所以,直到晚年贫困交加的时候,杜甫还在不停地吟哦"数茎白发那抛得,百罚深杯亦不辞""莫思身外无穷事,且尽生前有限杯"。

白居易传世之诗有两千八百多首,咏酒之作竟达九百首之多,几乎占了三分之一。他把诗、酒、琴当作三位最为知心的朋友:"昨日北窗下,自问何所为。所亲惟三友,三友者为谁?琴罢辄饮酒,酒罢辄吟诗。三友递相引,循环无已时。"他每到一个地方做官,总是以酒为号,为河南尹时号"醉尹",被贬江州司马时号"醉司马",为太子太傅时号"醉傅",总号为"醉吟先生"。隐居洛阳龙门以后,更是无日不饮,无饮不诗。那篇影响很大的《醉吟先生传》,正是对酒仙诗人的形象写真。白居易甚至以为,饮酒比吃饭睡觉更加不可缺少:"吾尝终日不食,终夜不寝,以思无益,不如且饮。"(《酒功赞》)

李白、杜甫、白居易是唐代最有影响的三大诗人,他们如此爱酒,其他诗人就可想而知了。王勃、刘希夷、张说、王昌龄、王维、孟浩然、高适、岑参、韩愈、李贺、孟郊、李商隐、温庭筠等知名诗人,也都吟诗饮酒,对酒赋诗,留下了充满诗情酒意的华章，共同构成了风采卓异的唐代咏酒诗百花园。

在我们惊诧于唐代咏酒诗百花园的姹紫嫣红时，是不能不提到与咏酒诗紧密相连的唐代新科进士的曲江宴的。这种宴会从唐中宗神龙年间开始，一直延续到唐僖宗乾符年间黄巢起义军进入长安为止，历时170多年。在各种文献记载中，这一宴会由于时间、地点及当时情形的差异而有不同名称，因游宴时间在"关试"（吏部考试）之后而称之为"关宴"，因游宴地点在曲江池西边的杏园而称之为"杏园宴"，因同榜进士齐集曲江而称"曲江大会"，又因宴会之后很多人要被派往外地做官而称"离筵"，等等，名称繁多，不一而足。

曲江宴是新科进士进入仕途的第一件荣耀盛事，因而备受重视。他们衣着华丽，华车骏马，有的还特邀色艺俱佳的名妓作陪，一起品美馔佳肴，饮琼浆玉液，拜谢恩师，攀附权贵，交结新朋友，游览湖光山色，举行各种形式的娱乐活动，最后再到大雁塔题名留念。在丰富多彩的宴游活动中，吟诗唱和是一项非常重要的内容。因为它不仅是新科进士显示风雅的重要手段，而且也是他们炫耀才华的宝贵舞台。在全唐诗中，流传下来的曲江宴游诗占了很大比重，其中自然不少粉饰太平、逢迎权贵之作，也有不少志得意满、不可一世之作，但同时也有不少咏物言志、写景抒怀之作写得相当成功，思想性艺术性都很强，堪称名篇佳构。如刘沧的"及第新春选胜游，杏园初宴曲江头。紫毫粉壁题仙籍,柳色箫声拂御楼。霁景露光明远岸,晚空山翠堕芳洲。归时不省花间醉,绮陌香车似水流",王涯的"万树江边杏,新开一夜风。满园深浅色,照在绿波中",姚合的"江头数顷杏花开,车马争先尽此来",殷尧藩的"鞍马皆争丽,笙歌尽斗奢",写景抒情,颇堪玩味。

宇宙间的一切事物,当它自觉不自觉地接受了其他事物的影响的时候,总是要或多或少地发生一些变化,并且或深或浅地留下某些痕迹。物质现象是如此,心理现象也是如此。人们的一切心理活动,只要由内在的变成外在的,只要形诸外在世界,就会有所表现,就会留下某种痕迹。像曲江宴这样庄严、热烈、隆重的盛会,对那些新科进士来说,是一生中只有一次的活动。这种活动自然会在他们的心里留下特别深刻的印象,成为难以忘却的记忆,永久地保留在他们的意识深处,然后发而为诗,于是便有了诸多描绘曲江宴游的诗篇。中唐诗人韩愈因谏阻唐宪宗迎佛骨而被贬潮州,虽然遇赦,却不得归京,淹迟江陵,见北郭古寺杏花盛开,不由得又想起曲江的杏园:"居邻北郭古寺空,杏花两株能白红。曲江满园不可到,看此宁避雨与风。"(《杏花》)与白居易齐名的元稹贬官江陵,春日想起从前的曲江游宴,发出了"当年此日花前醉,今日花前病里销。独倚破帘闲怅望,可怜虚度好春朝"的感慨。

为历代诗家激赏不已的盛唐精神和盛唐气象,在唐代咏酒诗中得到了充分的展现。

盛唐精神的重要特征是气象雄浑豪迈，格调激越高昂，洋溢着积极进取、奋发向上的精神。这样一种精神，在王维的《少年行》中得到了很好的表现："新丰美酒斗十千，咸阳游侠多少年。相逢意气为君饮，系马高楼垂柳边。"深谙禅宗文化妙谛的山水田园诗人王维，深受时代精神的感染，吟出了这样充满豪气的诗句。即使是那些描写边塞征伐、表现战争残酷的诗章，唐代诗人也很少凄楚哀伤，而是表现出豪迈奋发的气质、一往无前的精神和视死如归的慷慨。如王翰的名作《凉州词》："葡萄美酒夜光杯，欲饮琵琶马上催。醉卧沙场君莫笑，古来征战几人回！"诗中表现出来的戍边将士那种豪迈豁达的气概，令人肃然起敬。高适的《送李侍御赴安西》："行子对飞蓬，金鞭指铁骢。功名万里外，心事一杯中。虏障燕支北，秦城太白东。离魂真惆怅，看取宝刀雄。"真可谓豪气冲天。唐汝询以赞叹的语气评此诗道："此以立功期侍御也。君既为行子也，所对者飞蓬，所恃者鞍马。万里之志形于一杯。虏障秦城，特咫尺耳，岂以离别为恨哉！请视宝刀以壮行色！"

盛唐气象在伟大的浪漫主义诗人李白的咏酒诗中，得到了更为集中而突出的表现。他在说过"人生得意须尽欢，莫使金樽空对月"之后，高吟的是"天生我材必有用，千金散尽还复来"；他一边表示"美酒樽中置千斛，载妓随波任去留"，一边高歌"兴酣落笔摇五岳，诗成笑傲凌沧洲"；他既"平台为客忧思多,对酒遂作梁园歌",又激动地吟唱"东山高卧时起来,欲济苍生未应晚";他既津津乐道于"金樽清酒斗十千,玉盘珍馐值万钱。停杯投箸不能食,拔剑四顾心茫然",又高歌"长风破浪会有时,直挂云帆济沧海"。他借酒来表达对宇宙的深刻思索,对人生的执着追求:"青天有月来几时,我今停杯一问之。人攀明月不可得,月行却与人相随……白兔捣药秋复春,嫦娥孤栖与谁邻?今人不见古时月,今月曾经照古人。古人今人若流水,共看明月皆如此。唯愿当歌对酒时,月光长照金樽里。"(《把酒问月》)酒中有他对自由人格的热烈向往和自觉追求:"昔在长安醉花柳,五侯七贵同杯酒。气岸遥凌豪士前,风流肯落他人后?"(《流夜郎赠辛判官》)酒中有他对功名富贵的轻蔑:"黄金白璧买歌笑,一醉累月轻王侯。"(《忆旧游寄谯元参军》)即使是那些感慨人生短暂的诗章,李白写来也是旷达洒脱:"悲来乎!悲来乎!主人有酒且莫斟,听我一曲悲来吟。悲来不吟还不笑,天下无人知我心。君有数斗酒,我有三尺琴。琴鸣酒乐两相得,一杯不啻千钧金。悲来乎!悲来乎!天虽长,地虽久,金玉满堂应不守。富贵百年能几何,死生一度人皆有。孤猿坐啼坟上月,且须一尽杯中酒。"(《悲歌行》)他写独饮的孤寂,也写得有声有色,情趣盎然:"花间一壶酒,独酌无相亲。举杯邀明月,对影成三人。月既不解饮,影徒随我身。暂伴月将影,行乐须及春。我歌月徘徊,我舞影零乱。醒时同交欢,醉后各分散。永

结无情游,相期邈云汉。"(《月下独酌》)

　　林庚先生在论及唐诗所表现的盛唐气象时指出:"盛唐气象是饱满的、蓬勃的,正因其在生活的每个角落都是充沛的,它夸大到'白发三千丈'时不觉得夸大,它细小到'一片冰心在玉壶'时不觉得细小。正如一朵小小的蒲公英,也耀眼地说明了整个春天的世界。它玲珑透彻而仍然浑厚,千愁万绪而仍然开朗。这是基于对饱满的生活热情、新鲜的事物的敏感,与时代的发展中人民力量的解放而成长的,它带来的如太阳一般的丰富而健康的美学上的造诣,这就是历代向往的属于人民的盛唐气象。"印证于上述所引咏酒诗,此说信然。

　　一如唐诗全面反映了唐代社会生活及当时人们的思想情感一样,唐代社会生活和当时人们的思想情感,在许多方面也都通过咏酒诗得到了表现。换句话说,唐代咏酒诗是那样的丰富多彩,以致我们可以把它当作透视唐代社会生活和当时人们的思想情感的一面镜子。

　　有的咏酒诗歌反映出诗人对自然山水、田园风光和农家生活的热爱,如王勃的《对酒春园作》:"繁莺歌似曲,疏蝶舞成行。自然催人醉,非但阅年光。"写莺歌蝶飞的自然风光,如在眼前。孟浩然的《过故人庄》:"开轩面场圃,把酒话桑麻。待到重阳日,还来就菊花。"写农家景象和田园风光,其乐融融。李白的《下终南山过斛斯山人宿置酒》:"相携及田家,童稚开荆扉。绿竹入幽径,青萝拂行衣。欢言得所憩,美酒聊共挥。长歌吟松风，曲尽河星稀。我醉君复乐，陶然共忘机。"绿竹幽径，松风长歌，像这样有酒有歌的田园生活，是何等的快乐！杜甫的《客至》："盘飧市远无兼味，樽酒家贫只旧醅。肯与邻翁相对饮，隔篱呼取尽余杯。"虽然清贫到只能饮旧醅的地步，但那种田家欢乐却是极为难得的。

许多咏酒诗抒发的是诗人超然脱俗的高情远致，以及对功名利禄的蔑视、对自由人格的追求。如李颀的"东门沽酒饮我曹，心轻万事如鸿毛。醉卧不知白日暮，有时空望孤云高"（《送陈章甫》），权德舆的"身外皆虚名，酒中有全德。风清与月朗，对此情何极"（《独酌》），翁绶的"百年莫惜千回醉，一盏能消万古愁。……平生名利关身者，不识狂歌到白头"（《咏酒》），徐夤的"醉乡路与乾坤隔，岂信人间有利名"（《劝酒》），等等，抒发的都是淡泊功名、心轻万事的情怀。

有的咏酒诗吟咏人生如梦、岁月如水的感慨。如白居易的"劝君一盏君莫辞，劝君两盏君莫疑，劝君三盏君始知。面上今日老昨日，心中醉时胜醒时。天地迢遥自长久，白兔赤乌相趁走。身后堆金挂北斗，不如生前一樽酒"（《劝酒》），刘希夷的"酒熟人须饮，春还鬓已秋。愿逢千日醉，得缓百年忧。旧里多青草，新知尽白头。风前灯易灭，川上月难留"（《故园置酒》），等等，流露的都是感慨人生如白驹过隙、惜时享乐的思想情绪。

有的咏酒诗表现的是诗人怀才不遇、壮志难酬的愤懑和不平。如杜甫的"得钱即相觅,沽酒不复疑。忘形到尔汝,痛饮真吾师。……相如逸才亲涤器,子云识字终投阁。先生早赋归去来,石田茅屋荒苍苔。儒术于我何有哉?孔丘盗跖俱尘埃。不须闻此意惨怆,生前相遇且衔杯"(《醉时歌》),钱起的"花繁柳暗九门深,对饮悲歌泪满襟。数日莺花皆落羽,一回春至一伤心"(《长安落第》),等等。

有的咏酒诗抒发的是诗人建功立业的豪情壮志和豁达情怀。如李白的"闲过信陵饮,脱剑膝前横。将炙啖朱亥,持觞劝侯嬴。三杯吐然诺,五岳倒为轻。眼花耳热后,意气素霓生"(《侠客行》),岑参的"花门楼前见秋草,岂能贫贱相看老。一生大笑能几回,斗酒相逢须醉倒"(《凉州馆中与诸判官夜集》),陆龟蒙的"丈夫非无泪,不洒离别间。仗剑对樽酒,耻为游子颜"(《别离曲》),等等。

有的咏酒诗表现的是离情别绪,充满离别的忧伤。如王维的《送元二使安西》:"渭城朝雨浥轻尘,客舍青青柳色新。劝君更尽一杯酒,西出阳关无故人。"白居易的《何处难忘酒》:"何处难忘酒,青门送别多。敛襟收涕泪,簇马听笙歌。烟树灞陵岸,风尘长乐坡。此时无一盏,争奈去留何。"司空曙的《云阳馆与韩绅宿别》:"孤灯照寒雨,湿竹暗浮烟。更有明朝恨,离杯惜共传。"于武陵的《劝酒》:"劝君金屈卮,满酌不须辞。花发多风雨,人生足别离。"等等。

有的咏酒诗反复吟咏和渲染的是一醉解千愁的思想情绪。如戴叔伦的《对酒示申屠学士》："三重江水万重山,山里春风度日闲。且向白云求一醉,莫教愁梦到乡关。"贾至的《对酒曲》："春来酒味浓,举酒对春丛。一酌千忧散,三杯万事空。"郑谷的《中年》："情多最恨花无语,愁破方知酒有权。"聂夷中的《饮酒乐》："一饮解百结,再饮破百忧。白发欺贫贱,不入醉人头"等等。

毫无疑问,作为中国古典诗歌的代表,唐诗是中国古典诗歌的最高峰。这一时期,咏酒诗也随着中国古典诗歌的繁荣而进入丰收时代。唐代丰富多彩的咏酒诗,以丰沛激越的思想情感,多姿多彩的社会文化内容,样式各异的表现形式,摇曳多姿的艺术手法,从不同侧面表现出酒精神,丰富和充实了中国的酒文化,在诗歌艺术和酒文化发展史上都占有十分独特而重要的地位。

东篱把酒品宋词

宋诗与唐诗大异其趣。比较而言,唐诗以气韵胜,宋诗以意趣胜;唐诗气势雄伟,意象浑阔,宋诗意态幽雅,闲远深邃;唐诗性情彰显,以感性胜,宋诗风流蕴藉,以理性胜;唐诗讲究巧夺天工,自然浑成,宋诗注重遣词造句,委曲工巧。用著名学者缪钺先生的话说:"唐诗之美在情辞,故丰腴;宋诗之美在气骨,故瘦劲。唐诗如芍药海棠,秾华繁采;宋诗如寒梅秋菊,幽韵冷香。唐诗如啖荔枝,一颗入口,则甘芳盈颊;宋诗如食橄榄,初觉生涩,而回味隽永。"如果说作为一代诗歌,唐诗和宋诗各有特色,各具价值,未可轻言轩轾,那么,从咏酒诗的角度而言,宋诗就不免逊色于唐诗了。因为,酒文化体性见情、直抒胸臆、自由挥洒、返璞归真的特征,恰巧与唐诗神投意合,相互默契,而与宋诗就隔着那么薄薄的一层,很难自然而然地融为一体。这就使得宋代的咏酒诗不仅在数量上远不及唐人，而且还多少带有宋诗以人工意趣、议论学力取胜的特点。

所幸的是，酒文化与宋诗的抵牾在宋词中得到了适当的调整，或者说是宋代咏酒诗的贫弱因了咏酒词的丰富多彩而得到了补偿。既然"以文字为诗，以才学为诗，以议论为诗"的宋诗无法表达宋代诗人日益缜密、细腻、复杂、伤感的情怀，那么擅长抒写深微细腻、婉约幽怨之情的宋词，则更适合扮演这一角色。可以说，正是宋词和酒文化精神深刻而广泛的契合，带来了宋代咏酒词的全面丰收。我们打开宋人词集，咏酒词几乎比比皆是，如果做一个精确的统计，其比例肯定在唐诗之上。而且就咏酒词的思想内容而言，唐代咏酒诗曾经表现或描写过的，在宋词这里都能得到回应，都能找到他们的身影。

中国古典诗歌有表现忧患意识的悠久传统，这一传统，在宋代咏酒词中不仅得到了很好的表现，而且又有了发展。这种情况的出现，与宋代特定的社会文化环境是密不可分的。五代十国的动荡衰微，使得全社会弥漫着浓郁的忧患感和危机感，人们不论是对国家、对自己，还是对生活、对人生，始终找不到安定的感觉，因而常常是愁云惨淡，顾虑重重。这种社会状况必然影响到刚刚诞生不久的宋词。北宋时期虽有过一段相对的安定与承平，但宋王朝积弱积贫的先天不足，随着中国封建社会日过中天步入"中老年"阶段，各种社会危机所引起的文人士大夫内心的忧患意识日趋定型化，再加上理学思想对人们思想情感的潜在影响，人们的忧患意识日趋强烈。南宋以后，金元相继南侵，南宋王朝国土沦丧，偏安江南，国家社稷岌岌可危，文人之间普遍存在的忧患意识更趋强烈，在词作中得到了更为集中、更为普遍的表现。"惟酒可忘忧"，"一酌散千忧"，忧愁与酒是天然的伴侣，它们相生相克，相辅相成。这样一种天然的联系，决定了表现忧患意识的词作大多有酒文化的参与，决定了咏酒词也以表现忧患意识者居多。具体而言，主要表现在以下两个方面。

其一是思乡怀土、感伤离别、伤春悲秋等有着悠久传统的忧患情结，在咏酒词中得到了更为深邃、更为细腻的表现：

更尽一杯酒，歌一阕。叹人生，最难欢聚易离别。

（寇准《阳关引》）

多情自古伤离别，更那堪、冷落清秋节。今宵酒醒何处，杨柳岸晓风残月。

（柳永《雨霖铃》）

暂停征棹，聊共引离樽，多少蓬莱旧事，空回首，烟霭纷纷。斜阳外，寒鸦万点，流水绕孤村。

（秦观《满庭芳》）

东篱把酒黄昏后，有暗香盈袖。莫道不消魂，帘卷西风，人比黄花瘦。

（李清照《醉花阴》）

> 佳节重阳近，清歌午夜新。举杯相属莫辞频。后日相思，我已是行人。
>
> （张孝祥《南歌子》）

这些词人，有的是德高望重的一代名相，有的是力主抗战的朝廷要员，有的是流连风月的多情骚客，有的是多愁善感的柔弱裙钗，身份不同，地位不同，经历不同，个性也就迥然有异。但是，在细细地咀嚼、慢慢地品味绵绵哀愁和离情别绪这一点上，却表现出了惊人的一致。也许，这就是"集体无意识"的力量。

感伤离别必然导致思乡怀土，产生游子情结。无论外出游学还是异乡为官，不论是寻仙访道还是游山玩水，不论是主动的选择还是客观环境促成，都弥漫着一种浓浓的思乡怀土的忧郁和感伤。范仲淹的《苏幕遮》最具代表性：

> 黯乡魂，追旅思。夜夜除非、好梦留人睡。明月楼高楼休独倚。酒入愁肠，化作相思泪。

如果事先不知道这首词的作者，人们很难相信它出自北宋著名政治家范仲淹之手。此词满纸凄凉，满纸相思，满纸愁绪，给人以乡魂旅思无以排遣之感。周邦彦的《满庭芳》写漂泊异乡的游子之思，同样令人倍感凄凉。其下片云："年年，如社燕，漂流瀚海，来寄修椽。且莫思身外，长近樽前。憔悴江南倦客，不堪听，急管繁弦。歌筵畔，先安簟枕，容我醉时眠。"据词前"夏日溧水无想山作"的小序可知，这首词写于他任溧水县令之时。周邦彦曾因一篇歌颂新法的《汴都赋》而大受赏识，荣任太学正之职。但不久就因故遭贬外任，长期飘零在外，常常感到官场险恶，仕途艰辛。政治上的失意和苦闷必然给羁旅行役带来更多的惆怅，更多的忧愁。"年年"句自叹身世，文笔曲折；"且莫思"句，以抛撇作转，劝人及时行乐；"憔悴"句又作一转，言虽强抑悲怀，不思身外之事，然而，当弦繁管急之时，又是情思难抑；结句再转作收，言愁思绵绵难耐，唯有借醉一眠了之。但是，醉眠终非长久之计，待到"一场愁梦酒醒时"，愁思便会再次涌出，甚至愁上加愁，更难解脱。看来，词人不过是暂作超脱之举，以求得心灵的暂时解脱罢了。

和杜甫"国破山河在，城春草木深"所引起的羁旅之思相比较，周邦彦等人的愁苦不过是"为赋新词强说愁"而已。有道是，乱离人不如太平犬。战乱之中的漂泊颠沛，惶惶零落，更容易使人愁结难解，愁肠难消。赵鼎的《满江红》表达的就是这样一种情怀：

惨结秋阴，西风送、霏霏雨湿。凄望眼、征鸿几字，暮投沙碛。试问乡关何处是，水云浩荡迷南北。但一抹寒青有无中，遥山色。

天涯路，江上客。肠欲断，头应白。空搔首兴叹，暮年离拆。须信道消忧除是酒，奈酒行有尽情无极。便挽取长江入樽罍，浇胸臆。

公元1126年，宋钦宗靖康元年，是宋朝历史上最为耻辱的一年。这一年，金兵攻陷汴京，掳获宋徽宗、宋钦宗，北宋王朝在金兵的铁鼓金笳声中宣告覆亡。次年九月，曾任开封府曹的赵鼎随着逃难的人群来到仪真（今江苏仪征）江口，北望故国，感慨万千，遂写下了这首"慷慨激烈，发欲上指"的词章。时逢国破家亡之际，诗人仓皇南逃，天涯沦落，不免柔肠寸断，华发顿生。生于乱世，无力主宰自己的命运，诗人只有"空搔首兴叹"，兴叹之不足，便借酒浇愁。可是，那有限之酒怎能消除那无穷无尽的忧愁呢？于是，诗人想到了长江，想用长江之水为酒，来消除胸中的郁闷和愁绪。此外，张孝祥的"对月只应频举酒，临风何必更搔头，暝烟多处是神州"（《浣溪沙》），李清照的"三杯两盏淡酒，怎敌它、晚来风急。雁过也，正伤心，却是旧相识"（《声声慢》），等等，也都苍凉悲壮，包孕深厚，远非一般的羁旅之思、漂泊之情可比。

伤春悲秋是中国文学的一个传统，也是中国文化的一道景观。从《诗经》、楚辞到汉乐府，从汉魏六朝抒情小赋到魏晋南北朝诗，伤春悲秋始终是文人久咏不衰的文学母题。春色宜人，姹紫嫣红，但"匆匆春又归去"，不免令人伤心；金秋是收获的季节，但它那扫荡一切的肃杀气氛却让人感到无限悲凉，所以人们常常为万物遭遇寒秋而感到悲哀。但是，伤春也好，悲秋也罢，人们对四时运替及自然景物的伤感，实际上包含着对人生易老、韶华易逝的忧虑和感伤。有意思的是，两宋词人的伤春悲秋，常常是和酒联系在一起的。他们借酒来表达对春光易逝、秋景肃杀的感伤，抒写对世事无常的感慨，倾吐他们的满腹愁绪和人生悲苦。

我们先看一看宋代词人的伤春之作。"谁道闲情抛弃久，每到春来，惆怅还依旧。日日花前常病酒，不辞镜里朱颜瘦。"冯延巳以"日日花前常病酒"来写对春的感伤。"水调数声持酒听，午醉醒来愁未醒。送春春去几时回？临晚镜，伤流景，往事后期空记省。"张先以"午醉醒来愁未醒"来表达韶光易逝的惜春之情。"绿满山川闻杜宇，便作无情，莫也愁人苦。把酒送春春不语，黄昏却下潇潇雨。"朱淑真以"把酒送春春不语"感慨春光短暂。很难说这样的词章有多么高深的思想境界，也很难说它们有多么深刻的现实生活内容，它们只是淡淡地叙说着一种细若游丝、轻若和风却又"剪不断，理还乱"的离情别绪。但是，由于这类作品大都意境空灵，格调凄迷，悲而不痛，哀而不伤，伤感中有豁达，迷离中有真情，因而与文人雅士的审美情趣相契合，很适合文人士大夫的欣赏口味。所以，历代选家对这类作品一向是青眼有加，非常珍爱。

比较而言，宋代词人的悲秋之情不论是在深度还是在广度上，都远胜于伤春之意。伤春之作表达的多是韶华易逝、青春不再的无可奈何之情，而悲秋之作表达的思想情感则相当丰富，既有对人生短暂的低吟，仕途困顿的哀鸣，身世坎坷的幽怨，也有国破家亡的伤感，壮志难酬的悲愤，英雄迟暮的感慨。"萧索清秋珠泪坠，枕簟微凉，辗转浑无寐。残酒欲醒中夜起，月明如练天如水。"冯延巳这首《鹊踏枝》表现的是对时光流逝的感慨。"世事一场大梦，人生几度秋凉。夜来风叶已鸣廊，看取眉头鬓上。酒贱常恐客少，月明多被云妨。中秋谁与共孤光，把盏凄凉北望。"苏轼这首《西江月》抒发的是人生如梦、岁月易逝之叹。"郊原雨过金英秀，风扫霜威寒入袖。感君一曲断肠歌，劝我十分和泪酒。古道尘清榆柳瘦，系马邮亭人散后。今宵灯尽酒醒时，可惜朱颜成皓首。"周邦彦这首《木兰花》表现出来的是悲秋伤别、人生易老之意。辛弃疾《破阵子》中的名句"醉里挑灯看剑，梦回吹角连营。八百里分麾下炙，五十弦翻塞外声。沙场秋点兵"，表现出来的是欲建功沙场的豪情壮志。王埜的《西河》表现的则是英雄迟暮、壮志难酬之情："千古恨，吾老矣。东游曾吊淮水。绣春台上一回登，一回揾泪。醉归抚剑倚西风，江涛犹壮人意。"如果说伤春之作表达的多是"为赋新词强说愁"的浓烈之情，那么悲秋之作抒发的则多是"却道天凉好个秋"的高远情怀。如果把伤春之作比作临溪照水、自伤自怜的绝代佳人，那么，悲秋之作就是一个饱经沧桑、孤独行吟的憔悴老夫。伤春之作若是深情款款的小夜曲，悲秋之作则是深沉悠长的咏叹调。

其二是宋代词人的咏酒之作都带有鲜明的时代特征。宋代尤其是南宋，文人中弥漫着浓厚的忧患意识，他们感伤时事，忧国忧民，为国家民族的不幸而扼腕长叹，为收复中原而奔走呼号。正是在这种特定的社会文化氛围中，宋代文人，尤其是南宋文人的咏酒词中有相当一部分深深地打上了时代的烙印。

　　本来，宋词细腻的抒情性特征使得其题材相当狭窄，反映社会生活的深度和广度既不能与唐诗相提并论，甚至也不能和宋诗相比。但是，宋代格外尖锐的民族矛盾，内忧外患、千疮百孔的社会现实，吏治的腐败和官场的险恶，必然对反应敏感心灵细腻的词人产生深刻的影响。民族的存亡，国家的兴替，社会的治乱，政局的否泰，以及个人命运的遭际，都拓深了词人的忧患意识，使咏酒词在表现社会生活、反映时代特征等方面都有了新的开拓、新的发展。如陈人杰的《沁园春》："抚剑想歌，纵有杜康，可能解忧？为修名不立，此身易老；古心自许，与世多尤。平子诗中，庚生赋里，满目江山无限愁。关情处，是闻鸡半夜，击楫中流。"抒发的是国破家亡之情，表达的是为国效命的壮志。张绍文的《酹江月》："举杯呼月，问神京何在，淮山隐隐。抚剑频看勋业事，唯有孤忠挺挺。宫阙腥膻，衣冠沦没，天地凭谁整？一枰棋坏，救时着数宜紧。"流露出的是作者对国家民族的耿耿忠心和深沉的忧国忧民之情，一句"救时着数宜紧"，表现出作者对时局的深深关切。不可否认，梧桐夜雨、芳草斜阳、断鸿声里、烟波江上、羊肠古道、瘦马西风式的忧患意识，也都有一定的社会意义和审美价值，也很适合于落魄文人的夫子自道与自言自语，但是，这类作品整体上带有浓厚的悲观主义色彩，有的甚至流于感伤主义和琐屑的"杯酒风波"。而上述以民族存亡、国家兴替、社会治乱为主要内容的忧患意识，则因其具有强烈的社会责任感和历史使命感而表现出悲壮崇高的审美特质，更能打动人心，更易引起人们心灵的强烈共鸣。

表现隐逸生活、抒写隐逸情趣，也是宋代咏酒词章的一大特征。

中国文人历来把"学成文武艺，货于帝王家"作为自己的一种人生追求，也即儒家所谓"达则兼济天下"。但事实上，能够青云直上或兼济天下者毕竟是少数，大多数文人只能是布衣终身。尤其是当社会动乱之时，或是改朝换代之际，许多文人性命尚且不保，哪里还有机会在政治舞台上一展身手呢？既然不能兼济天下，许多人就退而求其次，走上了独善其身的道路。所以，早在传说中的三皇五帝时代，就已经有了独善其身的隐士。巢父、许由属于不肯接受禅让的隐士，伯夷、叔齐属于耻事二姓的隐士。到了秦汉之际，则又有了为躲避战乱兵燹以求全身远祸的隐士，"商山四皓"就是其中的代表。陶渊明的出现，则把中国的隐逸文化推向了一个新的阶段，他既没有栖身山林，也没有窜身海滨，而是"结庐在人境"，隐于田园。南北朝时期，出现了以隐逸为终南捷径的假隐士，他们身在江湖，心存魏阙，借隐逸之名行沽名钓誉之实，败坏了隐士的名声。但是，隐逸作为文人的一种生活方式和生活道路，对那些郁郁不得志的人来说，始终有很大的诱惑力。不论是信奉儒家学说，还是尊崇道家思想，远离尘世喧嚣，融入自然风物之中，对热爱自由、喜爱大自然的文人来说，都是一种心灵的享受和愉悦。

到了宋代，国运的衰微，民族矛盾的空前尖锐，吏治的腐败，使得许多文人只好涌向"穷则独善其身"之路——而这条道路是最容易导向隐逸之路的。同时，宋代哲学和佛家思想的影响也对隐逸思潮起到了引导、引领作用。禅宗是以追求自我精神解脱为核心，表现为适意人生哲学，以及清静雅致、自然淡泊的生活情趣，和缘此而来的以清、幽、寒、静为核心的审美情趣。这样一种人生哲学在宋代颇为流行，对宋代文人产生了深远而广泛的影响。受此影响，许多文人的文化心理愈加内向封闭，性格愈加敏感细腻，维持心理平衡的途径也由盛唐时期的立功受赏、建功疆场、科场奏捷、遨游山林等外在活动转向自我解脱、自我修养、忍辱负重等内在心理活动，审美情趣也由盛唐时期的热情奔放、洒脱不羁、色彩斑斓，转向幽雅淡静、细腻敏感，向着超尘脱俗、物我两忘的境界发展。北宋画家宋迪创作的、为后代诗人画家一致激赏的八种山水画主题就是宋代文人士大夫审美情趣的典型代表。这八种山水画主题是：平沙落雁、远浦归帆、山市晴岚、江山暮雪、洞庭秋月、潇湘夜雨、烟市晚钟、渔村落照。这些山水画主题，表现的都是幽静深远的隐逸景象,是远离世俗社会和尘世喧嚣的逸士之情。就连主张享乐人生的道教,在宋代文人士大夫这种人生哲学和审美情趣的影响下,也逐渐向老庄靠拢,与禅宗合流,摈弃了粗俗鄙陋惑人心志的巫仪方术,从而精美化、典雅化和士大夫化了。这样一种人生理念和审美情趣,这样一种社会文化氛围,显然为隐逸情思的生长提供了非常适宜的文化土壤。

宛如袈裟皂袍是和尚道士的身份标记和必备之物一样,文人士大夫在表现隐逸生活抒写隐逸情趣时,也往往离不开酒这一道具。"结庐人境无来辙,寓迹醉乡真乐邦",如果说尘世之饮是"诗酒风流",那么,这种隐逸之饮更多的则是"诗酒自娱"。于是就有了苏轼的"且陶陶,乐尽天真。几时归去,作个闲人。对一张琴,一壶酒,一溪云"(《行香子》),有了秦观的"饮罢不妨醉卧,尘劳事、有耳谁听?江风静,日高未起,枕上酒微醒"(《满庭芳》),也有了黄庭坚的"踏破草鞋参到了,等闲拾得衣中宝。遇酒逢花须一笑,长年少。俗人不用嗔贫道"(《渔家傲》),晁补之的"前岁栽桃,今岁成蹊。更黄鹂、久住相知。微行清露,细履斜晖。对林中侣,闲中我,醉中谁"(《行香子》),更有了吕渭老的"百年间,无个事,且安闲。功名两字,茫然都堕有无间。且尽身前一醉,休问古来今往,几取菊花残。仙事占无据,竹帛笑刘安"(《水调歌头》),赵师侠的"静中乐,闲中趣,自舒迟。心如止水,无风无自更生漪。已是都忘人我,一任吾身醒醉,有酒引连卮"(《水调歌头》)。即使是"说到胡尘意不平"的陆游和曾表示"男儿到死心如铁"的辛弃疾,言及隐逸生活和隐逸情趣,也一改雄浑壮阔、壮怀激烈、慷慨激昂之气,变得清新飘逸,空灵绝尘。陆游"卖鱼沽酒醉还醒,心事付横笛。家在万重云外,有沙鸥相识"(《好事近》),显得那么淡泊,那么一尘不染。辛弃疾面对远树斜阳、松窗竹户,也表现出万千潇洒:"千峰云起,骤雨一霎儿价。更远树斜阳,风景怎生如画?青旗卖酒,山那畔,别有人家。只消山水光中,无事过这一夏。午醉醒时,松窗竹户,万千潇洒。野鸟飞来,又是一般闲暇。却怪白鸥,觑着人欲下未下。旧盟都在,新来莫是,别有说话。"(《丑奴儿近》)

论及宋词表现出的隐逸情趣,不能不说一说"诗万首,酒千觞"的朱敦儒。他那飘逸不群的《樵歌》三卷,堪称隐逸词章的集大成之作。朱敦儒生于北宋末年,早年以清高自许,不愿入仕。金兵南侵,他从江西跋涉到岭南,后来听从朋友的劝说出来做官,却又因"专立异论"的罪名而遭罢免。他的词作较多地表现了遁世隐居的生活情趣和审美理想,散淡幽雅,清远脱俗。他陶醉于"一个小园儿,两三亩地,花竹随宜旋装缀。槿篱茅舍,便有山家风味。等闲池上饮,林间醉"(《感皇恩》)的田园生活,整天无拘无束,自由自在。"日日深杯酒满,朝朝小圃花开。自歌自舞自开怀,且喜无拘无碍"(《西江月》),这些表现隐逸生活、抒发隐逸情趣的作品,思想意义虽不及《减字木兰花慢·刘郎已老》《相见欢·金陵城上西楼》等感时伤世的作品,但词人那悠闲自得、自适自娱的生活,却能给人以审美享受,给人以精神上的幽静与清凉,心灵上的清醒与澄明,能让人在扰攘不宁、喧嚣烦躁的世俗生活之外,发现一个广阔无垠的大千世界,发现一个孑然一身、天真无瑕的自我。

淘井

在以前的豫东农村，村村都会有井，数量不等。豫东农村水脉浅，井也就丈把深，用一根扁担就能打水，用不着辘轳来摇。用的时间长了，井底淤泥以及碎瓦砾、树叶等杂物多了，堵塞了井下的泉眼，造成渗水不顺畅或者水发浑、有异味，这个时候就需要淘井。淘井需要请有经验的人来进行，经过淘井人的一番艰苦劳作，井水不仅流量恢复，而且甘甜如初，滋养着村庄的生机。

从豫东鹿邑一路向西的老子，在函谷关留下五千言的《道德经》之后不知所终，而这五千言《道德经》（又名《老子》）犹如一口两千五百多年的古井，生生不息地滋养着中国人的血脉与精气神。

《道德经》言简意深，自秦汉以后被历代学者奉为根本经典，为之注解者，成千上万，仅现存"道藏"中的《道德经》

注本，就有五十多种。这些注解犹如一次次淘井，为《道德经》注入了当时人的思想情感和价值观念。

司马迁在《史记》中，将老子和韩非的传记合为《老子韩非列传》，这是因为韩非对老子的学说情有独钟，专门作《解老》《喻老》，开研老注老之先河。西汉时的河上公和三国魏时的王弼对老子其人其书的研究影响深远。河上公开民间通俗研老注老之风气，后人认为河上公注为民间注本。王弼开文人研老注老之风气，后世文人学者多选王弼注本。魏晋以后，几乎历朝历代的名人名家均对老子及其思想产生浓厚兴趣，并悉心研究。历史上的很多帝王也非常青睐《道德经》，亲自为《道德经》作注的，则有唐玄宗李隆基、宋徽宗赵佶、明太祖朱元璋和清世祖福临。在对老子修身之道、治国之道的体悟上，四位皇帝缘于不同的出身遭际而各有千秋。

在老子故里鹿邑，有个专门陈列历代《道德经》版本和研老注老著作的展览馆，收集的资料有一万多种，可谓洋洋大观。

历史上那些有名或无名的"淘井者"，都从《道德经》这口深井中掬到了属于自己的一捧清泉。

道家思想对中国人的影响是浸透在血液里的，道家思想以其独有的对宇宙、自然和社会的领悟，在哲学思想上呈现出永恒的价值与生命力。鲁迅先生曾说，中国文化的根底大抵在道家。陈鼓应先生认为，道家除重视人之外，更由宇宙的和谐

（天和）谈到心灵的和谐（人和）。至于"天人合一"，其思想主要创发于道家。

道家在理论能力上的深厚度与辩证性，为中国哲学思想提供了创造力的源泉。《道德经》中的经典语段很多，如功成事遂，百姓皆谓"我自然"；圣人之道，为而不争；夫唯不争，故天下莫能与之争；知止可以不殆；夫唯不盈，故能蔽而新成；知人者智，自知者明；胜人者有力，自胜者强；无为而无不为；多言数穷，不如守中；治人事天，莫若啬；治大国，若烹小鲜；以正治国，以奇用兵，以无事取天下；善用人者，为之下；等等。这些都是《道德经》的精髓所在。

老子的江海胸怀及其恬退自养、静定致远、敦厚朴实的人格特质，对中国人人格的塑造产生了广泛而深远的影响。南怀瑾说"佛为心，道为骨，儒为表"，"九万里悟道，终归诗酒田园"，归根到底向往的还是"诗酒田园"的道家人生。

当宽容自由、平等交流、个性尊重已成为我们当今生活中的公共精神时，老子的经典语句更不断地向我们释放出新的意义。

从老子《道德经》这口深井中汲水的不仅是古往今来的中国人，还有很多很多的外国人。

德国著名哲学家尼采说：老子思想的集大成——《道德经》，像一个永不枯竭的井泉，满载宝藏，放下汲桶，唾手可得。

托尔斯泰说:"做人应该像老子所说的如水一般。没有障碍,它向前流去;遇到堤坝,停下来;堤坝出了缺口,再向前流去。容器是方的,它成方形;容器是圆的,它成圆形。因此它比一切都重要,比一切都强。"

老子是一位伟大的思想家、哲学家,位居世界十大思想家之列,被誉为东方巨人。迄今为止,《道德经》在世界上的各种语言译本就有近五百种,涉及三十多种语言。据联合国教科文组织统计,被译成外国文字的发行量最大的世界文化名著,除《圣经》以外就是《道德经》。

道家学者熊春锦认为,西方人阅读《道德经》并没有从宗教的角度解析认识它,而是从道德文化与大智慧思想的角度热爱它,他们都是要从中获取能够拯救西方文明危机的良方以及获取智慧的营养。德国前总理施罗德曾大声呼吁每个德国家庭买一本中国的《道德经》,以帮助人们解决思想上的困惑。

嵩山是儒释道三教汇流之地,已经举办了数届"嵩山论坛",每次都吸引大批国内外学者与会。论坛的主题无论是2013年的"人文精神与生态意识",还是2014年的"天人合一与文明多样性",都离不开老子的哲学思想,都有学者根据老子思想来探寻世界文明的对话与交流、各国文化的和谐发展。

淘井的过程其实是老子思想"有"与"无"的转化过程,井内砖头瓦块多了,井内水就少了,淘出砖头瓦块这些"有",井内的"无"才能容纳更多的水,淘出来的这个

"有"是垃圾，而留下的"无"才是"无用之用"。对老子思想这口深井不时地进行淘洗，就是要淘去糟粕，留下清泉。从这口深井中汲取的清水可以直饮，可以烹茶，可以灌溉，可以浇园。弱水三千，只取一瓢，至于滋味如何，那就只能自己品味了。

老子属于春秋时期的陈国人，《诗经·陈风》中有《衡门》篇："衡门之下，可以栖迟。泌之洋洋，可以乐饥。"多么和谐、快乐的田园生活啊！想来在故乡生活的老子也该有这样的精神状态吧，清静无为，顺其自然，活得自由自在！

说个一二三

民间有句俗语：说个一二三。这句话可以有多种理解，其中最基本的应该是"把事情的来龙去脉、前因后果说清楚，给个交代"。"一二三"不是那么简单就能说清楚的，老子《道德经》中有"道生一，一生二，二生三，三生万物"的说法，这里就随便聊聊《道德经》中的"一二三"。

说一

大多数华人认识的第一个汉字是"一"，会数的第一个数字也是"一"。因为数字"一"是无穷数字的起点，汉字"一"也是汉字中笔画最少、古今变化最少的字。"一"看似简单，其实并不简单，其中蕴藏着的是千变万化。在孩提时代，偶然的几件事让我感受到了"一"的变化莫测。

记得当时村里有个老会计，算盘好，村里人说他双手能打"狮子滚绣球"。双手打算盘没有见识过，他曾经给我们小孩子表演过打算盘。他在算盘上拨出123456789，之后连续加八次123456789，最后的结果竟然是神奇的一溜儿"1"（注：十位上为"0"）。他告诉我们说这叫"九九归一"，是在算盘上学加法的最基本方法。还有一次，他在算盘上拨打出1953125，他把这个数字和512相乘后，算盘上靠梁的算盘珠子竟然只剩下一个，看得孩子们目瞪口呆。这时，老会计很得意地给我们"复盘"，说1953125这些算盘珠子靠在一起的形象像头狮子，与512相乘之后，得数为1000000000，这个得数在算盘上只有一个算珠靠梁，人们称它为"绣球"，这种练习珠算乘除法的方式叫"狮子滚绣球"。

一大堆数字，又乘一堆数字，最后算盘上只剩下一个珠子靠梁。最小数"一"是一个算盘珠子，大到了10亿还是一个算盘珠子，这个"一"还真是能大能小。

小时候有一次到淮阳太昊陵逛庙会，见到一块匾额上书"一画开天"。当时就很纳闷，天那么大，人祖伏羲怎么就那么轻轻一画就开了天呢？王母娘娘那么厉害，为了阻挡牛郎追织女，也只是画出了一道银河。人祖伏羲，虽然是人祖，但毕竟是个凡人，难道比王母娘娘还法力无边？

长大后才明白，伏羲并不是真把天画开了，而是伏羲创立了先天八卦，分出了阴阳、乾坤，使中华民族从此有了抽象

随笔篇 | 259

思维的概念、图像和方法，华夏文明有了取之不尽用之不竭的源泉。难怪民间叫他"人祖爷"，用文雅的说法叫"人文始祖""斯文鼻祖"。

清代诗人闽兴邦的《伏羲太昊陵》称赞说："一画开天地，全功辟八荒。君臣从此判，治化至今彰。蓍草留神异，河图翼圣皇。拜瞻千古迹，俯仰思苍茫。""人祖爷"画了这个"一"后，中华民族斯文起来了，"一"也有了很多很多的内涵。《说文解字》中说："一，惟初太始，道立于一，造分天地，化成万物。"原来大千世界，是从简单的"一"字开始的。翻看词典，"一"有很多的用法和解释。

清代文学家陈沆曾用"一"作过一首诗："一帆一桨一渔舟，一个渔翁一钓钩。一俯一仰一场笑，一江明月一江秋。"诗中用十个"一"字，其中的"一"有"独""一""满""全"等多种意思，每个"一"都具有鲜明的形象，写人状物，绘声绘色，很有诗情画意。

老子的故乡鹿邑和太昊之墟淮阳相邻，老子思想深受伏羲文化的影响。老子在《道德经》中也对"一"情有独钟。《道德经》中提到"一"的地方很多。《道德经》第四十二章中说："道生一，一生二，二生三，三生万物。万物负阴而抱阳，冲气以为和。""一"是个什么东西呢？

《道德经》第十四章中说："视之不见，名曰'夷'；听之不闻，名曰'希'；搏之不得，名曰'微'。此三者不可致诘，故混而为一。"看它看不见，把它叫作"夷"；听它听不到，把它叫作"希"；摸它摸不到，把它叫作"微"。这三者的形状无从追究，它们原本就浑然而为"一"。老子用"一"这个最基本的数字来代替"道"，用以形容"道"是独一无二的。

老子在《道德经》第三十九章中强调"一"的巨大作用："昔之得一者：天得一以清，地得一以宁，神得一以灵，谷得一以盈，万物得一以生，侯王得一以为天下正。"老子还说："曲则全，枉则直，洼则盈，敝则新，少则得，多则惑。是以圣人抱一为天下式。"圣人之所以为圣人，是因为他"得一"了，他抱着一个"一"就成了天下效仿的范式。

以道家思想为经典的道教文化中更是提倡"抱真守一"，《道枢》称芸芸万物"其变化之源，始生于一，终复于一，所以历万变而不穷"。"人能守一，一亦守人"，"守一者"指"教人守诚不违"，如果不行其诚，即为"失一"。

在中国丰富多彩的文化样式中，"一"是绝不能忽视的。比如说中国传统的绘画，绘画应该说和"一"关系不大，但是，古代著名画家石涛在其画语录中却把"一"抬到了无以复加的高度："太古无法，太朴不散。太朴一散，而法立矣。法于何立，立于一画。一画者，众有之本，万象之根；见用于神，藏用于人，而世人不知，所以一画之法，乃自我立。立一画之法者，盖以无法生有法，以有法贯众法也。夫画者，从于心者也……我故曰：吾道一以贯之。"

石涛说，太古时代没有法则，法则是如何建立的呢？是建立在"一画"即本心自性这个基础上。他的绘画之道是以一个中心来贯穿的。石涛说的这个"一"就是"心"。孔夫子也讲"吾道一以贯之"，他的"一"概括为"忠恕而已"。作为一个普通人，也讲一个"一"字，那就是"凭良心"。在古代，为人处世有一个"良心"的底线，而在现代社会，还有一个法律的高压线。任何时候，人都需要有一个明确的底线。

著名作家二月河在接受采访时曾说，过去，家长教育孩子出去要守规矩，不要讨便宜，不要去欺负老实人。当前，家庭教育、学校教育讲的多是如何找工作、多挣钱，孩子们在这种氛围中熏陶过来，只知道拿金钱、地位与别人相比，这样的孩子迟早会犯错误。因此，要加强青少年法制教育，让青少年从小接受"底线教育"，在心里深深地画上一道，在以后的成长中就不会触碰法网。

当缺一不可时，一就是一切。对做人来说，底线就是一切。

说二

2014年在中国红透半边天的神曲应该是《小苹果》了，这首曲目在视频网站上的点击量高达几千万人次，并且被演绎成多种版本。

《小苹果》是筷子兄弟的作品。筷子兄弟出道时之所以取名筷子兄弟组合,意味着两个兄弟谁也离不开谁,就如同筷子一样,缺一根就无法成为一对。但是,暴得大名的筷子兄弟也陷入了娱乐圈组合分分合合的魔咒。有传言称,这对组合将会解散。尽管当事人否认,但歌迷们依然感叹:真要散了,这一根筷子咋吃饭啊?一点儿都不希望小苹果一人一半!

世界上的事情总是那样千差万别,同样是吃饭,西方人用刀叉,而以中国为主的东方人则用筷子。筷子被认为是最具有东方文化特性的发明,由此带来的思想理念是西方人以"一"也就是个人为社会的基本点,而中国则以"二"也就是家庭为社会的基本元素。

据说,中国最早的谜语,是一首诗谜:"眠则同眠,起则同起。贪如豺狼,赃不入己。"这条完整的事物谜,距今已有一千多年的历史。后来有另一首谜语诗,诗味更浓:"笑君攫取忙,送入他人口。一世酸咸中,能知味也否?"有趣的是,这两首诗谜的谜底是相同的,就是我们经常使用的筷子。从这两则谜语就可以知道中国人用筷子的历史是多么悠久。

筷子只是两根棍儿,但是古人却发现了其中蕴含的哲理。比如说筷子是两根,称呼却是一双。一就是二,二就是一;一中含二,合二为一。这和中国古代的太极和阴阳的理念有关,两根筷子好比是阴阳,但是合在一起,一双筷子就成了"太极"。

老子在《道德经》第四十二章中说:"道生一,一生二,二生三,三生万物。万物负阴而抱阳,冲气以为和。"关于

"一生二"的问题历代有不同的解读,"太极生两仪",这个问题可以很复杂,也可以很简单。比如说一根棍儿截为两段当作一双筷子,就是"一生二"。比如说一个男人和一个女人组合成一个家庭,就算是"合二为一"。老子这段话的重点在于后半段,"万物负阴而抱阳,冲气以为和"。阴阳不是绝对对立的,而是既有对立又有融合。阴中有阳、阳中有阴,彼此之间互动合一,这正是道家提倡的和合思想。

筷子分为两根,如果没有交互,那还是两根棍儿,使用时筷子时而合二为一,时而一分为二。一阴一阳谓之道,千变万化蕴其中。在长期形成的筷子文化中,中国人给筷子注入了很多的内涵。

筷子的标准长度是七寸六分,代表人有七情六欲。而且上方下圆,上方便于持执,下圆利于使用。"持方行圆"是道家文化的精髓,也可以作为我们为人处世的行为准则。

"一生二","二"是什么?最基本的含义是"一加一的和",或者指乾与坤。筷子是我们最经常见到的"二",而男女组成的家庭是与人类发展关系最密切的"二"。

男为阳,女为阴,阴阳相合,其中有大事理。唐代白行简说:"天地交接而覆载均,男女交接而阴阳顺,故仲尼称婚姻之大,诗人著《螽斯》之篇。考本寻根,不离此也。"

一男一女组成一个家,但男女如果没有交互,就像筷子还是两根棍儿,这样的家庭不能称为完整的家庭。夫妻相处之道，可以从筷子文化中得到不少的启示。

"万物负阴而抱阳，冲气以为和"，这个"冲"特别有讲究，好比是太极中黑白两段中间的那个分界线，起到平衡缓冲调节阴阳的作用。《庄子·田子方》曰："至阴肃肃，至阳赫赫。肃肃出乎天，赫赫发乎地，两者交通成和，而物生焉。"

夫妻双方如果不能"交通成和"，而是貌合神离，那家庭不仅不能和睦，而且对事业的发展也是有害的，所谓"孤阴不长，独阳不生"。夫妻相处如此，我们日常生活中为人处世也是如此。

说三

有个成语叫"说三道四"，这是个贬义词，形容不负责任地胡乱议论。这里，咱不"说三道四"，仅仅是说点与"三"有关的事儿。

老子思想的源头之一是伏羲的《易经》，《道德经》和《易经》都论述太极、阴阳和合，但是又有所不同。《易经》说："易有太极，是生两仪，两仪生四象，四象生八卦。"《道德经》第四十二章中说："道生一，一生二，二生三，三生万物。万物负阴而抱阳，冲气以为和。"开始都是"一生二"，但是"二"之后道路就有了不同。《易经》中的"二"各自一分为二，于是"二二得四"，两仪生成了四象。《道德经》中的"二"不用乘法，而是用加法，"二生三"。

《易经》避开了"三"，《道德经》则强调"三"，"三生万物"。在老子看来，"二"为两仪、为阴阳、为奇偶、为雌雄、为天地，有了天地之后产生了人，"人得一为大"，天大地大人亦大，天、地、人共同创造了这个世界，于是"三生万物"。不论中外，伏羲女娲、亚当夏娃，男女阴阳和合有了后代，于是"二生三"，逐渐繁衍生息，才有了人类。植物、动物莫不如是。

老子说："不出户，知天下；不窥牖，见天道。其出弥远，其知弥少。是以圣人不行而知，不见而明，不为而成。"正是因为老子洞悉了社会和自然的发生、发展规律，所以他总结说"三生万物"。

老子对"三"情有独钟，后世道教演绎出了老子"一气化三清"的故事，"三清"被尊为道教最高的三位神。现在我们出去旅游，可以在很多道教圣地看到"三清殿"。

道家思想对中国文化的影响是巨大而深远的，传统文化中与"三"有关的成语、典故不胜枚举，时时刻刻影响着我们的行为和思维方式。

"三"的意义和内涵很多，"三天三夜也说不完"。如"三顾茅庐"等"三请三邀"类典故，一方面显示了邀请方的诚意，另一方面也显示出了被邀请方的谦虚和自尊。但是双方心里都有数，"三"是双方可以接受的适度标准。日常生活中通常有"事不过三"的说法，代表做事不可过分之意。和谐有度正是道家倡导的理念。

"三"还代表着多、多次。九为数之极，三为数之多。战国时期，鲁仲连为赵国解秦之围，平原君一定要封赏鲁仲连，鲁仲连"辞让者三"，连续推辞多次；杜甫居于成都浣花溪时，草堂的屋顶被秋风掀翻，不由得疾呼"卷我屋上三重茅"。

宋代爱国词人辛弃疾有一首词："莫殢春光花下游，便须准备落花愁。百年雨打风吹却，万事三平二满休。将扰扰，付悠悠，此生于世百无忧。新愁次第相抛舍，要伴春归天尽头。"该词表达的是一种随遇而安、知足常乐的心态。词中有"万事三平二满休"句，黄庭坚《四休居士诗序》也说："粗茶淡饭饱即休，被破遮寒暖即休，三平二满过即休，不贪不妒老即休。"

"三平二满"是什么意思？"三平"即衣、食、住平平常常；"二满"即满足于已有的名、位。说的还是老子的生活态度，物质生活过得去就行，生活虽然简单，但仍然可以过得怡然自乐。

自然一点

小时候,在十里八村打麦场看电影是我们的主要娱乐活动,最喜欢看的是"三战"(《地道战》《地雷战》《南征北战》)和《渡江侦察记》等战争片。尤其是《渡江侦察记》,前后看了不下十遍,片中的台词都背熟了。

《渡江侦察记》中李连长的扮演者叫孙道临,是当时公认的"美男子"。他扮演的诸多银幕艺术形象以风流倜傥、儒雅洒脱闻名,他那俊朗优雅、笑容可掬的"明星照",也受到广大观众的热烈追捧。有人曾问孙道临,缘何照片上的表情那么好?他一语道破天机,说拍照时轻轻地说一下"茄子"这个词,就会露出笑容。一次,周恩来总理与艺术家聚会,在拍合影时有人讲起孙道临的这个"妙招"来,总理听罢笑道:"来来来,那咱们都来说'茄子'!"后来《大众电影》记者披露了这一细节,"茄子"一词便不胫而走,以致后来一照相大家都会喊"茄子"。

当时照相师傅可能还没听过孙道临的"茄子"故事,每逢照相都是反复要求大家"自然一点"。但越要求自然,大家越不自然。

当时,人们评价相片照得好坏,也多以"自然不自然"为标准。但对什么是"自然"什么是"不自然",大家也说不出个所以然来。

什么是自然呢?

"自然"一词在中国应该是老子最早提出的,《道德经》第二十五章中说:"有物混成,先天地生。寂兮寥兮,独立而不改,周行而不殆,可以为天地母。吾不知其名,强字之曰道,强为之名曰大。大曰逝,逝曰远,远曰反。故道大,天大,地大,人亦大。域中有四大,而人居其一焉。人法地,地法天,天法道,道法自然。"

"道法自然"中的"自然",一是指自然界,二是指自然而然,也即本来就是这个样子。

"自然"应该是"道"的不加任何强制、不依靠任何外在原因、自己发生、自己存在、自己演化、自己消灭的一种性质和状态。《通玄真经》卷八《自然》篇,唐代默希子题注称:"自然,盖道之绝称,不知而然,亦非不然,万物皆然,不得不然,然而自然,非有能然,无所因寄,故曰自然也。"即自然是道的最重要的特性,道生万物都是不假外力自然而然的,而且是不得不然的。

老子在《道德经》中提到"自然"的地方还有不少，如"万物莫不尊道而贵德。道之尊，德之贵，夫莫之命而常自然"；"希言自然"；"功成事遂，百姓皆谓我自然"；等等。这些都不是自然界的"自然"，而是本来如此、自然而然的"自然"。

从老子的自然思想出发，庄子提出"朴素而天下莫能与之争美"，刘勰提出"标自然为宗"，司空图提倡"妙造自然"，苏轼认为"文理自然，姿态横生"，等等，使中国古典美学一脉相承，引申出了崇尚自然、含蓄、冲淡、质朴的审美价值。道家以自然为美的思想在中国美学史上产生了最广泛、最深远的影响，随时随地要求我们"自然一点"。

比如说写诗词，不留雕琢的痕迹，不使人感到是做作之词，就可以称为自然。自然要求如实地表现客观事物与主观情感，以真情实景吸引人、感染人。在表现方法上，重天成，反生造，提倡质朴、清新，讲究本色、天趣，摒弃人工斧凿、可以雕琢的藻饰之美。李白曾用荷花出水作比来说明自然这一风格："清水出芙蓉，天然去雕饰。"

司空图《二十四诗品》中这样形容"自然"："俯拾即是，不取诸邻。俱道适往，著手成春。如逢花开，如瞻岁新。真与不夺，强得易贫。幽人空山，过雨采蘋。薄言情悟，悠悠天钧。"所谓"羚羊挂角，无迹可求"。

绘画，尤其是最具中国特色的水墨画，极力推崇自然。王维《山水诀》云:"夫画道之中,水墨最为上。肇自然之性,成造化之功。或咫尺之图,写千里之景。"其他还有妙造自然、同自然之妙、妙悟自然等命题足以佐证。

"表演"和"自然"是矛盾的,但表演的最高境界恰恰是自然,浑然天成。好的演员看不出"演"的痕迹,一举一动、每句台词都是自然的,感觉事情就在我们身边发生。

据说著名表演艺术家陈强在大型歌剧《白毛女》中饰演黄世仁,当年在延安演出时,一名在台下看戏的战士对黄世仁恨得咬牙切齿,遂用枪瞄准他准备开枪,幸被别人发现并制止,未造成悲剧。由此可见陈强的演技十分高超,已经使观众分不清是演戏还是现实了。

"顺其自然""瓜熟蒂落""水到渠成""宠辱不惊,闲看庭前花开花落;去留无意,漫随天外云卷云舒"等词句都是要我们遵循为人处世的"自然之道",不可勉强,不可强为。

再回头说"照相",不管是喊"茄子"也好,喊"田七"也罢,目的都是想把人呈现得漂亮一点,但这其实已经违背了"自然"的法则。

如果一个人因为心情不好,或者因为别的原因笑不出来的时候,用一些辅助方法逗他发笑,那笑也是勉强的。如果你的照片以后是留给自己欣赏,笑与不笑又有什么关系呢?旅行留念也好,和亲朋合照也罢,当时的心情唤醒了你怎样的感觉,你就顺其自然去照吧。只有这样,看起来才是最自然的。

水润的老子

河南方言里有一个词儿"孤堆",就是蹲的意思。这个词不仅河南人使用,别的地方也有人使用。清代蒲松龄的《禳妒咒》中就有:"你就在这门外孤堆着,好思想你那美人。"

这个词的来历,不知有没有学者专门考证过。按笔者的理解,就是一个人蹲着看起来像一个孤零零的土堆,因而演绎出了"孤堆"这个词儿。在黄淮平原、长江中下游地区,有很多类似于"孤堆"的地名,比如古堆、固堆、孤堆、古墩等,这些可不是自然形成的土丘的名字,而是古代人类留下的文化遗存。大凡叫台、岗、堆的地方,大都有古文化遗迹。

吾乡鹿邑县有个老君台,传说是老子升仙的地方。老子的故乡鹿邑县当时水草茂密,春秋时名"鸣鹿邑",《诗经》中的"呦呦鹿鸣,食野之苹"写的就是这里。在这样的环境中长大的老子不仅感受到人与自然的和谐相处,也对水的特性、水的益处与危害有切身的体会。老子正是从水的特性中提炼出了他的柔性哲学,以水喻道,他的很多哲理都是通过水折射出来的。

《道德经》第八章说:"上善若水。水善利万物而不争,处众人之所恶,故几于道。居善地,心善渊,与善仁,言善信,正善治,事善能,动善时。夫唯不争,故无尤。"老子开宗明义地提出"上善若水"的概念,认为最善的人好像水一样。水善于滋润万物而不与万物相争,停留在众人都不喜欢的地方,所以最接近于"道"。老子用了七个"善"来形容水的"夫唯不争,故无尤"。

《道德经》第四十三章说:"天下之至柔,驰骋天下之至坚。无有入无间,吾是以知无为之有益。不言之教,无为之益,天下希及之。"这一章老子虽然没有明确写出"水"字,但水自在其中。天下最柔弱的东西,驰骋于最坚硬的东西中;无形的力量可以穿透没有间隙的东西。这说的是什么?说的还是水。因此老子说"无为"的益处,"不言"的教导,普天下少有能赶上它的了。

《道德经》第六十六章说:"江海所以能为百谷王者,以其善下之,故能为百谷王。是以圣人欲上民,必以言下之;欲先民,必以身后之。是以圣人处上而民不重,处前而民不害。是以天下乐推而不厌。以其不争,故天下莫能与之争。"

江海之所以能够成为百川汇聚的地方,乃是由于它善于处在低下的地方,所以能够成为百川之王。通过海纳百川的包容、善处下的特性,老子告诫圣人,要想领导民众,必须用言辞对民众表示谦下;要想领导民众,必须把自己的利益放在他们的后面。所以,有道的圣人虽然地位居于民众之上,而民众并不感到负担沉重;居于民众之前,而民众并不感到受害。天下的民众都乐意拥戴其而不感到厌倦。因为他不与民众相争,所以天下没有人能和他相争。

《道德经》第七十八章说:"天下莫柔弱于水,而攻坚强者莫之能胜,以其无以易之。弱之胜强,柔之胜刚,天下莫不知,莫能行。是以圣人云:'受国之垢,是谓社稷主;受国不祥,是为天下王。'正言若反。"

天下再没有什么东西比水更柔弱了,而攻坚克强却没有什么东西可以胜过水。弱胜过强,柔胜过刚,天下没有人不知道,但是没有人能实行。老子再次强调,柔弱胜刚强,令人遗憾的是,世人虽然知道这个道理,却没人真正愿意去实行。

老子在《道德经》中论述的"水德",对后世影响很大。明末清初杰出的思想家、哲学家王夫之解释说:"五行之体,水为最微。善居道者,为其微,不为其著;处众之后,而常德众之先。"以不争争,以无私私,这就是水的最显著特性。

老子提倡的"水德",概括起来,主要体现在不争、谦逊处下、虚怀、坚韧、随势赋形等几个方面。

人就应该像水一样,利万物而不争;人也要像水一样无私，帮助别人不求回报。就像中央电视台报道过的一个神秘的捐款人"顺其自然"，连续十五年捐款，累计捐款超过五百万元。他同时还以"风调雨顺"等化名在别的慈善机构捐款。没有人知道他是谁，他捐款并不是要让大家知道他的名字，也不是为了获取荣誉地位，他捐款只是想帮助那些真正需要帮助的人。他就像春雨一样，随风潜入夜，润物细无声。这种无私，这种奉献，难道不是一种极高的品格吗？

水的品格当然不只有无私，我们常说"水往低处流"，正是因为水的甘于卑下，才能浩浩荡荡。水低调谦和，从不站在高处趾高气扬，正如有高尚品格的人。廉颇和蔺相如的故事大家耳熟能详。蔺相如本来只是一个普普通通的门客，因为在渑池相会以及完璧归赵事件中表现突出，一路升迁，职位甚至比大将军廉颇还要高。廉颇作为立下赫赫战功的老将，觉得蔺相如仅凭嘴上功夫就位居自己之上，心有不甘，于是处处刁难羞辱蔺相如。而蔺相如呢，看见廉颇就主动避让。表面上看蔺相如也许是软弱的，但实际上这才是大智慧。蔺相如用他的谦和宽容让廉颇认识到了自己的错误，于是廉颇心服口服，负荆请罪。这就是谦和的力量。

当然，水还要有宽广的胸怀。春秋时期，管仲原本辅佐的是公子纠，而鲍叔牙辅佐的是公子小白。在继承王位的争夺中，管仲一直尽心尽力地帮助公子纠，甚至还射伤了公子小白。但公子小白继位成为齐桓公之后，却不计前嫌地任用管仲。管仲由是十分感激，尽心尽力地帮助齐桓公。齐桓公得以成为春秋五霸之首，就在于他有博大的胸怀和一颗唯才是举的心。同样，唐太宗也有宽阔的胸怀，他能重用魏徵，面对魏徵的直言进谏能静下心来反省并知错就改，才有了贞观之治的盛景。

水，避高趋下是一种谦逊，奔流到海是一种追求，刚柔相济是一种能力，海纳百川是一种大度，滴水穿石是一种毅力，洗涤污垢是一种奉献。水宁静温和，不与人相争，低调内敛，默默奉献，如果具备了水的这些品格，这个人就一定是一个品德高尚的人。

仁者乐山，智者乐水。如果说儒家似山，明知不可为而为之；道家则如水，达于事理而周流无滞，"夫为不争，故莫能与之争"。

做事如山，做任何事都要踏踏实实，一步一个脚印。做人如水，要包容内敛，刚柔并济，但是不能失去奔向大海的渴望；做人如水，可以随势赋形，但不能失去滴水穿石的毅力。

南宋诗人杨万里有诗云："万山不许一溪奔，拦得溪声日夜喧。到得前头山脚尽，堂堂溪水出前村。"虽然我们可能只是一条小溪，但是哪怕万山在前，也挡不住奔流的脚步。奔腾到海是我们不变的追求。

老子的老师

河南有句俗语：光知道老子有学问，不知道老子的老师是谁。意思是说，师傅领进门，修行在个人，学生超过老师是正常现象。

唐代大文人韩愈也说："弟子不必不如师，师不必贤于弟子。闻道有先后，术业有专攻，如是而已。"

老子创立道家学说，虽然只留下五千言的《道德经》，却让后人受用不尽。那么，老子的老师是谁？他的学问、智慧来自哪里呢？

也许是汉代"罢黜百家，独尊儒术"的缘故，古代典籍中对老子事迹记载得并不详细，因此后人对老子的学习、成长经历并不明晰，故而有了各种各样的传说。

神话小说《封神演义》中说，老子的老师是鸿钧老祖，鸿钧老祖有三大弟子——太上老君、元始天尊、通天教主。太上老君就是老子。"老子一气化三清",太上老君是道教界公认的道教创始者。道教相信老子是老君的化身,度人无数,屡世为王者之师;因其传下道家经典《道德经》,故又称老君为道德天尊。

既然是神话传说,也就姑妄言之,姑妄听之。

韩愈在《师说》中说:"圣人无常师,孔子师郯子、苌弘、师襄、老聃。"提到孔子问礼于老子的事儿,但没有涉及老子的老师。有史料说老子有个老师叫常枞。常枞教给老子些什么具体学问史无明载,但传说常枞去世之前把老子叫到床前,伸出舌头问:"这是什么?"老子说:"这是舌头。"常枞问:"牙齿呢?"老子回答:"掉光了!"常枞又问:"明白了吗?"老子想了想,回答说:"知道了。舌头之所以还能存在,不就是因为它软弱吗?牙齿却全掉了,不就是因为它太刚强了吗?"常枞摸着老子的手背,感慨地说:"对啊,天下的事情,处世待人的道理都在里面了,我再也没有什么可告诉你的了。"

老子的老师常枞似乎是要告诉他"刚者早逝,柔者长存"的道理。这种典故有点类似后世禅宗的公案,让学生通过具体的物象得到启发、感悟,从而明白道理。

古代尤其是文明肇始初期,文明尚不发达,人们更多的是向自然学习知识,从社会实践中感悟、积累经验。注重的不仅是知识的积累,更是智慧的开发。

人文始祖伏羲"一画开天",他仰观天文,俯察地理,近取于身,远取于物,作八卦,以通神明之德,以变万物之情。黄帝时代,仓颉"穷天地之变,仰视奎星圜曲之势,俯察龟文鸟羽、山川指掌而创文字"。

文字和阴阳学说的诞生对中国文明的肇始起到了巨大的推动作用,伏羲画八卦、仓颉造文字有一个共同的方法,就是"近取诸身,远取诸物"。看来,"近取诸身,远取诸物"乃是上古人创造文明的一个重要手段,文化来源于人的身体和大自然。

伏羲都淮阳,淮阳离老子的出生地鹿邑不远,伏羲文化在民间的传播对老子肯定会起到潜移默化的影响。老子到洛邑后阅读了大量的古代典籍,其中自然少不了《易经》。老子《道德经》中的道法自然、天人合一的思想自然受伏羲文化及《易经》影响很大。老子在治国思想中特别强调民本民生思想,也和典籍中记载的尧舜禹汤等明君注重民本民生有关。

和现代人身居水泥森林,很少能看到蓝天、星空不同,古代人对自然的体悟比现代人直接得多,感受也深得多。"近取诸身,远取诸物",对大自然、对自身小宇宙的认识成为古人认识世界的主要法门。老子也不例外。老子故里鹿邑所处的豫东一带,东周时期尚处于水乡,正是因为水多,老子在日常生活中从水的特性感受到治理国家、为人处世、自身修养的诸多道理。可以说,老子思想是"水"做的。

举个小例子。《道德经》第二十三章中说:"希言自然。故飘风不终朝,骤雨不终日。孰为此者?天地。天地尚不能久,而况于人乎?"意思是说,清静无为才合乎自然法则。说狂风刮不了一早上,暴雨下不了一整天。是谁造成这样的现象呢?是天地。天地尚不能长久维持这样剧烈变化的状态,何况人呢?

老子产生"飘风不终朝,骤雨不终日"的认识可能与他所处的自然环境有关。老子一生大部分时间生活在中原,中原属于温带季风性气候,四季分明,特别恶劣的极端天气并不多。当然,从目前的相关资料看,老子显然没去过东南沿海,更别说东南亚了。在东南亚的台风季节,大风连刮几天、大雨连下几天是平常的事儿。

"近取诸身,远取诸物",生活环境不同,所取的"物"自然不同,得出的体验和结论也不相同。生活半径的大小也决定了视野的大小。所谓一方水土养一方人,一方人创造一方文化。包括老子在内的古人特别重视"近取诸身",比如说度量。《隋书·律历志》:"夏禹以身为度。"许慎在《说文解字》"尺"字下云:"周制寸、尺、咫、寻、常、仞诸度量,皆以人体为法。"其实直到近代民间很多时候还在用肢体来丈量长度。

"近取诸身"还包含着特别注重自身体验的含义。老子在《道德经》中说:"为学日益,为道日损。损之又损,以至于无为。无为而无不为。"强调学习知识要注重积累,而探求规律则需要排除细枝末节,直奔主题。老子同时还说:"不出户,知天下;不窥牖,见天道。其出弥远,其知弥少。是以圣人不行而知,不见而明,不为而成。"足不出户而知天下,目不窥牖而见天道,不行而知,不见而明,不为而成。圣人难道真的是生而知之?答案自然是否定的。圣人之所以为圣人,是因为圣人善于"推己及人",善于"解剖麻雀",从自身的感受了解他人的感受,从自己的家庭了解所有的家庭,从一个家庭了解整个社会。

一位心理咨询师说:咨询做得越多,越觉得人实在不需要学习太多了解他人的技巧,你只需深入地或者毫不留情地剖析自己,就能明白所谓的他人。

世界在变化,但是人的本性是难移的。知识靠积累,智慧靠开悟,知识的叠加不等于智慧。庄子说:"吾生也有涯,而知也无涯,以有涯随无涯,殆已。"老子留下《道德经》五千言而征服了世界,靠的不是知识而是智慧,在信息大爆炸的现代,我们似乎更需要"悟道""开智"。

老子的三宝

北方农村有一句曾经广泛流传的俗语,从什么时候开始流传下来的已经无从知晓,而且随着社会的发展、经济的繁荣,很多年轻人也渐渐不认可这句俗语了。这句俗语是:家有三宝,丑妻薄田破棉袄。

老子在《道德经》中说:"我有三宝,持而保之。一曰慈,二曰俭,三曰不敢为天下先。"

民间的"三宝"说的都是具体的人或物,老子的"三宝"主要说的是人生态度,它们之间会有什么关联?

丑妻薄田破棉袄,都不是什么稀罕物,甚至在今天看来都是负资产,为什么会成为"三宝"呢?

先说说"丑妻"。窈窕淑女,君子好逑。哪个男人不喜欢如花似玉的美女?男人虽然喜欢美女,但不少男人最后娶的却是其貌不扬的姑娘。

养过花的朋友都有这样的体会，越娇艳的花越难养，越需要付出加倍的努力和细心的呵护，否则一不留神就养死了，而像仙人掌之类的皮实植物，却是给点阳光就灿烂。娶个美女当然好，但娶美女做老婆，在赏心悦目的同时，心理压力相对比较大，这是科学研究得出的论断。正所谓：薄酒可以忘忧，丑妻可以白头；徐行不必驷马，称身不必狐裘。

老子"三宝"第一宝"慈"也是女性化的一个词。慈，爱也。多指父母对儿女之爱，父母威严而有慈，则子女畏惧而生孝矣。"上对下曰慈"，"慈"也可以指君王圣人对百姓之爱，但"慈"更广泛的用法是指母性的慈爱。《道德经》第六十七章中说："慈故能勇；俭故能广，不敢为天下先，故能成器长。今舍慈且勇，舍俭且广，舍后且先，死矣！夫慈，以战则胜，以守则固。天将救之，以慈卫之。"

老子说得很明白：慈爱所以能勇武，节俭所以能宽广，不敢处在众人之前头，所以能成为万物的尊长。现在有人割舍慈爱而搞勇武，舍弃节俭而搞奢侈，舍弃退让而搞领先，就会死亡。那慈爱，用于作战就可取胜，用于守卫就会坚固。天将建立之事，则以慈爱去卫护它。

美女可以一顾倾人城，再顾倾人国，但母性的慈爱力量更强大，母性的慈爱也接近于"道"。"道"本无为，自然对于万物仁慈，天下事物无不归服于仁慈。以此可不战而胜，不攻而克。一个君主如果能像父母热爱自己的孩子那样体恤百姓，慈爱万物，以此行于天下，则战必胜，守必固。

再来说说第二宝"薄田"。

"薄田"，指不肥沃的田地。在农耕社会，有一些田地，日出而作，日落而息，如果风调雨顺的话，男耕女织、自给自足，日子过得还是比较舒适的。

民间有一句俗语："交了粮，自在王。"说的是秋后农民交了皇粮国税后，可以过逍遥自在的日子，语调中的得意像囤里的粮食一样马上就溢出来了。正符合老子形容的小国寡民的状态："邻国相望，鸡犬之声相闻，民至老死，不相往来。"

自给自足的日子是舒适的，但也是不牢靠的，更多的要靠上天的恩赐，因此老子思想反复强调人与自然的融合。另一方面，老子也一再强调"少私寡欲"。

这就是老子的第二宝"俭"。

中国历来提倡勤俭持家，节约光荣。俭，德之共也；侈，恶之大也。《道德经》曰："是以圣人去甚，去奢，去泰"，"治人事天，莫若啬"。老子提出去甚，去奢，去泰，意谓圣人应顺应自然，做事一定不要过分，不要奢侈，不要过头，不要勉强他人，这样才能常有而不失，常胜而不败，常贵而不贱。老子认为要把太甚的、过分的、极端的、奢侈的、多余的东西去掉，要朴素而自然。

家有薄田，勤俭节约，那样的小日子是踏实的。如果是良田千顷、穷奢极欲，那就不是"宝"，而可能是"祸"了。

"历览前贤国与家，成由勤俭败由奢。"这是唐代诗人李商隐对历史经验教训的概括。

"破棉袄"怎么成了宝，不少人不明白。可能北方农村比较冷，破棉袄白天外出可以当袄，晚上睡觉可以当被褥，一物多用，所以成"宝"了。棉袄非"宝"，宝在"破"字。可以从几个方面理解，穿新衣服比较拘谨，穿旧衣服比较随性；别看穿的破，腰里有硬货，破棉袄符合古代农村传统的财不外露的习惯。自己感觉穿着得劲，而且不招人不惹人，不易有祸事。这难道不是"宝"？

《史记》记载老子曾教导孔子说"良贾深藏若虚"，《道德经》中说"圣人被褐怀玉"。腰里有硬货的人其实是需要一件"破棉袄"的。

"破棉袄"和老子的"不敢为天下先"也有异曲同工之妙。

"敢为天下先"是一种创新尝试精神，是民族发展的动力，当然值得提倡。老子"不敢为天下先"不是"不愿"，而是"不敢"。提醒人们要"不自见""不自是""不自伐""不自矜"，要谦退、处下，不自以为是，要见素抱朴，少私寡欲。祸莫大于不知足，咎莫大于欲得，故知足之足，常足矣。

诸葛亮说："夫君子之行，静以修身，俭以养德，非淡泊无以明志，非宁静无以致远。"老子的"三宝"，古人的智慧，现在仍然有合理的成分，值得我们学习借鉴，传承弘扬。

庄稼地里的人生哲学

二十世纪末，曾流行这么一个故事：有两个老太太在天堂里相遇了，一个来自中国，一个来自美国。中国老太太说："我攒了一辈子钱，终于在临死前买了一套大房子，可刚搬进去，就上天堂了。"美国老太太说："我住了三十年的大房子，在上天堂以前终于还清了全部贷款。"

这个故事在报纸杂志、市场营销课堂上被反复提及，意在批判国人几千年形成的消费心理和消费习惯。但是，在中国，几千年的农耕文明积淀下来的消费心理是"量入而出"，如同"寅吃卯粮"是一个贬义词，"提前消费""借贷消费"更是"败家子"的代名词。根深蒂固的观念不是一朝一夕所能改变的。勤俭节约仍是中华民族珍视的美德。

农民都知道，庄稼的长成需要一个漫长的过程，揠苗助长是违背自然规律的。中国人最懂得"道法自然"，庄稼的春种夏耘秋收冬藏的生产方式决定了他们勤俭持家的人生哲学。

《道德经》第五十九章说:"治人事天,莫若啬。夫唯啬,是谓早服;早服谓之重积德;重积德则无不克;无不克则莫知其极;莫知其极,可以有国;有国之母,可以长久。是谓深根固柢,长生久视之道。""治人事天,莫若啬"这句话两千多年来有不同的解读和认识,产生分歧的关键是对"啬"这个词的理解。韩非子解为:"啬之者,爱其精神,啬其智识也。"著名哲学家任继愈说:"啬,吝啬,应当用的财物舍不得用。'啬'是老子思想中的重要概念,它有爱惜精神、积蓄力量的意义。"著名学者陈鼓应认为,"啬"当训为"爱惜精力"。

也有学者认为,"啬"通"穑",稼穑,即农事、农业生产。三国时魏晋玄学代表人物王弼注曰:"啬,农夫农人之治田,务去其殊类,归于齐一也。全其自然,不急其荒病,除其所以荒病。上承天命,下绥百姓,莫过于此。"王弼在这里讲得清清楚楚,"啬"就是"种庄稼"。

如此,"治人事天,莫若啬"这句话就可以理解为"治人事天"没有比节俭更好的办法了,或者说"治人事天"没有比种庄稼更重要的了。其实,"有而不用"的"啬"是农耕文明的产物,勤俭持家是庄稼地里的格言,二者是息息相关的。

对于中国而言,农业历来是立国之根本。从中原传统观念来看,种植五谷,几乎是农业生产的全部。民以食为天,在商品流通不发达的古代，国人尤其是农民解决吃饭问题主要靠自己种粮。农民比谁都明白，粮食生产有一个长期的过程，种庄稼是要早早准备的。就因为明白粮食生产的不容易，家有余粮心不慌，自然而然地就要"有而不用"，由此衍生出"成由勤俭败由奢"等等诸如此类的人生经验。

老子把"俭"当作"三宝"之一，他说："我有三宝，持而保之。一曰慈，二曰俭，三曰不敢为天下先。"

当代学者张松如在《老子说解》中解释说："啬"就是留有余地；留有余地，才能早为之备；早为之备，才能在事情即将发生之顷及时予以解决；在事物即将发生之顷及时予以解决，才能广有蓄积；广有蓄积，自然就战无不胜攻无不克；战无不胜攻无不克，自然就具有了无穷的力量。所以老子认为"是谓深根固柢，长生久视之道"。《韩非子·解老》中也说："柢固则生长，根深则视久。"

治理国家如同种庄稼，深根固柢，才能长治久安。其实作为个人的成长，也同庄稼生长是一个道理。"土、肥、水、种、密、保、管、工"，是中华人民共和国成立初期毛泽东主席制定的农业"八字宪法"。这八个字，当年大家都耳熟能详，现在则已经基本淡出了人们的视线。具体来说，"土"是指深耕、改良土壤、土壤普查和土地利用规划。"肥"是指增加肥料、合理施肥。"水"是指发展水利、合理用水。"种"是指培育、繁殖和推广良种。"密"是指合理密植。"保"是指植物保护、防治病虫害。"管"是指加强田间管理。"工"是指工具改革。

做到这八个字,农业生产可以得到保证;做到这八个字,人才能健康成长。"种"指的是优生优育,种子先天不足,后天付出再大的努力也未必有好效果。"土"指的是要有很好的家庭、社会生长环境。"肥""水"指的是要为成长提供好的营养和动力。"密"可以理解为在成长中要给予适当的竞争压力。"保""管"可以理解为对成长中不当行为的约束,庄稼要除草,心灵也要除草,以保邪念不生。"工"可以理解为给予科学的、先进的学习、工作方式和方法,工欲善其事,必先利其器。

庄稼地里产生的人生哲学体验性很强,但也有地域、视野的局限性,形成了国人内心深处的小农意识和匮乏感。一粥一饭,当思来之不易;半丝半缕,恒念物力维艰。勤俭节约是好的,但在物质相对丰富之后,内心的匮乏感则会对人的成长带来负面的心理影响。著名作家李佩甫曾说:内心的贫穷是万恶之源。

马斯洛需求层次论众人皆知,人类一个需求层次满足后会向更高层次追求,这是再自然不过的常识。到了自己孩子身上,有些人竟生出"越满足越沉溺越疯狂要求"的妄想,而且以此妄想为理论依据,时常跟孩子的需求较劲,看不得孩子顺畅开心。身穷穷一时,心穷穷三代。心穷之人一旦拥有权力便容易穷奢极欲，刘志军、成克杰等贪官都回忆说，出身穷苦是"思想走偏"的原因之一。

西方谚语说：三代才能培养出贵族。三代出贵族指的不是必须三代财富才够培养出贵族，而是内心的匮乏感，经常要三代以上才能转变。中国古人也说：仓廪实而知礼节，衣食足而知荣辱。西方社会教育人克服内心的匮乏感，中国社会教育人知礼节、知荣辱，目的是要培养贵族和绅士精神。培养贵族和绅士精神靠的不是物质的堆砌、消费的穷奢极欲。

再回头说说那个美国老太太和中国老太太。美国老太太的故事没有改变中国老太太，但改变了中国的年轻人。

在媒体和商家的轮番轰炸下，借贷消费正在成为一种时尚。人们看到有人还在攒钱买房时，就会不厌其烦地给他讲"美国老太太"的故事。并追问：你是愿意一辈子住着新房，还是到死虽然攒够钱买上新房了却没有时间住了？用明天的钱圆今天的梦，迅速成为时下年轻人群的一种生活理念。

借贷消费繁荣了房地产、汽车等消费品市场的同时，也带来了大量的房奴、车奴。沉重的生活压力使年轻一代过早地失去了梦想和创造力。不知何时，西方经济发展模式的严重缺陷、片面强调高消费和倡导提前消费的生活理念，造成了人与自然的对立和生态环境的危机。目前西方社会的一些有识之士已经认识到了问题的严重性，他们从老子思想中汲取营养，开始倡导简单生活的理念。

改革开放带来的物质丰富，消费观念转变的冲击，一度使中国社会奢靡之风泛滥。所谓奢靡，一般是指花费大量钱财和社会资源追求过分享受，即古人说的"暴殄天物""害虐烝民"。奢靡同正常消费和享受的区别在于，一是大大超越当时普通社会成员的生活水平，二是无度地挥霍社会财物而不能物尽其用。有些领导干部在得到比较优越的生活条件之后，放松对自己的约束，一味追求更豪华、更高档的享受。他们的享乐主义心态外化成实际行动，便是金表华服、珍馐佳酿、豪宅别墅、名车美人。官员接待上级的宴席不够高档，是"不给面子"；开会时不在五星级酒店，是"没有重视"；领导出行若不是警车开道，则是"不够隆重"。那些并不艳羡享乐、奢靡的官员亦被裹挟其中，只能老实遵守"潜规则"。久而久之，这种不正之风更是异化成一种"官场标准"，腐化干部队伍。

《道德经》第十二章说："五色令人目盲；五音令人耳聋；五味令人口爽；驰骋畋猎，令人心发狂；难得之货，令人行妨。是以圣人为腹不为目，故去彼取此。"意思是，缤纷的色彩，使人眼花缭乱；嘈杂的音调，使人听觉失灵；丰盛的食物，使人食不知味；纵情狩猎，使人心情放荡发狂；稀有的物品，使人行为不轨。"甘其食，美其服，安其居，乐其俗。"吃嘛嘛香，穿啥啥舒服，圣人但求吃饱穿暖而不追逐声色之娱，所以摒弃物欲的诱惑而保持安定知足的生活方式。

奢靡之风的危害是显而易见的,中共中央适时地提出了反对形式主义、官僚主义、享乐主义和奢靡之风等"四风",已经起到了一定的效果,但还没有彻底地转变享乐主义观念。

反对享乐主义、奢靡之风,并不是苛求大家勒紧腰带过苦日子,而是"当用则用,当省则省"。这句话是犹太人的格言,也和中国人勤俭节约的理念相通。花钱人人都会,但如何少花钱多办事,就成了一个可以深究的话题。学会花钱并养成"当用则用,当省则省"的好习惯,积累财富、实现个人梦想就指日可待了。

"治人事天,莫若啬"是老子《道德经》的重要命题。老子认为,只有以"啬"这一理念去修身治人和敬畏自然,才能符合"长生久视之道",从而达到天人和谐的人生境界。根据"治人事天,莫若啬"的生态环保思想,在现代社会中,应大力提倡与宣传"崇尚简单生活"的理念。"崇尚简单生活"是人的一种美德,是一种新的环保理念,也是人类追求的一种绿色生活方式,更是一种幸福快乐的人生境界。

拉风箱的学问

小时候在老家农村的麦场上看过一场电影,是湖南现代花鼓戏《打铜锣·补锅》,说的是女青年刘兰英,找了个补锅匠李小聪做对象,刘大娘却认为补锅是"屋檐脚下蹲,一脸墨黑尽灰尘"的职业,没有出息。刘兰英和男友商定计策,趁刘大娘需要补锅的机会,对她进行启发和教育,最后刘大娘终于明白"革命工作是整体的,七十二行都重要",欣然接受李小聪做女婿。

在电影中扮演女青年刘兰英的演员是后来成为著名歌唱家的李谷一。在电影中,补锅匠和刘兰英有这么一段对唱:"手拉风箱呼呼响,火炉烧得红旺旺……我把风箱拉(女),我把锅来补(男)。拉呀拉呀(女),补呀补呀(男)……"

一段精彩的表演把农村司空见惯的烧锅场面演绎得春意融融,也让看电影的半大小子们心跳不已。

当年的农村谁家没有风箱,哪个孩子不是伴随着风箱的呱嗒声在烟熏火燎中长大的?烧地锅,风箱是"标配"。做饭的时间一到,家家户户都会传出风箱"呱嗒呱嗒"的声音。那动听的风箱声和袅袅升起的炊烟,诠释着乡村的生活。

风箱一般放在锅灶的左边,一个长方形的木箱子,长不足一米,宽不过两尺,而且不刷油漆,经年累月使用后灰扑扑的,一身的沧桑。风箱的结构简单,当时的乡村木匠大多会做,当然,好使不好使还得看木匠的手艺。木匠一般用材质较轻的桐木板打造一个长方形的箱体,用硬木制作内部的活塞板与拉杆,拉杆外置手柄。箱体前后各有一个气口,称为风箱"嘴子",覆盖气口的活动木片则称为风箱"舌头"。箱体右侧有个出风口,出风口与灶膛连接。通过手拉方式压缩箱体内的空气,空气通过出风口进入灶膛,起到助燃作用。

因为锅灶的不同,风箱的大小也不同。铁匠铺、榨油坊内有很大的风箱,力气小的竟然拉不动,而爆玉米花用的风箱一般都比较小巧,便于携带。不管大小,原理是一致的,都是利用活塞压缩空气。一推一拉,前后气口一闭一合,叶片呱嗒呱嗒响,锅灶内的火借助风势也就旺起来了。

风箱可以鼓风助燃,但如果拉得不到位或不是时候,往往会适得其反。小时候拉风箱不懂得"顺着劲儿",没少挨父母的训。火苗还小时猛拉风箱,风可能会把火苗吹灭;火苗大时猛拉则火头蹿出灶门,不仅浪费柴火而且容易燎着头发,弄得灰头土脸。拉风箱用的是巧劲儿,长拉短放、快拉慢推才能使火苗匀称而又不吃力、不费柴。同时,要根据所做饭菜的不同,变化拉风箱的快慢和力度。炒菜需要急火,风箱就要快拉,这样炒出来的菜才会色香味俱全。熬饭或煮粥,开锅之前要用急火,开锅之后需文火慢熬,否则锅里的饭或粥就会煳底。能把简单的风箱拉得得心应手,也不是一两天的功夫。

后来长大离开了农村,拉风箱的机会少了,却从有关书籍中得知,"风箱"在中国源远流长。

农村常见的那种拉杆活塞式风箱大概在宋代已经开始出现。据英国李约瑟博士考证,一本十三世纪的书——《演禽斗数三世相书》中有拉杆活塞式风箱的最早图画,这种风箱轻便省力而且功效高,很快便得到普及和发展。

风箱的前身是"橐籥"。橐是以牛皮制成的风袋;籥,原指吹口管乐器,这里指橐的送风管。橐、籥连在一起就是早期的鼓风设备。汉代典籍中论及橐籥者甚众,山东滕州出土的汉代冶铁画像石中就有橐的画面。汉代冶铁技术大发展,是与橐的动力改进密切相关的。

最早橐籥记录的,还应该说是两千多年前笔者的豫东老乡李耳,而且他记录的还是天地间最大的一个"风箱"。老子《道德经》第五章:"天地不仁,以万物为刍狗;圣人不仁,以百姓为刍狗。天地之间,其犹橐籥乎?虚而不屈,动而愈出。多言数穷,不如守中。"这段话大意是这样的:天地是无所谓仁慈的,它没有仁爱,对待万事万物就像对待刍狗一样,任凭万物自生自灭。圣人也是没有仁爱的,也同样像对待刍狗那样对待百姓,任凭人们自作自息。天地之间,岂不像个风箱一样吗?它空虚而不枯竭,越鼓动风就越多,生生不息。政令繁多反而更加使人困惑,更行不通,不如保持虚静。

老子用这个形象的比喻论述的仍然是其"无为而治"的政治理想,作为圣人——理想的统治者,应当遵循自然规律,采取无为之治,让老百姓自作自息、繁衍生存,而不会采取干预的态度和措施。天地本属自然,社会要顺乎自然,保持虚静。

老子的这段话历代争议很大,清代的王夫之就提出:"老氏以天地如橐籥,动而生风,是虚能于无生有,变幻无穷;而气不鼓动则无是有限矣。然则孰鼓其橐籥令生气乎?"王夫之提出了一个很有趣的问题:谁来鼓动天地这个风箱呢?天地自然是个大风箱,自有其内在的运动规律,阴阳调和,万物生生不息,非人力所能强为。大到国家社会、小到家庭个人,都可视作一个风箱,都不能猛拉硬推,都需要顺势而为。

风箱为什么会有风?因为风箱内是虚的,是空的。风箱为什么会鼓风?因为有活塞板的运动。作为个人修身养性来说,要想把个人这个"风箱"运转良好,也要保持"虚"和有规律的"动"。

谦虚和善良是两种美好的品德,谦虚使人进步,骄傲使人落后。如果说谦虚还含有某种礼仪的成分、表演的性质,那么

"虚心"则是进步的基石。老子说:"知其荣,守其辱,为天下谷。"虽深知什么是荣耀,却安于卑辱,甘作天下的川谷,知盈守虚。人就像一台电脑,如果内存占满了,你就再也存不下新东西,一开机,必死机。"虚"的目的在于保持旺盛的生命力,即"不屈"。有虚还得动,动则愈出,但"动"也要反对躁动,躁动则"火"灭。

"多言数穷",就像鼓风的速度和风箱的效果那样,速度太快反而起不到预期的效果。"不如守中",既要发挥风箱的作用,又要始终把握火候,当武则武,当文则文,"无过而无不及",以"不屈"、不"出"、不"穷"为度。个人这台"电脑",该存要存,该删也要删,才能"没身不殆"。

记得曾有老人说:过日子就像风箱的一呼一吸。急了不成,容易憋气,胸闷气短。太慢了也不行,气若游丝,上气不接下气。只能稳扎稳打,一抽一拉,身心通泰了,日子就会红红火火。

简是一种境界

真传一句话,假传万卷书。这是在武术界流传很广很久的一句话。这句话不仅适用于武术的传承,也适用于很多其他的技术门类。用民间的话说,真相就是一层窗户纸,一捅就破。用古代哲学家老子的话说则是:大道至简。而西方哲学家用"剃刀原理"来概括:在同一表象下,比较简单的那个理论更可能是正确的。

十四世纪,英国逻辑学家威廉曾经提出过一个很有名的原理,原理的内容大概可以翻译成"如无必要,勿增实体",也就是"简单有效原理"。因为他是英国奥卡姆人,所以这个原理也被称为"奥卡姆剃刀原理"。这个原理的核心思想,与老子在《道德经》第四十一章中说的"大音希声,大象无形"有异曲同工之妙,都指出了一个道理:大道至简。

十九世纪,当人们还只能从经典数学和力学的框架角度去理解电磁场理论的时候，麦克斯韦已经突破了经典物理和经典数学的框架，提出了著名的麦克斯韦方程组。因为这个方程组太过超前，在当时并不能被实验证明，但许多人却一直坚信他是对的，原因就在于这个方程组的简洁优美。它太简单明了了，让人不忍怀疑它有错误。

　　数学家和物理学家在进行学术研究的时候，常常会追求一种极致的简单。他们相信，只有用最简单的语言来阐明一个也许很复杂的道理，这才是真正的成功。所以无数学者穷其一生都在为复杂世界找到一个简单的规律。像爱因斯坦一样，许许多多的科学家都在努力探索完成统一场论，希望用一套规律来将强力、弱力、万有引力、电磁力统一起来，将大千世界的种种现象用一种理论一套公式来解释。当然这是科学家们的一个梦想，也是他们追求的一个极致。

　　奥卡姆剃刀原理除在哲学和科学领域的应用之外，还在企业管理上有很大的作用。在企业决策时，应该尽量把复杂的事情简单化，剔除干扰，抓住主要矛盾，解决最根本的问题，才能让企业保持正确的方向。对于现代企业而言，信息爆炸式的增长，使得主导企业发展的因素盘根错节，要做到化复杂为简单就更加不易。奥卡姆剃刀原理所倡导的简单化管理，并不是把众多相关因素粗暴地剔除，而是要穿过复杂走向简单。通过奥卡姆剃刀原理将企业最关键的脉络明晰化、简单化，加强核心竞争力。太多的部门、过多的人员会造成服务范围的重复、信息交流的不便，这会导致互相推诿责任。重复的事情做了很多，反而使工作效率低下，事倍功半。

爱因斯坦曾经说过一句话，万事万物都应尽可能简洁，而不是过于简单。我们说大道至简，并不是说做什么都怎么省事怎么来，而是在处理事情的时候抓住事物的本质核心，不要人为地增加做一件事的难度，这样才能真正做好这件事。

我们的唐诗宋词元曲，为什么那么吸引人？就是因为它们通过寥寥数语，便为我们勾画出一幅美景，传达出一种甚至几种复杂的情感。上学的时候我们都做过扩写古诗的练习，如果用白话文将古诗的意境表现出来，我们需要用比原作多得多的词句，去描绘，去渲染，即便这样还不一定能将那种感觉完完全全真真切切地表现出来。而那些传统的诗词，短的十几个字，多的也就百十个字，便可将自己想要说甚至难以说的，向读者传达得淋漓尽致。

同样的还有中国传统的水墨画，尤其以文人画为代表，简简单单的几笔，便将事物的神态生动形象地描摹了出来，同时也彰显了自己的思想和情趣，还可以给观画者留下想象的空间，给人一种意犹未尽的感觉。丰子恺的漫画也是这样，往往几笔就勾勒出生动的形象，同时又反映了劳动人民的疾苦，表达了作者对他们的同情。

擅长厨艺的人都知道，要做出真正味道好的饭菜，并不需要那么多的调料，而激发出食材本身的鲜味儿才是最好的。所以我们看那些真正的大厨，他们并不会用大量调料，但他们做出的食物，往往简单到不可思议，却又美味到不可思议。大家都知道周星驰电影《食神》里的那碗"黯然销魂饭"，名字很诗意，佐料很普通，白米饭、炒蛋、叉烧肉和洋葱。但这碗饭却让苛刻的评委薛家燕吃得是感天动地，荡气回肠，百般滋味齐上心头，宛若初恋再现，最后，还不由自主地流下了眼泪。人世间最美味的无过于妈妈的一碗白米饭，这又是一种至简的道理。

大道至简也可以是一种生活态度。著名的美籍华裔数学家陈省身先生有一个很有趣的"数学人生法则"，说数学的一个重要作用就是九九归一，化繁为简。在人生的过程中，往往越是单纯专一的人，就越是容易在某一方面取得成功；而那些想法很多，在许多方面都行，都一试身手的人，则往往终其一生而无所作为。大道至简，健康的人生一定是一个去繁就简的人生，人要学会做生活的减法。

央视纪录片《舌尖上的中国（第二季）》结束语中有一句话说得很好："广厦千间，夜眠仅需六尺；家财万贯，日食不过三餐。"至简其实就是一种知足的态度。并不是说我们一定要过得清贫，像苦行僧一样，而是说我们可以不必去奢求攀比那么多。房子不一定大，自己住着舒服就行；衣服不必名贵，穿着舒心就行；吃的不一定要山珍海味，自己喜欢就好。沃伦·巴菲特那么有钱，依然住在多年前买的小房子里，西服是旧的，钱包是旧的，汽车也是旧的。他是一个富豪，却没有被钱财困扰，过着一种简单但他自己觉得舒适的生活。宋代大文豪苏东坡倡导君子寓意于物、不可留意于物，寓意于物是欣赏，留意于物是占有，表达的也是这样一种超然物外、得大自在的人生态度。

近年，面对社会的一些奢靡之风，《人民日报》等官方媒体多次发文，倡导极简主义生活方式，这是对自身的再认识，对自由的再定义。深入分析自己，首先了解什么对自己最重要，然后用有限的时间和精力，专注地追求，从而获得最大幸福。

有与无的和谐

有与无本来是两个日常用语，老子使它们成为中国哲学的一对重要范畴。"有"指具体存在的事物，亦称实有；"无"指无形无象的虚无。

老子在《道德经》中多次提到"有"和"无"这两个概念。比如第一章的"无，名天地之始；有，名万物之母"，第二章的"有无相生"，第十一章的"有之以为利，无之以为用"……太多太多耳熟能详的句子与"有""无"相关。

有人钻牛角尖，试图证明老子《道德经》的不严密不科学，他会举出这样的例子：老子在《道德经》第二章中说"有无相生"，又在第四十章中说"天下万物生于有，有生于无"。这不是前后矛盾吗？

当然不是。

首先来看第二句，"天下万物生于有"我们好理解，毕竟万事万物都是从已经存在于这个世界上的某种东西发展变化出来的,所以万物生于"有",要先有一个物质基础。那"有生于无"怎么解释呢?难道忘了唯物主义说的"物质是本原"了吗?

举一本科普读物上的例子。假如有一杯水,你把它全喝了下去,我说你其实什么也没有喝,你信吗?一般人往往是不信的。我明明喝下去了一杯水,怎么是什么也没有喝呢?有物理化学常识的人都知道,水是由水分子构成的,水分子是由氢原子和氧原子构成的。但是在原子中,大部分地方是空的,只有一个小小的原子核和周围飞速运动的电子。所以你也许会说,就算把这些空的都挤掉,我至少喝了那么多原子核和电子。原子核和电子当然也是由其他东西构成的,往下分到最小的一个级别,我们叫它"基本粒子"。而基本粒子,最神奇的就是,它是六维空间在三维空间中的蜷缩。我们所处的是三维空间,基本粒子是六维空间,也就是说,构成事物的最基本单位——基本粒子与我们所处的三维空间都是空间。所以你以为自己喝下去的是水,其实你喝下去的是空间本身。

我们所看到的、摸到的,甚至我们自己本身,都是空间,而空间又是看不见摸不到的,于是可以理解成"无"。所以,老子说"有生于无"不仅不能说不科学,相反还得到了现代科学的认证,甚至比现代科学早两千年就已经得出了这样的认识。

接着说第一句,"有无相生",这句话要结合上下文全章来看。后面说"难易相成,长短相形,高下相盈,音声相和,前后相随"，跟前面的"有无相生"一起，是为了让我们学会用辩证的方法看问题。

难易、高低、长短、前后这样的形容词并没有准确的定义，什么叫长？一根一米长的木棍如果跟一厘米的木棍相比就是长，但如果跟一千米的长度来比就是短，跟一光年的距离来比甚至都可以忽略不计。同理，什么叫难？我们总说会者不难，难者不会。同样一场考试，会做的学生就会觉得容易，没思路的同学自然会觉得难。这些东西都是在比较中产生并仅存在于比较中的，所以我们不能将它们从自己的对立面分隔开来单独分析。我们说长的时候，就已经潜在地让它与短相比，说好的时候就是默认地将其与不好相比……所以我们才需要学会辩证地看问题。

如何辩证地看问题呢？辩证法要求我们看问题要全面，而全面地看问题，就需要我们跳出问题，从整体着眼。"不识庐山真面目，只缘身在此山中。"我们不仅要看到眼前，看到个人，还应该看到集体，看到长远，看到潜在的内涵。在生活中做一个决定，就要仔细考虑这个决定可能会带来的后果、造成的影响。当然如果一味地患得患失，那也做不成事，这里只是说要经过深思熟虑，不要轻举妄动。

辩证法同时也要求我们用发展的眼光看问题。关于辩证，也许塞翁失马的故事我们已经烂熟于心。塞翁家里有一匹马，有一天马走丢了，亲戚邻居们都来安慰塞翁，塞翁却说："马丢了不一定是一件坏事。"过了几天，塞翁家里的马自己回来了，并且还带回了一匹品种优良的马。这次大家纷纷恭喜塞翁，塞翁却叹了口气："这不一定是件好事啊。"又过了几天，塞翁唯一的儿子在骑那匹良马时不小心从马上摔了下去，把腿给摔断了。大家又跑来安慰塞翁。塞翁摆摆手说："这不一定是一件坏事。"众人都很不解。过了一段时间后，朝廷征兵，村子里的青壮年都被迫入伍，在战场上死去的士兵十有八九，塞翁的儿子因为腿摔断了未被征召而幸免于难，逃过一劫。

为什么众人认为是"福"时塞翁认为是"祸"，众人认为是"祸"时塞翁反而认为是"福"呢？因为塞翁是用发展的眼光看问题，马走丢了也许不是坏事，马带了另一匹马回来也许不是好事，儿子骑马摔断了腿也许不是坏事……用发展的眼光看问题，面对坏事时能积极正面地去应对，遇到好事时不至于被喜悦冲昏头脑。如果凡事能先想一步，能早做一步的准备，事情真正发生时我们就会更理智，更从容，更有底气。

《道德经》第十一章说："三十辐共一毂，当其无，有车之用。""故有之以为利，无之以为用。"认为"有"所以能为利，是由于有"无"。很多时候，"有"没有用，"无"才有用。

《道德经》第十一章说："埏埴以为器，当其无，有器之用。"杯子若是注满水，就容不下其他东西，它就只是一杯水之利。若把水倒掉，看上去是空的，但它可以用来盛很多其他的东西。

有一句俗语叫不能躺在过去的功劳簿上睡大觉，就是要求你将自己重视的很多东西以及曾经辉煌的过去从心里彻底清空。因为装满水的杯子已经不能容纳新的东西了，只有将其倒空，才能容纳新鲜的事物和思想，才能取得更大的成功。"满招损，谦受益"是古人留给我们的人生箴言。

近年来，在成功学等实用主义风潮影响下，新的"读书无用论"沉渣泛起。在学校里，考什么学什么，课外阅读被视为不务正业。而在社会上，"无用之书"被舍弃，取而代之的是所谓学业上、商业上、官场上的有用之书。这种现象，已经引起了有识之士的深深忧虑。

著名学者周国平也认为，读"有用"的书固然可以获得立足于社会的职业技能，但"无用"的书也并非真的无用，那是一个人精神生长的领域。或许有时候你会有"百无一用是书生"的感慨，但是文化本身的意义就在于"文而化之"。经过长期的知识积累，用心读书的你最终会感受到读书的大用。

有与无，看似完全对立，其实是相生相映的。没有"有"就没有"无"，同时没有"无"也不会有"有"。有和无结合在一起，协调运转，才构成了这个和谐的世界。

关于国学热的思考

在知识经济、信息经济时代，让中小学生头戴方巾、身着长袍、满口"之乎者也"地读经诵经，不管主观愿望有多么美好善良，都是一件让人感到别扭滑稽的事情。但这种价值判断并不影响我高度赞同青少年学生应加强学习优秀的国学经典。

不过，这种赞同有两个先决条件要满足：其一，从内容上说，阅读国学经典不是仅读传统意义上的"经"，而是包括"经"在内的一切优秀经典。否则，就会在四书五经的狭隘圈子中走向教条与僵化，就像历史上科举的八股化一样，结果是糟蹋了经典中充满活力生命力的宝贵思想资源。由中华孔子学会审定、中州古籍出版社推出的《国学经典少儿读本》就是一套选材广泛又比较有代表性的传统文化优秀读本。其二，从学习方式上说，诵读国学经典应作为现代教育的有益补充而不是主体，个别人对国学的热爱不能作为对中小学生的统一要求。也就是说，国学学习是充分条件而非必要条件，必要条件仍然是现代教育所要求的基本知识。国学学不好会影响到学生的综合素质和人格修养等方面,当然是一种遗憾;但倘若不能掌握现代教育所要求的基本知识和技能,则会失去基本的文化素养和生存能力,那就不仅是大遗憾而且是大悲剧了。真理超越半步便会成谬误,我们对此不能不有所警惕。

如上的判断和分析首先建立在这样的认知之上:国学中的优秀经典,今天依然有着强大的生命力,完全可以转化为极其宝贵的精神情感和思想智慧资源,深入当代人的生命历程,参与当代人的生命建构。人文科学不同于自然科学。自然科学特别是其中的技术部分,确实是一代胜一代后浪推前浪的,前代的科学只能作为"史"而存在。比如张衡的地动仪不管当时有多么先进,今天都只能放在博物馆供人瞻仰、写进科技史让人追思,更不用说当代手机、电脑等高科技新产品对原产品的快速替代了。人文科学的精华则是超时空的,并不存在着必然的替代关系。在精神情感领域,人同此心、心同此理的现象比比皆是,并不因古今而异。我们今天读李白读苏轼读曹雪芹,每有"怅望千秋一洒泪"之叹,道理就在于此。国学中的优秀经典,在净化当代人的心灵、丰富当代人的情感、健全当代人的人格、提升当代人的修养等方面,都彰显出特殊的价值与意义。

作为一个曾经多年从事传统文化和古典文学研究的文化学者,对国学经典的认知与判断,当然也有一份个人的阅读体验在。二十世纪的七十年代中期,我在豫东一所偏僻的乡间中学读书。那时候文化之"命"已经被"革"殆尽,除了干巴巴的教科书外几乎完全无书可读。以摘帽右派身份教语文课的阎老师看我确实喜欢读书,在一个秋夜的晚自习后把我叫到住处,郑重地把他珍藏多年的一本民国版的《唐诗三百首》送给了我,嘱我认真研读。我永远难以忘记初读此书带给我的巨大震撼,李白杜甫王维白居易们完全征服了我的精神世界。有了这本书,无聊的岁月不再无聊,枯燥的学习不再枯燥。等高中毕业时,这三百首唐诗我已经烂熟于心。不久适逢恢复高考制度,我在几乎没有系统学过数理化的情况下走进考场,与十届学生同场竞争。能够顺利考入河南大学中文系,此书带给我的文学素养和写作水平发挥了至关重要的作用。后来,我又读了唐宋文学专业的研究生,又在社科院文学所从事专业研究,包括后来从事新闻出版和文艺评论工作,能够多少取得一些成绩,都与从国学经典中汲取的思想智慧养分密不可分。人生不能假设,但我有时忍不住会想:如果没有阎老师那本《唐诗三百首》,我的人生轨迹将会发生怎样的变化?!

我的第一本书

我读过的第一本书迄今尚不知道书名为何。二十世纪七十年代初,我在不读书也无书读的荒唐岁月里稀里糊涂地读到了小学四年级。那时候的小学语文课本可不像现在这样生动有趣,呆板枯燥得一如当时人们的衣着和大批判文章,我翻来覆去地看过几遍后就再也没兴趣了。在我们那个贫穷僻远的乡村小学,又根本没什么课外读物,作为知识象征的老师也不过比我们多一本小小的《新华字典》而已。于是剩下的便只有精神的干渴与荒芜。

一个"知了在声声地叫着夏天"的闷热的星期天中午,百无聊赖的我在母亲的针线筐里发现了一本夹鞋样(意谓做鞋的式样,也即图纸)的既无封面又无封底的残缺不全的书,就不经意地看了起来。没想到只读了半页我就被深深地吸引住了,忘记了闷热,忘记了饥渴,忘记了蚊子的叮咬,也忘记了时间的流走，任凭母亲怎样催促甚至呵斥也不去吃晚饭，直到在如豆的柴油灯（当时用煤油是很奢侈的事，只有过年过节或有大事时才用）下把书读完才赶紧跑到院子里去小便。

这是我第一次体味到书的魔力。那种灵魂的舒泰，那份精神的愉悦，用著名文化学者余秋雨的诗化语言来形容，恰如闷热的夏夜刮来了一阵凉爽的清风，恰如迷途于沙漠的干渴者看到了一泓亮晶晶的清泉，恰如月上柳梢头后焦急的约会者终于看到了情人姗姗来迟的身影，恰如在田间小憩的农人不经意间做了一个丰收的美梦，恰如走失了的孩子又觅到了母亲温暖的怀抱。甚至可以说，这一切还不足以形容那种幸福，还不足以传达那种体味。那本书给我的印象太深刻了，影响太深远了，以至于四十年后的今天我还能清晰地记得书中的情节：一个英俊青年不辞劳苦地到很远的地方去觅一只金凤凰，只要能把凤凰带到家便可得到美丽的爱情。他每次带着凤凰踏上归途，凤凰都要给他讲一个故事，以打破旅途的寂寞单调。但规定他不许问话，否则凤凰便要飞回原地。凤凰讲的故事实在太精彩、太牵人心扉了，每次讲到关键处青年都忍不住问话。于是凤凰飞走，一切重来。如此周而复始，前后六次。我为凤凰故事中人物的悲欢离合动情，也为青年的不能自已叹息。遗憾的是，当历尽千辛万苦的青年终于抵挡住了问话的诱惑，马上就可获得美丽爱情的时候，后边的书页没有了。我只能在想象中分享他的快乐。

我拥有的第一本藏书是开明书店版的淡灰色的小三十二

开《唐诗三百首》。七十年代中期,正在读高中的我没有在课堂上学到多少东西,那时候几乎不开什么正经的课程,倒是因隔三岔五地要给墙报黑板报写所谓"批林批孔""反击右倾翻案风"的文章,多少提高了点写作能力,起码可以写得文从字顺、段落分明。八股式的文章写腻了,便尝试着写押韵体。人常说艺高人胆大,殊不知无知者胆更大。从未受过任何近体诗训练、对律诗规则一窍不通的我,居然敢在自以为押韵的八句七字一行的东西上堂而皇之地写上"七律",并堂而皇之地登在墙报上,看到有些同学一脸虔诚地往笔记本上抄录还有些小得意,现在回想起来还觉汗颜。当时同学们的水平都低得可怜,不少人连篇通顺的日记都写不出来,实际水平还不及现在的初一学生。山中无虎猴子大,我那不成体统的"七律"在我们那所乡村高中居然能够引起轰动,我也因此引起了语文老师阎老师的注意。阎老师中华人民共和国成立初期毕业于一所著名大学的中文系,留校执教多年,潜心治学,对唐诗用力尤多,造诣颇深;近体诗写得很有韵味,诗风学李商隐,年纪轻轻已颇负诗名。后来不幸被打成右派,遣回故籍劳动改造。七十年代初乡(当时叫公社)办高中,我们那里实在找不到老师,就让他当了语文老师。他是全校为数不多的拥有正规大学本科文凭的老师,其他多数都是"文革"前的高中毕业生。多年的改造生涯使他饱尝艰辛,平时举止言谈都很谨慎,自然不会再写李商隐式的清丽诗章,但与生俱来的诗性诗情并未湮灭。一天晚上,他把我叫到他那间狭小的住室,给我讲了一个多小时的近体诗常识,又郑重地把他珍藏多年、十分心爱的《唐诗三百首》送给我,嘱我认真研读,熟背熟记,将来有了较多的人生阅历和文学积累再自己写。

我有了生平第一本属于自己的藏书(课本是不能算藏书的),心情的激动可想而知。但更激动的还是读诗之时。夜深人静,我独自在空荡荡的教室里读李白,读王维,读杜甫,读白居易,读李商隐,尽情领略中国文学史上最卓越的一代诗人的吟哦。"床前明月光","花间一壶酒","相见时难别亦难",等等,每一首都让我如醉如痴,每一句都让我顶礼膜拜。我那时不懂任何诗学理论,不知道什么叫情景交融、意境高远,不懂得什么是迁想妙得、空灵飞动,只是凭直觉知道这些诗美极了,美不胜收;只知道我写的那些有韵的句子不是诗,这才是诗。

有了这本薄薄的《唐诗三百首》,我原本单调的生活变得丰富了,原本狭小的生活空间变得阔大了。当然,原本比天大的"诗胆"也萎缩了——我从此不再写诗。直到研究了多年唐宋诗词、熟练地掌握了平仄对仗等基本技巧之后的今天,我仍很少写。高山仰止,有《唐诗三百首》在,我不敢写诗,也不配写诗。现在,我的藏书已逾万册,装帧、印刷更漂亮的各种版本的《唐诗三百首》也有近十种,但我最看重、最珍惜、最不舍得示人借人的,还是那本阎老师送我的普普通通的《唐诗三百首》。

灵魂之水

酒是有灵魂的水。

在对酒的诸多描述中，香港一位散文家的这句名言在我看来是最谙酒之魂、最得酒之韵的。

水是物质的，灵魂是精神的。没有注入灵魂的水只是一般的物质，注入了灵魂的水就成了兼具物质与精神双重特性并以精神为主的特殊物质——酒。

从物质的角度来看，酒对人的健康特别是生理健康虽有助益但损害更多。《养生要集》说："酒者，能益人，亦能损人。"日本学者吉田兼好也说："酒是百药之王，也更是百病之根。"

但人的生活不仅有物质更有精神，人的健康不仅有生理更有心理。且不说没有心理健康的生理健康有多大的可能性，即使有这样的健康又有多少生命的意义呢？有精神需求会独立思考毕竟是人之为人的本质所在。从心理、精神的角度来看，酒的作用就要健康得多也丰富得多。我们所说的酒文化，主要指的就是酒的这种心理、精神、审美价值，就是这种灵魂意义。

以此观照，我们会发现酒的历史是那样漫长，以至于打开五千年中华文明史的第一页就能嗅到它的芬芳；酒的作用是那样广泛，以至于放眼现实生活的方方面面都能感觉到它的存在。它是欢乐者的良友，更是悲伤者的知己；它让得意者放达，更让失意者超脱；它给灰色的生活添彩，更给苦涩的人生增趣；它给寂寞者以安慰，更给孤独者以温暖；它给凡夫俗子以现实的欢愉，更给骚人墨客以浪漫的超脱；它给英雄以展示本色的媒介，更给谋士以运筹帷幄的平台……

让我们通过古典诗词对此略加印证。诗人们愁绪满怀时要饮酒："何以解忧，唯有杜康。"感慨人生有限时要饮酒："对酒当歌，人生几何。譬如朝露，去日无多。"伤春时要饮酒："花繁柳暗九门深，对酒悲歌泪满襟。数日莺花皆落羽，一回春至一伤心。"悲秋时要饮酒："西风落叶共萧飕，百感中来不自由。……一曲清歌一杯酒，为君洗尽万古愁。"送别朋友时要饮酒："劝酒更尽一杯酒，西出阳关无故人。"思念家乡时要饮酒："黯乡魂，追旅思，夜夜除非、好梦留人睡。明月高楼休独倚，酒入愁肠，化作相思泪。"蔑视权要时要饮酒："李白斗酒诗百篇，长安市上酒家眠。天子呼来不上船，自称臣是酒中仙。"忧国忧民时要饮酒："浊酒不销忧国泪，救时应仗出群才。"怀才不遇时要饮酒："醉里挑灯看剑,梦回吹角连营……可怜白发生。"愤世嫉俗时要饮酒："钟鼓馔玉不足贵,但愿长醉不愿醒。古来圣贤皆寂寞,唯有饮者留其名。"孤独寂寞时要饮酒："寻寻觅觅、冷冷清清、凄凄惨惨戚戚……三杯两盏淡酒,怎敌它、晚来风急。"甚至因恋爱不得自由、无法与心上人欢聚而苦闷时也要饮酒："几日寂寥伤酒后,一番萧索禁烟中。鱼书欲寄何由达,水远山长处处同。"愁与酒,几乎成了如影随形的忠诚朋友,须臾莫离的亲密伴侣。这才叫"宽心应是酒,遣兴莫过诗",这才叫"哀怨起骚人",无怪乎古人曾经不无夸张地说"听说诗人都解饮"了。

证之以中国古代的戏曲、小说、散文、书法、绘画、音乐等艺术门类,酒对人的心理、精神、情感、审美、灵魂的作用同样丰富多彩。

如同一切事物都有两面性一样,即便从精神文化的意义上来理解,酒的作用与功能也需要辩证全面的分析,不可因"一曲新词酒一杯"的曼妙诗(词)情而忽略了它的负价值负效应。还是现代诗人艾青理解得准确全面:

  她是可爱的

  具有火的性格

  水的外形

她是欢乐的精灵
哪儿有喜庆
就有她光临

她真是会逗
能让你说真话
掏出你的心

她会使你
忘掉痛苦
喜气盈盈

喝吧，为了胜利
喝吧，为了友谊
喝吧，为了爱情

你可要当心
在你高兴的时候
她会偷走你的理性

不要以为她是水
能扑灭你的烦忧

她是倒在火上的油

会使聪明的更聪明
会使愚蠢的更愚蠢

激情彦英

郑君彦英,生于关中;弱冠之年,投笔从戎。翱翔蓝天数载,文名胜于武名。转业到中原四十余载,弃武从文,职业数变,身份数换,不变者二:曰文章,曰激情。

郑君文章,中原驰名,海内有声,自无须我饶舌。郑君激情,秦人之风。相识十数载耳闻目睹,稍有体会,略为申说。

秦腔以高亢嘹亮见称,彦英君寓居中原四十载,早把郑州当故乡,但嗓门一亮便尽显秦腔风采,中气十足,声震瓦砾。听闻彦英大会讲话一般不需音响,纵三五百乃至千人,后排犹觉震耳,麦克风常被震得嗡嗡作响,反不及自带胸腔效果。即使三五友朋晤谈,甚至只是二人对坐,彦英也是高声大嗓,百米之外,即可听闻。朋友戏言,慎与彦英耳语,耳语即直播也。

豪爽之士必好友好酒,彦英亦然。彦英朋友众多,酒场自然也多。他好酒但不善酒，三两高度白酒便已微醺，再饮几盏即至"我醉欲眠卿且去"之境，坐着低头便睡，不歪不倒，还能打鼾，也是一绝。此时往往热菜刚上，故曰：彦英客好待，从不吃热菜。

彦英不谙捭战，但勇气过人，来者不拒，任凭对方千般计算，他只兀自从一开始依次到五，倘不分胜负重新轮回。如此初级水平，自是胜少负多。但他屡败屡战，并不以胜负为意，即使满盘皆墨，依然声若洪钟，有天风海雨逼人之势，远远闻之还以为他"横扫千家如卷席"呢。技术虽差，但他绝对激情投入，开战时往往双目圆睁，直视对方眼睛而非手指，身体前倾，边喊边往前移，一幅英雄打擂决战生死之态。若非水平太差，不及两三回合便已败下阵来，真能把对方逼落座下。

数年前冬日第一场雪，一班好友依例雅聚。东风渠畔如意坊，室内火锅汤沸，室外瑞雪飘洒，好友喝到兴酣，个个背诵古人咏雪诗词斗酒助兴。彦英不擅此道，早早退出战阵，拿起毛巾立在窗前，不停擦拭玻璃蒸雾，一幅纯真书童模样，众人好不开心。我曾写词记胜，依稀记得上半首是："忆昔东风渠畔饮，座中多是文英。瑞雪飘洒悄无声。诗酒正酣处，竹炉点点红。"

激情者精力充沛，往往多才多艺，兴趣广泛，好奇心强，尚新求变。彦英本是作家，二十世纪八十年代即已成名，小说长、中、短兼擅，后客串影视剧本也成就斐然，广受好评。及

随笔篇 | 321

至二十一世纪，彦英更是八面来风，从容游走。写散文，折桂鲁迅散文奖；作焦墨画，质朴乡野情景栩栩如生，一时洛阳纸贵。更让一班书生叹服者，彦英很早触网，粉丝动辄以百万计，以一50后前辈与80、90后网络作家争锋，丝毫不落下风。花甲之年，进军网络客户端，于《大河报》辟"彦英夜话"专栏，谈古论今，说东道西，辣评世态，热议民生，办得风生水起，引领新媒体潮流。彦英多才，还表现于善捕商机、长于经营一端。退休之后，领衔运营某杂志公司，竟也能点石成金，于一片哀鸿颓势之中逆袭成功，让业界侧目，令同行艳羡，真真"老夫聊发少年狂，左牵黄，右擎苍……西北望，射天狼"之奇男儿也。

郑姓源于郑国，郑国在今郑州。如此想来，秦人彦英，落户郑州本属回归乡梓。三秦豪情植入厚重中原，珠联璧合，两美相并，比别人多收三五斗，自是情理之中。有诗赞曰："秦人郑彦英，及长归正宗。豪情两万丈，鲸吸一江空。文场三面手，网络五魁星。花甲更雄健，引吭唱大风！"

岁月不居（代后记）

岁月不居，时节如流。花甲之年，忽焉而至。在我即将从河南省文联转岗至省政府参事之际，静心梳理一下过去零零碎碎发表的一些文章，归纳分类，结集出版，虽有敝帚自珍的文人积习成分，但更多的还是为了对职业生涯最后几年的阅读思考、心路历程进行回顾总结。

二十世纪的八九十年代中期，我曾经在河南省社科院文学所从事古典文学和传统文化研究十余年，宋代文学特别是宋诗研究一直是重中之重。后因工作变化，我先后到县、市、新闻出版系统和文联工作，与专业研究渐行渐远，但对古典诗词和中原传统文化的学习思考一直没有中断，学人本色始终未变，闲暇时间断断续续地写了一些研究性文章和随感性文字。这些文章分别编入本书的"诗论篇"和"随笔篇"。

我先后在中原出版传媒集团和河南省文联工作八年有余,并长期兼任河南省文艺评论家协会副主席、主席,因工作关系,需要经常参加一些发布会、研讨会,应命为一些师友的作品撰写体会文章,有时这些文章还被谬加抬爱置于卷首尾充作序跋。这些文章被编入本书的"序跋篇"和"评论篇"。

由于文章系断断续续所写,缺乏系统性,所以很难准确进行归纳分类。这里只是为了阅读的方便,粗略地分为"诗论篇""序跋篇""评论篇""随笔篇"四部分。

苏东坡一直是我最仰慕的文化巨匠,也是我用功最多的研究对象之一。在河南省社科院工作期间,曾写过数篇有关苏诗的研究文章,参加过多次苏东坡学术研讨会;离开专业研究单位后也从未放弃对他的崇敬与热爱,先后为多所高校作过有关苏东坡的专题讲座。遗憾的是,囿于时间,特别是自己学养的不足,我对自己高山仰止的苏东坡再未写过专门文章。犬子王星汉,一个地道的工科男,却是忠实的苏粉。他以工科男的视角和思维,在公众号里撰写了《苏东坡,你走过多远的路?》一文,引发了不少苏粉的关注和追捧。2020年3月20日,《文艺报》刊发王清辉先生的大作《2019年散文:时代的情感轨迹与美学景观》,文中特别提到了王星汉的文章,称许"最令人印象深刻的地方在于,作者根据'唐宋文学编年地图'网站上所收录的信息,看到了苏轼的人生轨迹,发现苏轼几乎踏遍了宋朝的所有疆域。当我们面对苏轼一生中所走过的地图,重读他的诗文,也许同样能获得更多的现场感和新鲜的见解"。现在把他这篇文章置于卷首代序,不仅弥补了我的遗憾,也借以表达我们父子对苏东坡的共同敬意。

书名《旧学新知》,寓意有二:一是所写文章有古(旧)有今(新);二是"旧学商量加邃密,新知培养转深沉"一直是我念念在兹、心慕手追的治学态度和境界。拙著以之命名,表达我对此境界"虽不能至,心向往之"的理想追求。

人生自古多驿站,山青水绿又一程。告别是为了更好地出发。不管前行风景如何,我都将永葆赤子之心、学人本色。

感谢著名古代文学研究专家、河南省社科院文学所原所长卫绍生研究员,著名历史文化学者、《大河报》首席记者张体义先生,有些论文和文章的写作分别得到了他们的支持和帮助;感谢中山大学文学硕士、河南省文联张笑雨女士,她在文章录入校对等方面做了许多具体工作;尤其要感谢著名散文家、理论评论家、同时也是著名书法家的恩师孙广举(孙荪)先生,他过去曾为我多部著作写序，给予许多勉励，近年因眼疾不便阅读，这次专门挥毫题签，给拙著平增光辉，令我感动。

王守国
庚子荷月于中州乐诚斋